NF文庫
ノンフィクション

シベリア抑留1200日
ラーゲリ収容記

小松茂朗

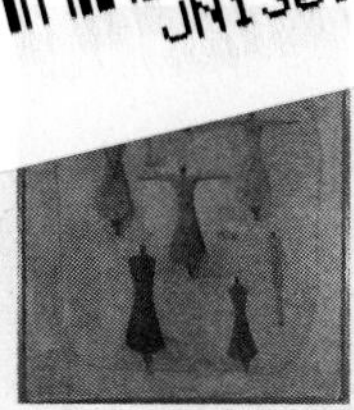

潮書房光人新社

シベリア抑留1200日 ラーゲリ収容記——目次

第一章　運命の岐路に立つ

第二章　夕陽は落ちて

シベリア抑留１２００日　ラーゲリ収容記

第一章　運命の岐路に立つ

殺戮の標的

昭和二十年八月九日払暁、ソ満国境を侵して百五十万のソ連軍が侵入してきた。それを迎え撃つ関東軍は七十五万。ちょうど半分の員数である。しかも、根こそぎ動員によって狩り出された三十代、四十代がその主力で、手や足の不自由な身体傷害者さえ混じっていた。

ソ連軍の武器は、機関銃から小銃にいたるまで驚異的な性能であったが、関東軍は野砲、機関銃はもとより小銃すら不足し、銃剣はサヤが鉄製でも肝心の中身は竹製で、使用不能の代物が混じっていた。兵隊も武器も南方に送った残りカス。まさに「泥水すすり草をかみ」の悲惨な状況であり、彼ら兵士を支えていたものは、「祖国日本のため」という一念だけだった。

見習士官である私の所属する部隊が、黒河の近くにある小さな山の麓に到着したときには、真っ赤な太陽がゆらゆらと地平線をはなれ、北満の風景を茜《あかね》色に染めていた。

山の頂上に登って北を見ると、ソ連の大軍が押し寄せてくる。およそ五百名。それが横に散開した。関東軍との交戦に備える戦闘隊形である。

十数台の戦車が、キャタピラに朝日をうけて前進してきた。戦車の重機関銃は、南に銃口を向けている。あいつがいっせいに火を吹いたら……。無気味だった。

それまで戦闘に参加したことのない私は、異様な気分に襲われた。頭の血がぐんぐん下の方に流れてしまい、そしてそれとは反対に、股間のものが上の方へ引っ張られるようで、なんとも形容しがたい不快な気分である。

気温がぐんぐん上がっているのに、冷たいものがとめどなく背中を流れた。

双眼鏡をのぞくと、二台の戦車が、他の戦車と離れて立木を倒しながら右の方角に前進し、一個小隊ほどがそれにしたがっている。

開拓団らしい二十戸前後の集落が二つあって、その周囲を取り囲む防風林を、物凄い地響きを立てて倒している。

機関車のように大きくて、日本の戦車とは比較にならない威力であった。

関東軍の戦車は、障害物が大きかったり、傾斜の急な坂になると、意気地なく停まってしまうけれど、彼らの戦車は、まるで悪魔が乗りうつっているかのようで、とどまることを知らない。

北側の防風林があらかた倒されたとき、ソ連軍のマンドリンが乾いた音を立てはじめた。彼らの小銃は、直径二十五センチほどの丸い弾倉が銃身を取り巻いていて、五十発ぐらい弾丸を装填してあるはずだ。丸い弾倉が邪魔をしてかつげないから、ソルダート（兵隊）は抱えるようにして行軍する。

いつも、右肩にかついで行進している日本の兵隊の目には、なんとも形容しがたいほどだらしなく映っていた。

バンドマンがマンドリンを抱えているようで、だから、関東軍は、その小銃をマンドリンと呼んでいた。

部隊長神田少佐は、決死隊の編成を指令した。これから襲撃されようとしている集落はもとより、隣の二十戸も助けなければならない。

本来ならば、決死隊は志願を待って編成すべきだが、それには時間がない。そのうえ、私と同じように、戦闘を知らないアマチュア集団である。部隊長は、志願はとても無理と思ったらしく、各小隊の第一分隊を決死隊として出すよう指示した。

強制的な命令であるから、編成はスムーズに運んだが、指揮官が問題である。決死隊の指揮官ともなれば、陸軍士官学校出の職業軍人か、実戦経験のある古参将校が当たるべきだが、それがまるでいないのである。

ソ連軍の国境侵犯がはじまったときは夜間で、営外居住の将校、准士官に伝令を走らせたが、集合したのは幹部候補生上がりの召集将校か、召集の曹長、准尉がほとんど。それも五十歳に手が届きそうな老兵ばかりで、はなはだ頼りない将校である。

全員呼集の伝令が営外宿舎に到着したとき、職業軍人はすでに目ぼしい家財とともに姿を消していたそうだ。国境のあわただしい雰囲気から、ソ連の攻撃開始を察知して南下したらしい。私の所属する部隊の近くにある丘に登り、双限鏡を覗《のぞ》けば、黒河の対岸にあるソ連の駐屯地が見えるのであった。

それはともかく、指揮官となるべき職業軍人がいないのだから、召集のポンコツ将校が指揮官にならなければならない。しかし、お互いに顔を見合わせ、首をひねるばかりで名乗り出ないのである。あの恐ろしい戦車とマンドリンをまのあたりに見ては、たじろぐのも無理はない。

そんな雰囲気の中で、私の血が騒ぎ出した。

〈ここで名乗りをあげなきゃ、男じゃない〉

そんな思いが胸に込み上げてきた。

私が身じろぎしたら、隣の中尉が私の手を引っ張るのである。そして、私の耳に口を寄せると、

「まさか、お前、志願するんじゃないだろうな」

ちょっと間をおいて、

「やめとけ」とささやくのであった。私が黙っていると、ふたたび、

「お前は日本に帰って御奉公をせにゃいかん。死ぬのはあいつらにまかせとけ」と言って、関特演下士官の一団をアゴでしゃくった。

関特演下士官というのは、昭和十六年夏、独ソ開戦とともに対ソ戦に備えて、関東軍特種演習（関特演）を名目に増強された兵力である。

予備役兵として召集された彼らは、演習が終われば除隊できると思い込んでいたのに、そのままずるずると、三年も四年も留めおかれてしまったのだから、怒りがくすぶっていた。それに世帯持ちばかりで、妻子を思うと矢も楯もたまらないのである。

そんな鬱積した気分を、初年兵いびりでまぎらわしている連中で、内務班では厄介な存在であった。

「死ぬのはあいつらにまかせとけ。お前はこんな場所で犬死にするな！」

と、私に忠告した中尉は、私の初年兵時代の中隊長だ。四国で中学の教師をしていたといい、不惑をとうに過ぎた召集将校だった。それまでにも、

「お前は戦争が終わって内地に帰れば、いくらでも成功できる立場だから自重しろ」

と、親父のような口ぶりで、私に注意することが再三あった。

私は召集をうけ、満州の地を踏んだときから死を覚悟したせいか、それとも生来の性格なのか、私がほかの兵隊たちのように、こすっ辛いところがなく、損得ぬきで行動するのを見かねていたようだ。

しかし、ほかの者が志願しないのだから、いくら中尉殿に注意されても、座金であっても、自分が出なけりゃおさまらない、と私は一途に思い込んでいた。

私は右手を挙げると、

「小松見習士官、決死隊に志願します」と、声にはずみをつけて申告した。

「このアホ。早まるんじゃない」と隣の中尉殿。

「座金が格好つけやがって……」

聞こえよがしに、関特演のふてぶてしい声がする。座金というのは幹部候補生あがりのことだ。そのころ義務教育は、いまと違って小学校尋常科六年までで、その上の高等科は二年あったが、それは義務教育ではない。

義務教育を終えて中等学校へ進んだ者。高等科を出て農学校へ行った者。また、それから高等学校、専門学校へ進んだ者。つまり中等学校以上を卒業した者は、入隊してから幹部候補生の資格があった。初年兵教育の三ヵ月がすめば幹部教育隊に入り、そこで半年ほど教育をうけ、終了のとき、試験をうけて甲種幹部候補生に採用されれば、予備士官学校へ入って見習士官となり、そして将校に任官される。しかし、落ちこぼれの乙種は下士官で終わりである。

それはともかく、私は甲幹になり、予備士官学校をくりあげ卒業して見習士官になった。見習士官は曹長の階級章をつけているが、将校待遇だ。曹長は上級下士官、その上の准尉が准士官、そしてその上の少尉から将校であるが、見習士官は准尉を飛び越して将校待遇であった。だから、ただの曹長と見分けるため、襟に星の徽章をつけている。

陸士出身は、幹候とおなじく曹長の階級章をつけるときがあるけれど、士官候補生といい、襟の徽章は小さい星だけだ。ところが、幹候上がりの見習士官の星は大きくて、下に座金がついている。

おなじように金筋三本の階級章でも、陸士出身とは中身というか、将来の出世が大いに違うから、兵隊たちは若干の侮蔑の意味をこめて、「座金」と陰口を叩いていた。

さて、私は決死隊六十名に、「駆け足、前へ」の号令をかけ、先頭に立って山を駆け降りた。

山の麓からその開拓団まで、とうもろこしの畑がつづいている。とうもろこしは伸びるだけ伸びて、大きな実をつけていた。それをかき分けて進むわけだが、わりに強い風が吹いていて、敵の目をゴマ化すのに好都合だった。

部隊長から、「敵の背後を攻撃しろ」と指示されたが、いくらなんでも、背後を突くというのは卑怯、武士道にあるまじき戦法だ、と私は考えて敵の脇にまわった。闇討ちに似た背後からの戦法は避けたが、そうかといって真正面から立ち向かえば損害が大きい。

そこで卑怯でもなく、損害も少ないと見られる側面を選んだのである。

左側の開拓団は、目をおおうばかりの惨状だった。家から逃げ出した人々を、ソ連軍はマンドリンで撃ちまくっていた。

その開拓団は建坪十五坪（約五十平方メートル）ぐらい。みんな同じ設計の平屋建てが横に五軒、タテに四軒、都合二十軒がそれぞれ七~九メートルの間隔で並んでいた。その真ん中あたりから、爺さんがひょろひょろとよろけながら現われ、ソルダートに手を合わせた。

その「助けてくれ」という哀願を無視して、腰にかまえたあのマンドリンが火をふくと、爺さんは、手を合わせたまま、うずくまるように倒れてしまった。子供を抱えて逃げようとする父親。風呂敷包みを背負った腰の曲がった老姿。みんなマンドリンの標的になった。

真っ赤な血がふき出している人たちをけっ飛ばし、すこしでも動くようなら、とどめの弾丸を撃ちこむ。

わるガキどもが鶏を追い回すような按配だ。ソルダートは、武器を持たない民間人を殺傷するのを楽しんでいるかのように見える。

屋外に飛び出した子供をさがす若い母親と、裏口からとうもろこし畑に向かって飛び出した女性二人が捕まって、納屋の中に追いこまれた。しばらくたって、ソルダートが三人、ズボンをずり上げながら出てきた。表情が変わっていた。無表情で鬼のようなソルダートの顔に、赤味がさしている。

すると、それまでやみくもに撃っていた三人が、さっと納屋に入っていった。そんなむごいことに馴れているらしく、彼らのバトンタッチはしごくスムーズである。

私の指揮する決死隊が、左側の防風林に到着してから十分ほどが経過した。

友軍が発砲すれば、開拓団の人々にも命中する恐れがあるため、機会を狙っていたが、女性が暴行されているらしいので私は決断した。

「撃て」と、最初の射撃命令をくだした。

なにせ友軍は、初めて実弾を手にした召集兵、それに旧式の三八式歩兵銃だからもどかしい。とてもマンドリンの比ではない。

それでも不意をつかれた敵は、あわてだした。それに、あのマンドリンは、弾倉の中の弾丸を撃ち果たすと始末が悪い。あらたに弾丸を込めるのに時間を食うのである。その間隙をぬって、いっせいに射撃を開始した。

一梃の能率は低くても、六十梃もの小銃のいっせい射撃に、敵はバタバタ倒れはじめた。

南側広場に散らばる敵を、あらかた片づけたところで、

「突っ込め！」

私は決死隊の先頭に立ち、軍刀を振りかざして広場に躍り出た。

関東軍の三八式歩兵銃は、一発ごとに撃鉄を引く旧式な銃だ。その一発の弾丸だけでは死に切れず、のたうちまわるソルダートたち。

「ワダ、ワダ（水、水）」と叫びながら立ち上がり、そしてぶっ倒れるやつ。決死隊が見舞った最初の血の洗礼であった。

私は、清水兵長、小川一等兵に目くばせして納屋の中に飛びこんだ。

暴行を終えて立ち上がろうとする右側のやつに、私は、

「ソルダート、バチェムー？（お前はなぜこんなことを？……）」と鋭く叫んだ。

そのソルダートが立ち上がり、私の方を向いたところで軍刀を振りおろした。脳天が割れて、血が高く吹き上がった。

そのままだと、下の女性にのしかかる危険があるので、胴を軍刀の背で押すと、丸たん棒を倒すように転がった。吹き出す血は止まらずに、床のムシロをみるみる真っ赤に染めていく。

清水も小川も、それぞれ半裸のソルダートに銃剣を突き立てたまま、放心したように、うつろな目をしていた。私にうながされて、ようやく銃剣を抜いたが、はじめての殺戮《さつりく》で動転したらしい。唇もけいれんしている。

私も、いったん引いてしまったと思われた頭の血が、平常にもどったように思えたのに、今度は逆に充血し、その血が暴れているような不安定な気分だ。血管を駆けめぐる音が、自分自身でわかるのである。

三人の女性はフラフラと起き上がり、身づくろいをしているうちに大粒な涙が流れ、またその場にうずくまってしまった。三人のうち二人は、五十をとうに過ぎたと思わ

れる年齢だった。

私たちが倒したソルダートは、三人とも手首に数字の入れ墨があった。刑務所から満州へ直行した囚人兵である。

長い禁欲を強いられていた彼らにとって、女性の年齢など問題ではない。ただただ女性ならよかったのである。

いま、女性たちの前から立ち去るのが一番の思いやりと気づいた私は、清水たちをうながして納屋の外に出た。

部下たちは、風呂敷包みなどを抱えて出てくるソルダートに、銃剣を突きたてているところだった。

ソルダートは雲つくような大男ばかりだが、大きな荷物を放さないから抵抗できない。バタバタと倒れてしまう。風呂敷から荷物が転げ出る。柱時計に枕時計、シャツに靴下。手当たり次第にかっ払ってきた物だ。

後でわかったことだが、彼らは靴下も知らず、歯磨粉すらはじめて見た、という。足にはボロ布を巻いていた。

新京の捕虜収容所でカンボーイ（監視兵）が腹痛だというので歯磨粉をあたえたことがある。それを飲むと、腹痛はなぜかケロリとなおって、「ハラショー」と、腹痛薬、じつは歯磨粉の効力をたたえたものである。

もっとも、そのころには私たち捕虜も小ずるくなって、ただでは歯磨粉すら提供しない。ちゃんと代償にタバコを受け取った。腰に下げた乞食袋からひとつまみ、葉タバコをよこすのだ。西洋紙や和紙は手に入らないから、古新聞を見つけて、新聞紙の端にツバをつけて巻くわけだ。まるで西部劇である。新聞のインキが臭くて、最初のころは盛んにむせたものである。

さて、夜盗の真似をしていたのは十数名だったが、彼らは初めて見る時計などに有頂天になって、戦意を失っていたようだ。

敵兵は残らず倒した。小松隊の損害は、負傷者数名にとどまり、戦死者はなかった。開拓団の死者は二十数名。宿舎内にかくれていた五十名は助かった。

隣の開拓団は全員ぶじだった。銃声がやむと、みな屋外に飛び出して、「兵隊さん、有難う」と言いながら駆け寄ってくる。

本隊がいるはずの山を見ると、ソ連の戦車が樹木を倒しながら斜面を駆け上がってくるところだった。日本兵の姿は見えない。

あの機関車みたいな戦車や機関銃のようなマンドリンには、とても歯が立たないとみて退却したのかも知れない。そうだとすれば、小松隊は北満の荒野をさまよう〝はぐれ鳥〟になってしまったわけだ。

戦闘が終わって、やや落ち着いた私の胸のうちは、また怪しくゆれ動いた。

そんな私の思いとはうらはらに、部下たちはマンドリンを手にして騒いでいる。

弾丸も相当あった。関東軍に遭遇したのは今回が初めてらしく、ソルダートが背負った弾丸袋には、ごっそり弾丸が入っている。

戦利品を抱え、私たちは少し離れたとうもろこし畑で休憩した。

いくら優れた武器でも、操作がわからなければ、「猫に小判」。ガラクタ同然である。しかし、捨てて行くのはもったいない。さて、どうしたものか。私が悩んでいると、

「隊長殿、自分が……」と年輩の二等兵が言う。

彼はその春、召集されるまで、京浜地帯の軍需工場で働いていた。だからメカには大変強い。まもなく操作方法を解明した。

彼の指導で隊員は装填、発射を覚えることができた。旧式歩兵銃のポンコツ部隊が、近代兵器の精鋭部隊に変身したのである。

それはともかく、私の予想どおり、呼べど叫べど本隊からは何の応答もない。

文字通り、荒野の〝はぐれ鳥〟だ。わが隊はソ満国境の黒河を後に南下をはじめた。南へ行こうと決めたのは、私や隊員の心の中に、一歩でも日本に近づこうという思い

があったためだろう。もっぱら夜間に行軍し、ときに貨車に飛び乗ったが、幾度となく敵に発見された。そのつど、マンドリンで応戦して危機を脱した。

祖国なき人々

目がさめた。頭が痛い。腹が鳴る。もう幾日も食事をしていないような頼りない具合であった。私は周囲を見まわした。

屋根や壁のある場所に寝ていた。その部屋は十坪ぐらいで片隅に古ぼけた机や椅子、それに家具らしい物が積みかさねてある。

私が寝ている場所は、床ではなく木製ながらベッドだ。毛布もちゃんと掛けてあった。ソ連軍に捕まったのだろか。

しかし、捕虜なら個室のはずはないし、それにベッドに寝かせることもあるまい。ともあれ不自然である。

毛布にかくれていて気づかなかったが、パジャマも着ていた。袖が長いのか、まくり上げてある。古いけれど石鹸の匂いがした。

私の着ていた軍衣袴は、ベッドのそばに椅子を二脚ならべて、それに掛けてあった。ひどく汚れていたのに、泥んこが落ちてきれいになっている。濡れているから、だれかが洗濯してくれたのだ。

手に冷たい金属らしいものが当たった。軍刀である。それも、帯革《たいかく》からはずして私のそばに置いてある。

それらの状況から推察して、ソ連軍の捕虜になったのではなさそうだ。してみると、現地人の親切とも思えるが、それだって確信はない。

関東軍司令官は全権大使と関東州（遼東半島の一部）長官を兼務し、全満州を支配した。

したがって、軍部はもとより在留邦人も、現地人にたいして帝王のごとく君臨していた。

現地人はあたかも帝王に仕える召使いのような立場であった。それが、ひとたび日本の旗色が悪いとなれば攻守ところを変えて、いままでとは大違い。まるで手の平を返すように、反抗的になっていた。だから、私だけ特別待遇とは考えられない。

釈然としない気分で天井をぼんやり眺めていたら、コンコンとドアを叩く音がして香料の匂いがただよってきた。ドアが開いた。女性である。若くて大柄、顔のホリが深かった。

「カーク　ヴイ　セビャー　チューストヴエチ？」

「お元気ですか」と聞いているのだ。

ロシア語だけれど、このあたりにロシア人が定住しているはずはない。白系ロシア人だろうか。

予備士官学校のとき、ロシア語を習ったので、初歩ならわかる。

「ウ　メニャー　バリート　ガラヴァー」

これは「有難う。頭が痛いのです」という意味だ。

私はそういってから、まず丁寧にお礼をいうべきだ、と気がついた。

「パリショエ　シパシーバ」

心をこめてそう言った。

「ニェー　ストーイト　ブラガダール　ナスティ」

どういたしまして、とその女性はいっている。

「カーク　ヴァーシァ　ファミーリャ？」

彼女は名前を聞いているのだ。

「マヤー　ファミーリャ　コマツ」

「マヤー　ファミーリャ　マリヤ」

私が名前を聞こうと思っていたら、彼女の方から教えてくれた。マリヤというそうだ。そのころ日本では、若い男女が顔を合わせ、最初に名前を聞くなどという習慣がなかったから、私にとっては妙な気分である。

「スコーリカ　ヴァム　リエート?」

「あなたはおいくつですか」とたずねてみた。日本では初対面の若い女性に年齢を聞くというのは非常識の最たるものだが、この女性は、その手のことに気を病む性格ではないらしく、ほほ笑みながら、

「ドヴァーツァッチ　トリー」

二十三歳になるといった。

私のロシア語はその程度が限界である。士官学校のとき習ったのは初歩で、しかも、記憶をたどりながらだから時間がかかる。できることなら、日本語で願いたい。

「自分はなぜ、ここにいるのですか?　ヴイ　メニャーパ　ニアーエチェ?」

「わかる。わかる。わたし、日本語わかるのよ。あなた、ロシア語うまくない。だから、日本語で話しましょう」

彼女の日本語は、発音におかしなところがあるけれど、本人は「わかる」を強調しているので、日本語で話すことにした。

「なぜ、自分はここにいるの?」

「山の崖下に倒れていたので、運んできたのです」

「ここはどこですか?」

「ハルピンの南方十キロの場所です」

「それはいつでした?」

「昨日の正午ごろ」

　昨日といえば八月十一日。だから、今日は八月十二日ということになる。まる一昼夜、飲まず食わずだから腹の虫が鳴るわけだ。

　彼女は十一日の昼ごろ、ハルピンの南にある小さな山の麓で、私を発見したのだそうだ。

　彼女が馬の遠乗りをしていたときで、馬の背に私を乗せて自宅まで運んだが、人目を避けるために納屋に寝かせたという。

　私は発見されたとき、意識がまるでなかったそうだ。倒れていたすぐそばに、高さ十メートルほどの崖があったから、そこから転落して頭を打ったのではないだろうか。そうでなければ、意識不明になるはずもなく、いまもって頭が痛むわけもない。

　私は、記憶を呼びもどそうとつとめた。濃い霧がうすれてゆくにしたがって、人影が鮮明に浮かび上がるような具合に、意識が次第にはっきりしてきた。

最初の戦闘で、敵軍のマンドリンを手に入れ、戦意が昂揚したが、なにせ、主要な街や道路には、敵兵の姿が散見するので行軍は夜間、それも畑の中の道を歩いたり、南に向かう貨車にひそんだりで、三日目になると、心身ともにボロボロになっていた。

飛び乗った貨車は、ハルピンの街並みが見える地点で急に停車した。

眠っていて気づかなかったが、朝になっていた。貨車から百メートルほどの畑から煙が立ち昇っている。ソルダートの姿が見えた。朝食の準備をしているらしい。

そうして、小松隊が貨車から降りはじめたところで発見されてしまった。

敵兵は百名前後。機関銃とマンドリンがいっせいに火を吹く。わが隊に負傷者が出はじめた。友軍は寝ぼけまなこだから、徴発したマンドリンも役に立たない。

「後方の山に移動」

三百メートルほど離れたところに小さな山がある。さし当たり、そこにのがれようと命令をくだした。急迫した状況であるにもかかわらず、「移動」という命令はどうにもおかしいが、そのころ、口がさけても「退却」などという命令は禁止されていた。

皇軍に退却はない、と信じられていたのである。

部隊はどうにか小山に到着し、樹木にかくれながら散兵線をしいた。

私が敵状偵察のため、小高い丘に這い上がったとき、ズルズルと足もとの土砂が崩れた。長く伸びた夏草にかくれてわからなかったが、そこが崖のトバ口だったらしい。そして、身体が地面から離れたところまでは覚えている。

その先は、まるっきり記憶がないが、マリヤの説明とつなぎ合わせて考えると、崖から転落して頭を打ち、意識を失ってしまったらしい。

ソ連軍に発見されたのかも知れないが、私が頭から血を流してピクッとも動かないので、死んでいるものと思って放置したのではないか。生きていることがわかれば、射殺するか、捕虜にするか、そのいずれかである。

倒れている現場をマリヤが通りかかり、そのマリヤが親切だったというのは、私にとって幸運であった。

「ソ連の人が、なぜ敵の私を……」

マリヤは一瞬、表情を固くした。

「ニェート」

私はソ連人ではない、というのである。そして、わずかに間をおいて、

「わたし白系ロシア人よ」といった。

その言葉を聞いて、彼女が私を助けてくれたわけがはっきりした。

妙な言いまわしだが、白系ロシア人は、ロシア人であってロシア人ではない。祖国

を持たない人々である。

西暦一九一七年。ロシア革命前後に、反革命に味方した旧貴族や大地主、それにブルジョアジー、およびその関係者で、祖国から亡命したロシア人である。

赤旗が革命のシンボルなのに対して、白は反革命の印として用いられたことから、この呼称が生まれた。そんな意味の話を聞いた憶えがあった。

亡命したロシア人は、隣の満州にも多く、佳木斯《ちゃむす》、牡丹江、チチハル、新京、ハルピンなどの都会に住んでいた。

マリヤの父親も、ハルピンで商売しているという。母親はいなかった。なぜ、いっしょに住んでいないのか。それは聞かなかった。

日本が戦いに破れるのは明白、それも時間の問題であろう。その場合、在満の関東軍将兵は、二度と祖国の土を踏むことができないかも知れない。そうなれば、白系ロシア人とおなじような境遇である。

マリヤは私の立場に、自分たちとおなじ運命の影を見たのではないか。彼女は自分たちの仲間であるという同類意識で助けてくれたのであろう。心に痛みを持つ者だけが、他人の哀しみを理解できるのだ。

祖国を持たない人間の本当の哀しさ、淋しさは当事者でなければわからないが、その孤独感は、私にもある程度、想像できるわけで、だからマリヤが自分を助けてくれたのであろう。

敵弾で負傷したというならまだしも、崖から落ちて気を失ったなんていうのは、ほんとにしまらない話だが、そのあたりがマリヤの感傷をゆさぶったともとれるのだ。

いずれにしても、心に痛みのある者でなければできないことである。そうでなければ、半死半生の厄介な日本兵を助けるはずがない、と私は思った。

物置を出ていったマリヤは、間もなく引き返してきた。カーシャ（めし）と大豆の入ったスープ、それに大きなパンを持ってきた。ふだんなら二食分に相当する量を、またたく間に平らげてしまった。

マリヤはまた、母屋《おもや》へ行ってコーヒーを持ってきた。召集をうけて内地を出発するとき、飲んだきりだった。

腹がふくれ、そのうえコーヒーまで飲んだせいか、気持まで豊かになったようだ。頭痛もうすらいでいる。

飲み終わったコーヒー茶碗を受け取りに来たマリヤの白く、ふっくらとした二の腕。甘い体臭。窓ぎわへ行ったときの丸い尻の線。けっして忘れてしまったわけではないけれど、長い、空白と緊張の日々で、女は、遠い存在になっていた。それがいま、目の前にいるのだ。

戦線から離脱、という解放感もあって、マリヤに対する感謝の気持が、女性に対するナマの感情にすり変わっていった。

私はベッドから降りると、マリヤを抱こうとした。百六十センチしかない私は、背のびするような恰好だった。

一年以上も遠ざかっていた女性の身体。彼女の腰にまわした手に肉の感触が伝わってくる。胸の動悸《どうき》はますます激しくなり、声を限りにわめきたいような激情がふき出してきた。窓側にいた彼女と位置を変えながら、ベッドへ近づき、押し倒そうとした。

「ニエート　ニエート　いけない。それはいけない」

「ニエムノーガ」

私は思わず叫んだ。私の叫びは「ほんの少し」という意味である。

大切な品物を分けてもらうとき、「ほんの少しで結構です」と遠慮していう人もいるが、女性に対して行動をおこそうという場合、少しでも、たっぷりでも同じ結果だ。だからこの場合、適当な台詞ではない。にもかかわらず、そんな言葉が口をついて出たのは、ほんの少しの間でもいいからという切ない欲求が、心では制御できない状態に追いこまれていたからだ。

「ダメよ。ダメ！」

強い口調でいい、腰に回っている私の手をほどいて逃れようとした。私の手がうなりを上げて飛んだ。マリヤは茫然と私を見ている。

――こんなことってあるだろうか。わたしが助けてあげなければ、いまごろ冷たくなっていたかも知れない。それにいままで紳士的だったコマツが、いっぺんに豹変《ひょうへん》するなんて信じられない。

きっとマリヤはそう思っているに違いないが、女性には男の生理がわからない。それに、一年以上も女性に接することのなかった男の性がどうなっているか知らないのだ。

私が手を上げたのは、つい数日前までの習慣が出てしまっただけだ。内務班で古年次兵や下士官の、新兵いびりを見ると、反射的に手が動いた。

召集のロートル兵を殴っている下士官などを見ると、個室へ呼んで注意するが、彼らは決まって、「戦争に勝ち抜くため陛下に代わって……」というのであった。そのこざかしい反抗が終わらないうちに私は、いつも彼らを殴り飛ばしていた。

「戦争に勝ち抜くため」といい、四十すぎの召集兵にビンタをくれていた職業軍人たちの中には、ソ連の攻撃がはじまる前、尻に帆かけてトンズラした者が多かった。

そんなわけで内務班のクセが出てしまったが、敵対意識や悪意ではさらさらない。マリヤとこのまま離れたくなかったからだ。

夢の中で

その日の夕方、マリヤがいくつも情報を持ってきた。

部隊の兵隊たちが、あれからどうなったか、マリヤも心配だったようだ。だからハルピンの街へ買物に出たとき、それとなく白系ロシアの商人たちに聞いて歩いたという。部隊の半分ぐらいが、あのときのソ連軍の銃撃で戦死。残る半分はハルピンの南方二十キロほどの場所にひそんでいるらしい。そこは、開拓団が逃げてしまってガラ空きになった宿舎だそうだ。ソ連軍はまだ気づいていないらしい、というのである。

徴発したマンドリンを持っているにしても、まるで民間人と変わらないポンコツ部隊が、ソ連の大軍を相手に戦うなんて無茶な話である。半数が生存していたというだけでも、不幸中の幸いというべきかも知れない。

西堀、小林、服部などの召集兵は、どうしただろうか。

西堀は茨城県の電信電話局に勤めていた。だから孫呉の電信隊に召集されたわけで、四十すぎの二等兵だった。子供が二人、上の子は中学に通っているそうだ。

小林も電報局の通信士で東北生まれ。彼もやはり、四十五歳になって召集された老兵である。女房は五人の子供にどうやって食わしているか、それが心配だ、とこぼしていた。

将校や下士官に泣きごとをいえば、ぶん殴られるのがオチだが、私が召集兵を決してしごかないことがわかっているから、安心して女房の話や子供の噂をしゃべっていた。

服部は東京のアナウンサー。「ヤツは一流の大学を出ているし、先行き幹部候補生から将校になる人間だ。いまのうちに鍛えておかなければ」と、下士官や古年次兵にいびられ通しだった。

鍛えるというのは、彼らの大義名分、建て前であって、本音は、よい家庭、大学卒、将校などに対するやっかみやら、恨み、つらみで、それらがかさなっての物凄いリンチであった。

ビンタ、各班回りは毎夜のことだ。各班回りというのはほんのわずかな、ミスを見つけては殴り飛ばし、夕食後、各内務班を回って、この一件を報告させるのである。

「××二等兵、勤務を怠けて○○上等兵殿に注意されました」と、大声で叫ぶのである。

そこでまた報告の方法が悪いと、難クセをつけられ、古年次兵にビンタをとられるわけだ。

志願や現役の若僧ならいざ知らず、一流大学を出たアナウンサーにとっては、正常な神経ではとても我慢できないお仕置きであったろう。

戦争が終わって内地へ帰ることができたら、政治家になって、戦争のない国を造りたい、と言い暮らしていた。その服部はどうしただろうか。部下たちの顔が、つぎつぎと現われ、私に、なにかを訴えているようだった。

私が寝ている場所は納屋だから電灯はない。

マリヤの家は、現地人の集落から一キロほど離れているが、それでも油断はできない。暗いはずの納屋に明かりがともっていれば不審に思われる。だから、日のあるうちに食事をすませ、後はベッドに長くなっていた。

打撲症というやつは、事故のときからしばらくたって痛みが出てくるものだが、私の場合も背中が痛み出した。それでも、いつしか眠りに落ちて夢を見た。

広い草原があった。それは、故郷の信州のようでもあるし、武蔵野のようでもあった。その草原の小道を、私は淑子と歩いていた。

私は大学に入ってから、ずっと中央線の沿線に住んでいた。新聞記者になっても、同じ下宿に住んでいた。

淑子は同じ社の文化部記者だった。私は社会部で、ほんとうならいっしょに仕事をする機会はないのだが、戦争が激しくなるにつれ、記者がどんどん召集されてしまい、半分ぐらいに減ってしまった。だから自分たちの守備範囲だけ書いているわけにいかなくなって、事件になれば各部で記者を融通しあった。

俳優にからむ事件があって、淑子といっしょに取材したのがきっかけで親しくなった。恋人というまでにはなっていなかったが、お互いに好意を持っていたし、辻堂にある彼女の家へ遊びに行ったこともある。

夢の中の淑子は、不意に立ち止まって唇を求めてきた。私は淑子の背に手をまわして力いっぱい抱きしめ、そのままの姿勢で草っ原に倒れこんだ。

夏草の青い匂いがあたり一面にただよっていた。淑子のキスはいつまでもつづいている。私の口をすっぽりおおってしまうようなキスであった。呼吸が苦しい。このままでは死んでしまう。もがいているうちに目がさめた。

私の傍にマリヤがいた。私の唇がべっとり濡れている。夢と同じように、しめった青い香りが毛布の中にこもっていた。日本の女性の体臭とはまったく異質のものだった。

いつも私の頭の中には故郷の父母や、淑子、生きて故国に帰ろうと語り合った戦友の姿があったが、なにもかも忘れて、いまの瞬間に没頭しようとした。

パパが出張先からもどってきたら、了解を求める。「だからハラショー、心配しなくていいのよ」とマリヤは肩をすぼめて、両手をやや前に出すポーズをとった。得意のときに見せる仕草である。

日本が戦争に敗ければ、もはや帰るべき国はない。祖国のない白系ロシア人のマリヤと肩を寄せ合い、一生を終わってもいいと、私の心は傾いていった。

しかし、私のそんな甘くて、ほろにがい夢を叩きつぶす事件が起きた。

どこの家でも、床をとろうという時間になると、マイクを通して大きな声が流れてきた。がなりたてるような大きな声だが、早口だから私には理解できない。

マリヤの説明によると、「関東軍の将兵が民家にひそんでいる。かくまった者は処罰する」といっているらしい。

マリヤはすでに覚悟していたらしく、「関東軍の兵隊ではない。新聞社の特派員である。だから彼は民間人だ」といい通す、と彼女は私に断言するのであった。

それも一つの方法ではあるが、万が一、私が関東軍の見習士官だとわかった場合には、マリヤ父子は、ただではすむまい。白系ロシアの人々を憎むソ連人の神経は異常である。マリヤ父子が射殺されるという最悪の事態だって起こりかねないのだ。

私は、ほろにがい甘い夢を絶ち切って、物置を出ることにした。そして明け方、馬に乗って出発した。私は歩いて行くつもりだったが、マリヤが承知しなかった。

部下たちがひそんでいるらしい、という開拓団までは十キロの道程だ。マリヤは、「身体がなおっていないから、とても歩いては無理よ」といい張って、手綱をとり、ハルピンの街を背にして、二人でその開拓団に向かった。とうもろこし畑の小道をたどったので、人目にはまるでつかずに到着した。

百坪ほどの庭の周囲に約二十戸。同じ規格の平屋建てがあった。庭の片隅に手押しポンプがあって、数人の男が水を汲んだり、顔を洗ったりしていた。開拓団の人たちが残していった野良着をまとってはいるが、まぎれもなく部下たちだった。

「隊長殿……」

「ごぶじでありましたか」

「おーい、隊長殿のお帰りだぞ」

口々に叫びながら駆け寄ってくる。分宿していたらしく幾つもの家から部下たちが飛び出してきた。その数、ざっと二十数名。西堀の人なつっこい顔、きりっとした服部の顔もあったが、あの馬ヅラが見えない。

「小林はどうした？」

「は、それが……」

「はっきりいうんだ」

「はい、あのときの戦闘で……」

「死んだというのか」

「はい」

あの小林の長い顔が、脳裡に浮かんだ。

「女房のやつ、困っているだろう。五人のガキに食わせるのは並大抵じゃない。男の俺ですら、働いて、働いて、やっとだったもんな」

涙を流しながら語ったことがある。非番の日に野良仕事をするだけでは間に合わず、夜も脱穀や藁仕事をやった。戦争が激しくなるにつれて物資が不足し、それにともなって物価がはね上がり、いくら稼いでも足りなかったそうだ。小林が出征する少し前、五番目の子供が産まれている。

「赤ん坊を抱いて百姓はできない。電報局でめんどうを見てくれるにしても、母子六人、どうして食いつないでいるか」と、寝てもさめても、そのことが小林の頭を離れなかったらしい。その小林が戦死した。残された妻子は、どうやって生きてゆくのか。

そう考えるうちに、暗澹《あんたん》たる気持になった。

「隊長殿、あの人……」

開拓団の入口にたたずむマリヤを服部が指さすと、彼女は腰をかがめた。

「うん、崖から落ちて気を失っていた俺を、救ってくれたんだ。歩いちゃいけないって、馬で運んでくれたんだよ」

「よかったですね」

服部はそういいながら駆け出した。馬の手綱をとって、

「どうぞ休んでいって下さい」とすすめるが、マリヤは、

「いいえ、帰ります」

服部から手綱を受け取ると、きびすを返した。私も駆け寄ってマリヤの手を握った。この温かい感触をいつまでも忘れない、と私は思った。マリヤも強く握り返してきた。

「ドスビダーニヤ（さようなら）」といい、馬に乗った。

私も「ドスビダーニヤ」をくり返した。マリヤの乗った馬が森の中に消えるまで。彼女もまた同じ言葉を何度も叫んでいた。

「ドスビダーニヤ」「ドスビダーニヤ」

暗い予感

開拓団の空屋に落ちついた。雨露はしのげるが食糧がない。開拓団員は宿舎を引き揚げるとき、食糧を処分したとみえて、米粒一つ残っていなかった。もっとも穫り入れまぢかの端境期《はざかいき》で、開拓団にも保有米はすくなかったかもしれない。

部隊では、一朝有事のときのために貯蔵するといって、将校たちは糧秣係や炊事班とグルになり、部隊の食糧を隠匿《いんとく》する始末。日常の給与も、目に見えて削られていった。そのため、いざ開戦のときは、携行食糧すらなかった。

部下たちは、とうもろこしを生で食っていた。煙が昇ると敵に発見されるから、生のままでかじるわけだが、これが毎食では下痢になる。だから、生き残りの小松隊は二、三名ずつに分かれて食糧確保に出かけた。

軍隊には徴発という手段があった。現地の住民から必要物資を取り上げて、その代償に、なにがしかの金品を渡すわけだが、小松隊にはその代償にする金がない。したがって物乞いである。

住民の情にすがって、一椀のメシにありつく。ダメ親父が採算なしに振り出した約束手形の決済が、子供にまわってきたようなわりに合わない話である。

そのとき私は、これから自分たちに襲いかかる暗い運命を予感していた。

東洋平和のためならばなんでこの身が惜しかろう……。

軍歌の文句を、そのまま信じ、実践しようと努力したのは、私たちのような召集兵と若い現役兵だけである。職業軍人どもが、いまごろ金目のものをにぎって日本海を渡っていると思うと、バカらしくて腹も立たない。

乞食同然、住民の恵みをうけて三日目。ついに敵に発見され、あの機関銃とマンドリンの標的になってしまった。

本来なら駐屯地には本部をおき、監視兵、伝令をおく。敵を発見すれば、邀撃態勢をとるのが普通だが、空《す》きっ腹かかえては、とてもじゃないが、戦意喪失、戦うなんて無理な話だ。

部隊まるごとやられる危険があるので、その開拓団を引き揚げて、林にかくれ、低地を歩き、畑の野菜を食って飢えをしのいで、二日二晩。三日目にようやく集落にたどりついた。

ここも、日本の軍部がいう「五族協和」の殺し文句につられて、満蒙開拓を目的に、内地から移住した開拓団の集落である。成年男子は現地召集。女、子供は逃げ出したらしく、全村約五十戸にはまったく人影はなかった。

その集落には、食糧も寝具もあった。それで敵と遭遇しなければオーチン、ハラシヨーと太平楽をきめこんだが、運悪く、炊事の煙が、敵に所在を教えてしまった。そこにひそんで三日目であった。

集落を取り囲む防風林に、敵が見えかくれしている。四方八方、包囲されていて逃げ場はない。戦うよりほかに助かる道はなかった。

マンドリンがいっせいに連続音を立てはじめた。この開拓団宿舎は、丸太を横に積みかさねた耐寒住宅だから、敵の弾丸は貫通しない。

友軍は窓枠の横をこじ開け、銃口だけのぞかせて射撃を開始する。ところが、三八式歩兵銃のパン、パンではなくて、バリ、バリという連続音だったから、敵は驚いたらしく、急に射撃をやめて、何やら大声で叫んでいる。ソ連軍と思い込んだらしいが、こちらの射撃がやみそうにないので、ふたたび射撃を開始した。

わが隊は丸太の砦に立てこもっている寸法だから、敵サン二、三分もすれば弾丸をことごとく撃ち果たすだろう。その撃ち止めのチャンスを狙って白兵戦に持ちこもう。

射撃は下手でも皆、剣道は達者のはず、満州事変以来、農村では尚武の気風が盛んになって剣道を習う者が多かったし、地方によっては祭礼に奉納試合をする村さえあった。

それに片手剣法も流行しはじめていた。これは騎兵隊出身者が郷里に帰って普及させた剣法である。騎兵は左手で手綱、右手に抜刀である。銃剣道も盛んであった。剣つき鉄砲とおなじ形の木製銃で突き合う武術で、もちろん実戦では防具はなくて軍服だけ。裸同然の生命のやりとりである。

いずれにしても、小松隊にとって射撃より抜き身の銃剣で突き合う方が有利である。マンドリンに日本のゴボウ剣は装着できないので、ゴボウ剣をじかににぎって切って突けばいい。

私の見通しどおり、射撃開始から二十分もたたないうちに、敵の発砲がぴたりとやんだ。

ざまあ見ろ、いよいよ、こっちの出番だ。

私が「突撃」を号令しようと身がまえたとき、キャタピラの音が聞こえてきた。戦車が東の防風林に見えかくれしていた。物凄い地響きとともに、立木を倒しながら前進をつづけている。

ハンマーに鎌を組み合わせたマークが見えた。全部で十一台である。

戦車に搭載した重機は、銃口を西に向けていた。身ぶるいするほど無気味だ。

その銃口が白煙を吹き上げ、すぐ近くでドカン、ドカンとはじけるような音がする。重機の着弾音だ。

いくら丸太の砦でも、戦車の敵ではない。ひとたまりもなく蹂躙《じゅうりん》されてしまう。逃げるならいまのうちだ。農機具倉庫にあったトラックに飛び乗った。内地引き揚げにトラックは不要だからと、開拓民が泣く泣く放置したものだろう。農民が農具と別れる辛さは、そうざらにある辛さ、哀しさではないはず。涙ながらに農具と別れた情景が目に浮かんでくる。

それはともかく、農場と開拓集落をつなぐ道路が南北に走っている。私と同じ丸太小屋に立てこもっていた八名はトラックに飛び乗った。

「運転できるやつはいないか」

私は叫んだ。すかさず島津二等兵がハンドルに飛びつき急発進させた。島津は元運転手だから腕は確かだ。

北の林まで約百メートル。防風林は奥行きが浅くて、それも百メートル前後。島津の腕でぶっ飛ばせば、損害は少ないだろう。

だが、この見通しも甘かった。斜め右に方向転換した戦車は速度を上げ、重機がいっせいに火を吹く。

戦車の背後で、一列横体に編成しなおしたソルダートのマンドリンが、まるで大豆を煎《い》るような乾いた音を立てはじめた。つい今しがた、敵が弾丸を撃ちつくしたと思ったのは私の早トチリで、本当は戦車が到着したためだった。

防風林を通過するまでに、四名が戦死した。マンドリンの弾丸は集中するから、運が悪いと、二発も三発も食ってしまう。

私たちの後を、四台のトラックが、白い土煙りを上げて走ってくる。

そのころ、内地では車両台数はきわめて少なかった。自家用車は皆無に近く、トラック、バス、メータクがわずかあるだけ。メータクというのはタクシーのことだ。そんなわけで運転できる者は限られていたが、軍隊はあらゆる職業の集合体だから、いずれの分隊にも運転経験者がいたようで、ほかの四台もなんとか転がしている。トラックと戦車ではスピードが違うから、戦車の姿はだんだん小さくなって、やがて見えなくなった。

とうもろこし畑の中で停車した。生のとうもろこしをかじって小休止。人員点検をしたら、生存者は私をふくめて十六名。脱出のとき、八名が機銃掃射の犠牲になったのである。惨澹《さんたん》たる状況であった。

このまま、さすらいの戦闘をつづけても無意味である。それどころか、全員戦死がオチだ。

内地召集の兵は、原隊を探して合流するよりほかに方法はないが、在満召集の兵にはまだ活路が残されている。彼らは満州で働いているうち応召した者だから、地理に詳しいし、知り合いもあるはずだ。戦友が去って行くことは心細いが、彼ら在満召集の身の上を考えてやるべきだ、と気づいた私がその趣旨を説明したら、九名が列外に出た。

各車両を点検し、ガソリン入りのドラムカンを三本見つけ、在満組にトラック三台とドラムカン二本をあたえた。

彼らは方面別に別れ、三台に分乗して出発した。真っ赤な太陽が、地平線に沈むところだった。荷台に乗った兵隊は、手を振りながら茜色の風景の中に、みるみる小さくなっていった。後に残った七名は、二台のトラックに分乗した。めざすは新京。原隊の戦友が見つかるかも知れない。

満州の秋は早い。八月の中旬だというのに、秋の気配がただよっていた。やり切れないほど淋しい風景だった。

血も凍る惨劇

新京めざして夜を日についで走りに走った。さいわい、全員が軍服を脱いで作業衣姿だったので怪しまれずにすんだ。新京へ向かう道路沿いにソ連軍を見かけることはあったが、日本人が右往左往しているので、特別、目につくほどではなかったようだ。毎日四時間ほど仮眠をしただけで走って六日目の夕方。食う物をさがすつもりで農道に入り、開拓団らしい集落を見つけたときである。

集落の周囲をとり囲む防風林がただならぬ気配だ。根元からぶっ飛んでいる大木もあれば、幹は残っているものの見るも無残に、枝だけがぶら下がっているものもある。そのぶら下がった枝に、なにか異様な物がひっかかっていた。それも一つや二つではない。近寄ってみると、牛の足や人間の手である。その手は大人のものも、小さなものもあった。下の地面が赤く染まっている。

宿舎の建物はどれも半壊で、その家の周囲には、竹槍や小銃を持った人間が転がっていた。もちろん死んでいる。

集落の北側にある石積みの塀に、少年が十名ほどもたれかかるようにして、血まみれで息絶えていた。そばには竹槍が散乱していた。

その現場近くの家は焼け、その焼け跡に十名ほどの死体が転がっていた。衣類は完全に燃えてしまっていたが、年齢、性別はわかる。男女同数ぐらい、それも老人らしい。この惨状から推してみると、ソ連軍の急襲があって、抵抗したが、わずかの小銃と竹槍だけの民間人だから、一瞬のうちに叩きつぶされたもののようだ。

あの焼け跡で死んでいた老人たちだが、「集会所」と書いた板切れが死体のそばに落ちていたところから考えてみると、老人たちの集まりがあったか、またはソ連軍の襲撃を知って集会所に集まっていたところを攻撃され、火をつけられたかのどちらかに違いない。いずれにしても、血の凍るような惨状である。

半壊の倉庫に米があった。各自、飯盆に一杯ずつ、その米を頂戴した。病人のフトンをひっぺがすというか、死者にムチ打つといおうか、心が痛むけれど、この場合、そうしたことにはいっとき目をつむらなければ、自分たちが餓死してしまう。

半壊の家はいずれも大荒れで、押し入れはこわされ、タンスの中身はすべて放り出されている。目ぼしい家財を、片っぱしから奪って持ち去ったものらしい。

緒戦のとき、あの開拓団から、風呂敷包みや、荒縄でくくった物品を、敵兵が持ち出したことと考えあわせれば容易に想像がつく。なにしろ、時計や靴下を見るのははじめてで、歯磨粉を薬と間違えるといった連中だ。まさに〝地の果て〟からやってきた未開の部族である。

ノロや鹿を打ち殺し、皮をはぎ、肉を食らうのと同じ心理で人間を殺し、物を奪うのではないか。

入ってきたときと反対側の農道に出ようと、防風林をくぐったとき、またもこの世の地獄を見てしまった。

赤ん坊から十歳ぐらいまでの子供が二十人ほど、死んでいた。首を絞められたらしく、外傷はない。そのそばに十数名の女性が、血まみれになって倒れている。

その場所は、防風林と畑の境の低地で、ドロが真っ赤に染まっていた。

ソ連軍の襲撃と同時にここまで逃げたものの、男子が全滅したのを目撃して、自分たちも死のうと決意し、まず子供の首を絞めてから己れの腹を刺したに違いない。

子供の首を絞めるといっても、自分ではやれなくて、お互いに子供を交換したのではないか、私はそんなことを想像していた。

それにしても、この惨状を見て血が凍り、足がすくむ思いであるのはいうまでもないが、八月九日の夜明け、黒河近くの開拓団で、ソ連兵が村民を殺し、女性を犯す情景を見て怒り、嘆き、悲しみ、心が動転したのにくらべると、いささか程度が違うようである。

あのときよりは精神と身体のふるえが幾分、軽いのである。「なれ」というものは恐ろしい。こんな場面をいくつも見てしまった人間は、怒り、悲しみ、喜びに心が動揺しなくなってしまうのだろうか。

そのうち、他人に危害をくわえるのも平気な人間になってしまうのではないだろうか。

〈喜びや悲しみ、社会現象に反応しなくなったら、オレの商売あがったりだぞ〉

私は、とうもろこし畑にへたりこんで、そんなことを考えていた。

新聞記者は社会の現象、人間の精神の動きに対して、敏感に反応する神経を持たなくては勤まらない稼業である。

いつ日本に帰れるか、半ばあきらめてはいるものの、やはり心の片隅では、いつの日か日本に帰ってペンに生き甲斐を求めようと、このごろは思いはじめていた。こんな地獄を見ているときでも、フッと、皇居を望む警視庁の記者クラブや、原稿用紙が心をかすめる。

部下たちも、畑に座りこんで、開拓団の方に目をやったまま、だれもしゃべらない。ただ、じっと黙っている。

しかし、時間を無駄にしている場合ではない。みんなのケツを叩くようにしてトラックに乗せた。

正確な時間はわからないけれど、十時間ほど走ったら灯りが見えた。原っぱの中に小さな集落があった。その脇にグランドのような広場が見える。片隅に屋根の高い大きな建物があった。淡い月あかりではっきりしないが、飛行機の格納庫らしい。だが、飛行機は一機も見当たらない。

その横に、平屋建ての住宅が二十軒ほど建っていた。どの家も暗いが、飛行場関係者の宿舎ならばだれかいるはずだ。

私は真ん中あたりの一軒に狙いをつけると、周囲を一回りしてから、裏手のドアを小さく叩いた。

「今晩は。だれかいませんか？」

返事がない。その隣の家も真っ暗だが、裏に回って勝手口のドアを叩き、さっきと同じように声をかけてみた。やはり返事はなかった。

「関東軍の見習士官ですが、だれかいませんか。危害は絶対にくわえません。あけて下さい」

今度は返事があった。

「おります。いま開けます」

ささやくような小さな声だった。人の気配がしてドアが開いた。

身がまえるようにして五人の人影が、突っ立っている。懐中電灯の光で案内されて台所の次の間へ行った。

私の前に五人が座った。懐中電灯の淡い光だからはっきりしないが、頭は坊主刈り、そしてズボンを履いている。

姿、形はまぎれもなく男だが、なんだかひっかかる。どこが妙だといえば、身体の線と座り具合だ。

夏なので、ジハンといわれる軍隊の長袖シャツを素肌に着ていた。だから身体の線がよくわかる。肩の付け根のあたり、胸のふくらみも尋常ではない。顔もすすけたように黒いが、道具立てが柔らかい。たとえ私が見習士官であっても、彼らが男なら、正座して応待することはあるまい。

「あの、ひょっとしたら……」

「ええ……」やはり女性だった。さっきの声は、小さすぎて、はっきりしなかったが、いまは普通の音声だから、かくしようがない。

「なんでまた……」

「終戦と同時に敵兵がなだれ込んできて、たいへんなんです」

「ちょっと待って下さい。いま、終戦っていいませんでしたか?」

「ええ言いました。それがなにか……」

「どこの国が終戦なんです?」

「まあ、あきれた。軍人が終戦を知らないんですか?」

「知らんのです」

「日本は連合軍に敗けたんです。十五日に陛下の放送がありましたわ」

「ソ連と関東軍は？」

「もちろん、同じです」

「へえ、知らなかったな……」

ほんとうにバカみたいだ。

「戦争はこれでおしまい」と放送した陛下も軍の幹部も、生命を落とさずにのうのうと生きているだろうに。そんなこととはつゆ知らず、「陛下の御ため」と信じて死んでいった戦友がいたましい。

「みなさん女性なのに、どうして……」

私は自分の頭を指さした。

「ソ連のソルダートがひどいんです。お金はもちろん、時計、宝石など金目の物は手当たり次第に略奪するんです。鏡や靴下までむしり取るんです。なんでも満州になだれ込んだソルダートは、ソ連の正規軍ではなくて、シベリアで強制労働させられていた囚人部隊って噂です。足かせした兵隊もいるんだって。逃亡できないように、夜になるとその足かせにクサリをつなぐんだそうよ。とにかく野蛮そのもの。鏡を見るのもはじめて。靴下も知らず、足にはボロ切れを巻いているらしいの。日本人の家財道具は片っぱしから貨車に積んで、どこかへ運んでしまうのよ。日本人が積み込みの使役に使われているのを、私たち見たんです。女は手当たり次第、犯すんです。だから私たち、こんなにきたなく顔にススを塗って男装してるんです……」

どうにもやり切れないほど悲しい話だ。そんな悲しさをやわらげようと、

「でも、そこんところ、どうにもなりませんね」

私は正面の女のコの胸を指さした。

「あら、いやだ……」と、頬を染めながら、

「サラシできつく巻くんですが、どうしても高くなって困ってるんです……」

いくら女のコを拝んだことのないシベリアの囚人部隊でも、彼女たちを男とは思うまい。

「あなた方、飛行士のご家族？」

「いいえ、違います。放送局に勤めていたんですが、街の宿舎にいると危ないので、昨日ここに来たんです」

私をはじめ部下たちも新京の街を知らないから気づかなかったが、そこはもうめざす新京の街の郊外だそうだ。彼女たちは新京のラジオ局に勤めていた、というのであ

る。

「飛行場の人たちは？」

「私たちが来たときはもう一機もなかったし、宿舎はカラッポだったの」

九日、ソ連軍が侵略してきたとき、私の所属する部隊の現役将校など、その多くは、いち早く姿を消してしまったが、この飛行場もやっぱり同じであった。家族をつれて内地に向かったとすれば、いまごろ故郷でなに食わぬ顔をしているに違いない。

彼女たちは仲間十五人で、二軒の空屋に分宿していた。帰還はいつのことになるかわからないが、在留邦人の引揚促進連絡会ができて、帰還を働きかけているので、その順番を待つより方法はないらしい。

数百万の在留邦人が引き揚げるとなると、そうとう長期にわたることを覚悟しなければなるまい。それまで、この女性たちは囚人兵の襲撃を避けられるだろうか。

「自分たちもここへ泊まりたいんだが。全部で七名」

「そうしてくれると有難いわ。兵隊さんといっしょなら安心ね。注文つけちゃ悪いけど、外側の家に分宿してもらえないかしら……」

なるほど、彼女たちの言う通りだ。たとえオンボロの敗残兵でも、マンドリンを持った男たちが外側を警戒していると思えば、一応、気は休まるかも知れない。

格納庫に待機している部下と私をふくめた七名は、三班に分かれて東南北の三軒に分宿した。どの家もナベ、釜など炊事道具をはじめ、家財道具などカサバるものはそのまま、ちょっと旅に出て留守にした、というような風情だ。

人生は今日あって明日はわからない、というけれど、私たちは、いまがあって、その先はまるでわからない。はかない命なればこそ二、三日、翼を休めていたかった。

断末魔の叫び

その翌日、私は格納庫にくっつけて建てられた倉庫で、衣類を探していた。着ている作業衣は、戦闘や逃避行で汚れ、破れていた。終戦になったとすれば、ボロをまとっている必要はないし、もしもどろんこの服を着ていれば、かえって怪しまれるかも知れない。

押し入れやタンスの中を探したが、さすがに衣類だけは脱出のとき持ち去ったとみえて、満足な男物は残っていなかった。だから倉庫へ来たわけだが、ここにもなかった。

帰ろうとしたら、毛糸のキャップをかぶった女性が入ってきた。昨夜、私が現われたさい、説明役をかって出た女性だった。昨夜と同じでススけていたが、明るい場所で見ると、驚くほど顔がととのっている。

「着る物を探しにきたけど、なかった」

「あなたの姿が見えたから、なにか起きたんじゃないかと思ったの……」

「キミ、お国は？」

「男鹿半島の温泉町なの」

「満州へはいつ？」

「去年の春、東京の女子専門出て、すぐ満州へ来たんです」

「放送局ではどんな仕事？」

「演出。でも、まだ卵なの」

「兵隊さんは？」

「生まれは信州。でも学校が東京だから、それ以来ずっと東京にいる」

「お仕事は？」

「新聞記者」

私たちは、いつしか積み上げた古マットに腰を掛けていた。私の心のうちは暗く哀しいけれど、その中に、わずかだがときめくものがあった。

私がまだ日本にいるとき、数日後は戦地に赴くと決まっているのに、急いで結婚する人たちをたくさん見てきた。なんてバカなことを、と思ったものだが、戦死するかも知れない息子の後継者をつくっておきたいという思いと、せめて一夜でも妻と呼べる女性を抱かせてやりたいという切ない親心が交錯しているらしかった。

戦地に赴く本人としては、ほんの短い期間でも、だれかにすがっていたい、という哀しみと喜びの入り混じった気持だったのではないか。

出征に臨んで結婚する男たちの気持と、いまの自分の思いは共通しているのではないか。私はそう思った。

しばらく時が流れた。

「もし生きていて、もし内地へ帰れたら、あなたの新聞社を訪ねるわ」

「うん。けれど、自分たちの約束には、かならず〝もし〟がつくんだよね……」

そのつぎの日も、またその場所で逢った。そしてその翌日、また格納庫へ行くつもりで、彼女のかくれ家のそばを通ったら、言い争うような声が聞こえてきた。

相手は男だ。それもロシア語である。恐れていたことが起こってしまったらしい。

彼女の家に飛びこんだ。ロシア人にしては色が黒く、わりと小柄な男三人が、女性六人を並ばせて、その身体に手をかけている。

男たちは、それぞれ右腕に女物の腕時計を二個ずつはめている。女物の指輪をはめているやつもある。貴金属を奪ってはみたものの、腕時計なんか使った経験がないから、右腕にはめてしまったらしい。

「ダワイ、ダワイ」

強奪のつぎは強姦である。そいつらは、彼女たちのワンピースを引き裂いた。

「ダワイ」

といいながら畳を指さす。その場に寝ろ、と脅しているのだ。

ロシア人は「進め」「やれ」など、行動を要求するときは、すべて「ダワイ」である。思考は単純で動物的だが、行動もきわめて単純である。

いくら「ダワイ」を連呼しても、彼女らが応じようとしないので、壁に押しつけて殴りはじめた。抵抗力をもぎとってから行動にうつろうというわけだ。

彼女たちは胸にサラシを巻いているので、乳房はジカに転げ出てはいないけれど、ブラウスをむしり取られてしまって、上半身は裸に近い。

私たちが警戒してくれているから、と安心して、わずかでも女性らしい服装をしたのが、裏目に出てしまった。

このままだと、彼女たちが犯されるのは必至だ。なんとかしなければ、と私があせり出したとき、運よく服部が仲間二人と駆けこんできた。不意の出現に、ソ連兵は一瞬ひるみ、棒立ちになった。

私は男鹿の彼女に手をかけていたやつを、はね腰で床に叩きつけ、太腿と腹を幾度も蹴飛ばした。服部たちも、ほかの二人を一方的に投げ飛ばし、ぶん殴っている。

彼らソルダートが弱虫というわけではなくて、女性を犯そうということで、頭に血が昇ってしまい、闘争本能の方がからきしお留守になってしまったためだ。

彼ら三人は足をひきずりながら、ふらふらと退散した。そんなみじめな状況にありながらも、彼らは戦利品だけは返さないぞ、というツラ構えで、右腕の時計をしっかりと左手でカバーして、ついに持ち逃げしてしまった。

「あなた方がここにいるのわかってしまったから、きっとあの連中、仲間を連れて仕返しに来るわ。逃げて……」

「でも、それじゃ、キミたちが……」

「いいの、なんとかするわ」

彼女たちにそういわれても、逃げ出すことはできない。私たちはいったん、その宿舎を出て格納庫にうつり、彼女たちを護衛しながら応戦準備をすることにした。

しかし、計画どおり原隊に合流するつもりだったから、私は服部と二人で新京市内へ原隊さがしに出かけた。ソ連兵がいる市内へ出かけるのは、危険このうえもない。

木立や草むら、とうもろこし畑を選んで歩き、新京へ近づいた。街の灯がまたたいている。

鉄道の引き込み線に貨車が停まっていた。十両ほど連結してあって、車両の中はロウソクがともっていて明るい。老人や女、子供たちがうごめいている。いずれも日本人で、どうやら引き揚げ列車のようである。

黒い煙を吐いているところを見ると、いずれ明け方までには出発するつもりらしいが、乗務員の姿は見えない。

列車ダイヤは、あってなきがごとき大陸的マンマンデーだが、油断していると、置き去りにされてしまう。機関士の心ひとつでどうにでもなるダイヤだ。平常のときでもそんな按配だから、混乱しているときはなおさらだ。用足しに行った機関士が帰ってきて、ふいに発車するかも知れない。

草むらから頭を出して成り行きを見ていたら、貨車の下から女の悲鳴が聞こえた。引揚者同士の争いだろうか。

わずかの間を置いて、男が貨車の下から、這って出て来た。線路の外に出てきたときは下半身スッポンポンで、なにか抱えている。ズボンだった。ゆっくりとズボンを履いてから機関車に入り、釜の前でタバコに火をつけた。

なんとあの男だった。飛行場の宿舎に来て、男鹿の彼女たちから腕時計や指輪を「ダワイ」し、揚句の果て、貞操まで「ダワイ」しようとしたやつだ。欲望だけの、けだものである。こいつは、あの心優しい男鹿の彼女にいどんだ男である。

そのけだものが出てきたところへ行ってみると、夜目にも白く、女の裸身が横たわっていた。息が絶えている。貨車に乗っていた日本の引き揚げ女性を引きずり降ろし、犯した揚句、騒がれて首を絞めたか、あるいは意に従わないため殺してから暴行したものか。兇器の細ヒモが、そのまま首に巻きついていた。

機関車に引き返すと、暴行殺人鬼は釜のフタを開けて、下半身をかくしてやった。そのとき、付近に散乱していた下バキやズボンを集めて、その明かりで足に巻いたボロ布を、新品の靴下と取り替えている最中だった。腕には腕時計が二つ、強奪したときのままはめてあった。

私が被害者にしてやれることはこれしかなかった。たとえあったにしても、あのけだものに対して憎しみが燃え上がっていて、心の余裕がない。

憎しみがまた、私の胸のうちで激しく燃え上がった。私は服部に目くばせして機関車に這い上がり、石炭を運ぶスコップで殺人鬼の首を後から強打した。前にのめるところを押さえ、私が右手、服部が左手の手首を持ち、そやつの身体を水平にして、頭の方から釜の中に投げ込み、フタを閉めてしまった。満州の機関車は大きく、したがって、釜の口も大きいから、そんな芸当も、わりと容易にできたのである。
「ギャー」悲鳴を背中で聞いて一目散。森にかくれ、しばらくようすを見てから市中に忍び込んだ。農民の作業衣姿だし、それに夜だから、ソ連兵にもとがめられずに行動できた。

原隊の戦友たちが、新京の東方にある収容所にぶち込まれていることを、明け方近くなって突きとめた。

そして邦人引き揚げ促進の団体で役員をしている男にあって、飛行場にかくれている女性たちの身の安全について頼み込んだ。あの飛行場宿舎を襲った三人組の一人は、たしかにさっき火葬にしたが、まだ二人、残っている。

ほかにも腕に入れ墨をしたソルダートが、うじゃ、うじゃしている。いつ発見されるかも知れない。私たちがいなくなればまったくの無防備だ。あの男鹿の彼女たちが、シベリアのさい果ての地にくらしていた「けだもの」に、いつ襲われるか。時間の問題である。そのことが私の心を暗くしていた。

「今日、夕方になったら、屈強な若い者を大勢あつめて迎えに行ってやる」と、そのおやじが約束してくれた。

飛行場へ帰る道でも、あの暴行魔の「ギャー」という断末魔の叫びが耳に残っていたが、あいつを野放しにしておけば、たくさんの日本女性の運命を狂わせることになる。

「オレのとった行動は間違っていない」と私は思いなおした。

その日の午後、私たちは飛行場を出発した。門のところまで送ってきた男鹿の彼女は、私の手を握って、

「内地へ帰ったら、きっと新聞社へ行くわ」とささやき、私の目をじっと見た。

私は飛行場を後にして歩きはじめた。涙があふれて、どうしようもなかった。涙をぬぐって南を見れば、その道は真っすぐつづいている。その道をどこまでも歩いて、そして船に乗れば、日本に帰れる。私は、ただそれだけを考えて歩きつづけた。

第二章　夕陽は落ちて

わが子みつめて

三時間ほど歩いて収容所に到着した。兵舎のような平屋建てが数棟ある。関東軍の兵舎だったものを、そのまま収容所に流用しているらしく、衛兵所らしき建物も関東軍のそのままであった。雲つくような大男が三人、獲物を待ちうけていた。

「ダワイ。ダワイ」

身体検査では、まず、武器をかくし持っていないかどうか、それを調べるのが常識である。ところが、彼らはそんなことにはおかまいなし。帯革、それに腰の回りなど武器がかくされているかも知れない場所には目もくれず、もっぱら手首と内ポケットである。お目当ては腕時計と内ポケットの財布だった。

ボロボロになった敗残兵のフトコロを狙うのは、地下道に住む浮浪者のバラ銭を巻き上げるに等しい。「小汚いソ連兵め」とののしるのは胸の内だけだ。言葉にすれば殺される。

私は腕時計、万年筆、薬品類に現金。それに貯金通帳まで奪われた。出征のとき、「いくら軍隊でもお金の必要なときがきっとある」といって、お袋が百二十円記入の郵便貯金通帳を渡してくれた。

印鑑がなければ、通帳なんてものは紙屑同然。説明するまでもないから黙っていたが、通帳だけ奪ってニコニコしている。貯金などという制度がこの世にあることをはじめて知ったのだから、無理もない。故郷の未開地に帰って土産話にするつもりかも知れない。

収容所内には二段ベッドがあって、軍人も民間人もごっちゃにつめこまれている。ベッドは木造で、軍隊内務班のベッドにそっくりだ。アカだらけ、汚れ放題の人間が押し込まれているから、「すえた」匂いにムッと息がつまる。とてもじゃないが、我慢の限度をこえている。

外に飛び出し、逃亡よけらしい柵のあたりを歩いていると、三十歳前後の女性が夕陽をじっと見つめていた。

地平線に沈むころの太陽は、日本で見る夕方の太陽にくらべると、数倍も大きくて真っ赤だ。その赤い光をうけて女性の顔も赤い。その頬に赤い涙が伝って落ちた。収容所にいるのは兵隊ばかりだと思っていたが、別の建物に女性もぶちこまれているらしい。どろんこの衣類から推して、女性も苦労しているようだ。

「どうしました」

しかし、その女性は目礼しただけでなにも言わない。しばらくたってまた聞いてみた。

すると今度は、「はい……」と言って語り出したが、嗚咽の間にはさむ断片的な言葉。それをつなげると、どうやらつじつまが合ってきた。

昭和十九年の暮れ、その女性、愛子の夫にも召集令状がきた。彼女たちは、白城子の街でノコギリ、カンナ、クギなど大工道具の店を持っていた。

三年前に岩手から渡満して店をはじめ、ようやく軌道に乗りはじめた矢先のことだった。夫は、「なあに、すぐ帰れるさ。それまで頼む」といって出征した。

見送りの日、彼女はほかの人たちといっしょに「万歳」を叫びながら、心の中では泣いていた。

異国の地で二人の子供を育てなければならない。なんで「万歳」なものか。悲しみを通り越して、怒りがこみ上げてくる。昭和二十年になると、若い男はほとんど兵役にとられ、残っているのは老人と女子供だけ。爆撃の音が、遠く西の方で聞こえる。不安だった。

八月十日、総動員令が出され、兵籍がある者は予備、後備を問わず狩り出された。四十歳でも五十歳でも、かつて軍人であった者は全部、関東軍の部隊に集められたのだ。以前のように「万歳」を叫びながら見送る余裕などない。

残った者には集結指令が出された。愛子は必要最少限の衣類、食料を背負い、乳呑み児を抱き、長男の手を引いて指定された場所へ集まった。

南へ逃げようという者もあったが、ここにいて土地をまもって、最悪の場合は玉砕もやむなしと、エスカレートしていった。

しかし、そんな決意も治安の悪化には抗しがたく、八月十五日、全員立ち退きとなった。

苦労はあったけれど、明るい未来を胸に抱いて生活した土地。その土地を捨てることは耐えがたい。だが、生きることの方が大切である。

南へ向かって行軍をはじめた。この日、終戦となったことなど知らない。ただ黙々と歩いた。荷物を背負い、子供をつれて。行軍は辛かった。

突然、弾丸が飛んできた。みんな溝や低地を見つけて飛びこんだ。弾丸が当たって死んだ者もいる。

「逃げよう」と、だれかが叫んで一目散に南に向かって走った。後から弾丸が追いかけてくる。また幾人も倒れた。愛子は背負った荷物を捨て、代わりに長男を背負い、走りに走った。

もう死ぬかも知れない、と思った。そのとき、夫の姿が頭に浮かんだ。

夜になって山へ逃げ込み、仮眠をとった。親子三人は抱き合って朝を待った。

夜が明け、また南へ歩き出した。愛子も必死に歩いた。仲間に遅れて親子三人になることは、死を意味する。

衣類なんかといっしょに、荷物はみんな捨ててしまったから、食糧と名のつくものはまるでない。現地人の集落で残りメシを恵んでもらったり、畑のとうもろこしを生のままかじったりしての逃避行だった。

雨が降ってきた。土質のせいで、泥が足にまとわりついて、まるで吸盤に吸いつかれたように足が上がらない。

夜通し歩いた。力尽きて泥の中にうずくまり、そのまま立ち上がることができない者もいたが、他人のことなどかまっていられない。

極限状態になると、他人を思いやる心が、まるでなくなってしまうらしい。自分ながら恐ろしいことだと思うけれど、それもほんの一瞬。そんな反省する時間さえ持てないのである。

大人が半死半生の有様だから、子供はもっと辛い。衣類を捨ててしまったから、前夜は寒かった。夏といっても満州の夜は寒い。泣き出しそうな空模様だったから、寒気はなおさらだ。長男はカゼをひいたらしく、ひどくせきこんでいる。それに空腹も手伝って、前進不可能な状況だ。吸いついたら離れない粘土の泥に靴を奪われて、足の裏は血だらけになっている。四歳の子は、ただ死を待つだけだ。

「お母さん……」

その声も、次第にうめくだけになって、ついにはうずまり、泥の中に沈んでゆく。愛子は長男の首に両手をかけて絞めていた。ハッと気がついて手を離したが、そのときはもう息はなかった。

「許して」

彼女は何度もつぶやいた。涙が雨といっしょになって、とめどもなく流れる。

「もう辛いことはなにもないのよ。ゆっくり休めるのよ」

いっしょに歩いていた中年の女性がそういってくれた。ほかに、どんな慰めの言葉があっただろうか。

その言葉は愛子を慰めるためのものであるが、同時に彼女本人と子供に対する言葉でもあった。彼女もほんの一時間ほど前、歩行困難の子供を己れの手にかけていた。

そのころになると、愛子たちのように子供を殺す者が増えていた。みんな、あのままでいれば、親子ともども生命を落とすのは目に見えていた。子供に手をかけるのは、身を切るより辛いことだけれど、仕方なかった。

「思い切らなきゃ。こんなときだもの……」

まわりの人々も、そんな意味のことを口々につぶやいていたが、それは自分自身に言いきかせる言葉でもあった。

どんなに辛く、地獄のような行進でも、将来に希望が持てるなら耐えもできようが、明日が見えない逃亡である。そんな地獄を味わいつづけるより、天国へ行った方がましかも知れない。

親が子を殺す異常性は、ソ連の侵略が生み出した狂気であった。

愛子は戦場にある夫に、心の中で、詫びに詫びた。息子の生命を奪った自分が恐ろしい。自分も長男の後を追いたい。しかし、次男がいる。

夫の出征するとき、愛子は臨月であった。大きなおなかで見送りに行ったが、子は、いま、自分の腕の中で眠っている。

「この子だけはなんとかつれて行きたい」

神に祈るのだが、夜と昼をとっ違えたような生活。そのうえ、授乳も満足にはできず、すっかり弱っている。いつもと違うのだ。

マンドリンの連続音が聞こえる。泥んこの道路を避けてとうもろこし畑の小道を歩いているので、まだ敵兵に見つかっていないが、いつ発見されるかわからない。

銃声が近くなり、子供が泣き出した。

「うるさい。殺してしまえ」

押さえた声で、男が言った。

見つかればみんな殺される。この場合、やむにやまれぬ怒声だが、なんともやりきれない響きがあった。そして、鬼のような声がまた聞こえる。

「泣きやまなきゃ、殺せ」

母親は泣き叫ぶ子供の首を絞めた。その顔は鬼のようだった。みんな鬼になっていた。その鬼の目に、涙が光っている。

惨劇は子供だけではない。身体の弱い者、ケガをして歩けない者は、仲間に頼んで生命を絶ってもらう。気力ある者は、頼まれれば家族を、同胞を殺した。愛子も、

「らくにして……」と、手を合わせて頼む老婆の首を絞めた。さすがに心が痛み、彼女は目をつむって、老婆の首に両手をかけた。

そんなむごい事件は、愛子の体調にも敏感に響いて、乳の出がめっきり少なくなった。母乳に代わる食糧はない。次男もまるで元気がなくなって、泣き声も弱くなった。

住民が日本人の子供を欲しがっている、という話を行進中に聞いた。言葉も生活様式も違うところに子供を預けるというのはいかにも心細い。いま、別れてしまったら、ふたたび逢うことは不可能かも知れない。心中であれこれ思い悩んだが、長い葛藤の末、人柄のよい人をさがして預けようと決心した。母子共倒れよりましである。

原生林の中で野宿したその夜、愛子は一睡もせず、子供を抱いていた。身体じゅうに手を触れてその感触を覚え、わが子の姿を己れの目に焼きつけた。わが子の姿を、生きている限り忘れないために——。

そんな母の心も知らずにぐっすりと眠っている次男の寝顔を見ていると、決心がにぶりそうだ。

「生きていたら、いつかは逢えるだろう」

そう己れの心に言い聞かせた。

つぎの日、通りかかった村で子供を欲しがっている夫婦をさがしあて、次男を預けた。結婚して十余年、子供に恵まれないという、人のよさそうな夫婦だ。それだけが救いであった。所持金百円を二つに分けて、その半分を差し出した。これからの生活を思えば、五十円は自分で持っていなければならない。だからこれが、彼女の力でできる最大限のお礼であった。

雨は幾日もつづいた。雨傘やカッパを持っている者はいない。ぐしょぬれで、泥んこ道を歩いて新京に着いた。

白城子を出発して新京まで何日かかったか、はっきりしない。睡眠不足と飢えと疲労。どうなっているのかわからないほど、もうろうとしていた。

数十人でよたよたと新京市内を歩いていて、ソ連兵の一団に捕まり、収容所に連行された、という。

そこまで話してその女性、愛子は、わっと泣き伏した。

「悪いことばかりじゃないさ。きっといいこともある。元気を出しなさい」

私は彼女の手を握った。そんな気休めみたいな慰めの言葉しか見つからなかった。

将校たちの逃亡

収容所の建物にもどったら、ベッドの下段に少年が一人ぽつんと腰かけている。

この少年は私より少し後にこの収容所へ入ったのだ、といった。それだけ言うとまた、黙ってしまった。うつろなまなざしで、いくら私が語りかけても返事がない。ぽつり、ぽつり、しゃべり出したのは一時間もたって、夕食とは名のみの、得体の知れない重湯の兄貴みたいなものを食わされた後だった。

八月九日払暁、白城子から百キロほど国境に近い場所にあった満蒙開拓青少年義勇軍訓練所にいたところを、ソ連軍に急襲された。まだ就寝中のことで、訓練生二百名中、助かったのは不寝番と、衛兵所勤務者、それに用便中の者など、ほんの二十数名。白城子の方向に向かって脱出できた者は、それだけだったそうである。

逃げのびた少年たちは、最初のうち団体行動をとっていたが、途中、敵兵に遭遇したり、いろいろとアクシデントがあって死んだりで、やがてちりぢりになり、この収容所へ入ったのは彼一人、だそうだ。

彼は栃木の農家の三男。渡満してまだ三ヵ月目だというのに、ひどい境遇におかれたものである。

満蒙開拓青少年義勇軍という制度は、昭和十四年ごろはじめられたもので、小学校高等科（尋常科六年の上に高等科二年間があった）卒業の数え年十六歳（早生まれ十五歳）から十九歳までの男子を募集。茨城県の内原訓練所で三ヵ月、農業教育と軍事教練の後、渡満。現地訓練所で教育をしたあと、十ヘクタールの耕地があたえられる。この少年は現地の訓練所へ入って間もなくの惨事であった。

この制度は、小作か三反百姓の二、三男にとっては夢のような制度で、「昭和白虎隊」と世間から騒がれ、「われ等は若き義勇軍」といった歌までつくられた。敗戦のころ在満日本人開拓農民は約二十七万人で、うち青少年義勇軍開拓団員は約六万五千人。彼らの入植地は二百を越えたが、いずれも辺境に散らされ、ソ連に対し、「防波堤」の任務を負わされていた。

兵役をすませた団員は、結婚を奨励され、内地から嫁入りする女性は「大陸の花嫁」といわれてもてはやされた。娯楽のない辺境の土地で、しかも女っ気がないから、勢い気持もすさんでくる。そんな若者の気持もこれで安定し、労働の成果も挙がる、という国策である。

満州百年の大計として樹立されたこの国策も、ソ連の侵略であえなく壊滅し、若夫婦から立てつづけに生まれた子供たちの多くは、孤児の道を歩むことになる。いうところの「中国残留孤児」である。

結婚した者とは別に、まだ訓練所にいた訓練生たちの中で生き残った者は、収容所からシベリアに送られ、主として炭鉱で強制労働につかされたという。

なお義勇軍を含む満蒙開拓団員二十七万のうち、戦死自決者一万一千人、病没者六万七千人、消息不明者一万一千人、計八万九千人とみられている。

私がその収容所へ入ってちょうど十日目のことである。一日二回、わずかの食糧を支給されるだけで、朝晩の寒さはこたえた。その朝は枯木を集めてたき火で暖をとっていた。服部や義勇軍の少年たちとたき火を囲んでいるところへ、五十年輩の婦人がやってきて、

「寒いわね。私もあたらせて……」としゃがみこんだ。

この婦人は新京陸軍病院の婦長で、看護婦数人と前日、収容所へ連行されたが、ベッドには毛布がないためほとんど眠れなかったという。疲労のせいか初老に見えたが、ほんとは四十歳だという。それを聞いて婦人の姿形を見なおしたら、胸や尻の曲線が衣服を突き上げていた。

はじめは生まれ故郷や仕事の話など、とりとめのないことを話していたが、身体が温《ぬく》もったところで、終戦直後の恐ろしい話をぽつぽつ語り出した。

敗戦直後、彼女の勤務していた陸軍病院へ、ソ連軍の病院から、看護婦二名を助っ人として出すよう命令があったため、若い看護婦二名を選出し、指定の場所へ送りとどけた。

命令書には一週間と書いてあったのに、その約束の日が過ぎても帰ってこない。それどころか、またも二名を出せという命令書が来たので、その使者に理由をたずねると、ソ連の救護所には、軍医がすこしいるだけで、看護婦がいないためだという。二回目も命令どおり、二名を選び、その使役に従わせた。

それから二日後、最初に行った看護婦の一名が血まみれになって、息も絶え絶えに逃げ帰ってきた。足や手に何発も弾丸を食っている。

看護婦がいないから助けて欲しい、というのは真っ赤な嘘で、「私たちはソ連兵の慰安婦にされて、日夜、何十名もの兵士にさいなまれていたんです」という。

なんとかしてこの状況を知らさなければ、つぎからつぎに、ソ連兵の獣慾の犠牲になってしまう。そこでその場を逃げ出したが、発見され、マンドリンの標的になってしまったという。その看護婦は仲間に見とられて、その夜のうちに天国へ旅立ってしまった。

そんな事件があってから、陸軍病院にとどまることは危険だと考え、民家に分宿することになったらしい。

そのうちの一班十名が、ある日、集団自決をしたのである。看護婦の白衣を着て、十名全員、枕をならべ、青酸カリを呑んで死んでいたという。

隣家の邦人に知らされ、この婦長が駆けつけて見ると、九名は整然と、しかも吐いたものもなく死んでいるのに、いちばん年長の看護婦だけが、吐いた物の中に埋まるようにして死んでいた。その年長者は、みんなの自決を見とどけ、汚れ物を始末してから薬を呑んだのである。

生命を捨てても貞操を守ろう、という考えからとった行動であった。現代の女性がそんな話を聞くと、「バカみたい」と笑うかも知れないが、当時の女性は、貞操は生命より大切なもの、と教育されていた。ともあれ、耳をふさぎたくなるような婦長の話はそのほか幾つもある。

この婦長の勤めていた陸軍病院付近には、ロシア語もろくに話せないソ連兵が多く、彼らはモンゴル系とかで電気さえ知らないソルダートもいたらしい。

タバコを電球におしつけて、じっと待っている。光っているし、裸電球はいくらか熱いので、長いことタバコをくっつけていれば、そのうち点火すると思ったようだ。いかにも荒野の果て、モンゴルの出身らしい暢気《のんき》な話である。

ソ連軍の略奪、暴行、殺人も語り尽くせるものではないが、住民の略奪もきつかった。婦長たち看護婦が、陸軍病院から分宿した民家のそばに、日本軍の倉庫があって、そこには毎日、目を血走らせた行列が長く長くつづいたそうだ。倉庫が空になるまで運び出す。そいつを自分の家に運ぶわけである。

私も同じような経験をした。新京めざしてトラックを走らせ、集落のそばで休憩中、どこからともなく集まってきた住民が二十名ほど、私たちを取りかこんでしまった。そのうちの半数ぐらいは、関東軍の歩兵銃をかまえている。私たちはまだマンドリンを捨てていなかったから、応戦できないことはない。しかし、友軍も損害をうけるのは必至。ここはひとつ負けるが勝ち、と手を挙げたら、「なにかよこせ」という。まだ残っていたガソリンのドラムカン一本分を提供したら、おとなしく帰っていった。

このように敗戦後の満州は、百鬼夜行の有様だった。血まなこで日本人の物資略奪に明け暮れていた、といっても過言ではない。

収容所に入って十日ほどたったある日、服部が、北側のはずれの建物に原隊の戦友がいるらしい、という話を聞きこんできた。

さっそく、私は服部はじめ部下たちを引きつれて噂の方角へ行ってみた。私たちの建物から北へ約三百メートル、小さな丘を越えると、その建物はあった。

秋になったばかりというのに、草は枯れてしまって、荒涼たる風景だ。

建物の南側にある小高い原っぱで、数人の軍人が日なたぼっこをしている。ヒゲは伸び、泥んこの軍衣を着ていて、顔の見分けはつかないが、肩章《けんしょう》は少尉、中尉。全員将校であった。

「おーい、小松」

寝そべっていた半白のアゴヒゲの、くたびれた中尉が声をかけてきた。

「オレだよ、オレ……」

「あっ、中尉殿……」

八月九日の払暁、決死隊長を志願したとき、

「小松、アホなことするんじゃない。お前は日本に帰って祖国再建のため御奉公するんじゃ」といって、私の敵陣への殴り込みをとめようとした例の中尉である。

ともあれ、私は決死隊のその後を報告しなければならない。着ていた作業衣のチリを払い、不動の姿勢をとった。

「小松見習士官、申告いたします。小松隊は八月九日午前……」と、そこまで申告したら、中尉は、

「関東軍はこの有様じゃ、そんな固苦しい申告はやめて、地方人のつもりでやってくれよ……」

私を制しながら、そんなことをいう。あれほど厳しかった軍規はどうなってしまったのだ。本隊を離れた〝はぐれ鳥〟の私たちは面くらうばかり。とてもではないがつ

いていけない変わりようだ。

「それでは御命令に従いまして……」

私は枯草の上に腰をおろして、終戦も知らずに転戦していた状況を報告した。

「生存者はわずかです。申しわけありません」

「仕方ないさ。本隊だって、このていたらくだ。生存者は三分の一だ。これからはなんとしても、生きることを考えねば……」

それにしても、日なたぼっこの将校はみんな中年、初老の召集ばかり。生きのいい陸士出身や若手将校は一人もいない。これはまた、どうしたことだ。

その建物には、私の原隊と他の部隊が入っていて、その中尉のほかは全部、他隊の将校だった。原隊の現役将校が開戦前後に姿を消したのは知っていたが、他の部隊も似たり寄ったりの有様だった。

八月九日の明け方、モロトフ・ソ連外相が、日本の駐ソ大使に宣戦布告したニュースが東京から入ったそうだ。それをうけて、関東軍司令部はただちに、ラジオ放送で「ソ連が参戦し、地上および空から満州国に進攻した」ことを声明として流した、という。

だから、新京の邦人は引き揚げの準備をして新京駅に集まったが、列車は何本も出るのに、「すべて軍用列車」といって乗せてくれなかった。軍用列車には関東軍幹部とその家族、南満州鉄道社員の家族、大使館関係者の家族が優先的に乗車し、引き揚げたらしい。

なんともやり切れない話を聞いて自分たちの建物に帰って間もなく、至急出頭の伝令が来た。

私は、ふたたび丘を越えて原隊に行くと、さっきの将校たちは、私を別の建物に案内した。糧秣倉庫の跡らしく棚がたくさんあって、麻袋が散乱していた。

そこには十名ほどの将校が集まっていた。逃げ遅れたのか、若い現役将校も顔をならべ、彼らが主導権を握っているようである。

「ソ連側は引き揚げ船が日本から到着次第、関東軍を内地に送還するといっているが、それはウソッパチで、シベリアへ抑留するらしい。そんなことにでもなれば、雪の中で野垂れ死にだ。将校は全部、逃げようって相談がまとまった。お前もいっしょに行動しよう」

例の中尉が私を説得する。私が返事を渋っていると、

「この期におよんで、お前はまだ部下のことを考えているんじゃないのか。平和なときとはまるで違うんだ。生きるか、死ぬかの正念場だぞ。他人のことまで考えてる余

裕はないんだ。己れのことだけ考えろ。非常事態だ、神様も許してくれるさ」

中尉が、神様を引き合いに出したところをみると、彼もやはり、部下を置き去りにして逃亡することにこだわっているのではないのか。

生死をともにした部下たちを見捨てて逃げられるくらいなら、あのとき決死隊長なんか、かって出るわけがない。そういう風見鳥のような性格ではないのだ。これからも部下と行動をともにするのは間違いないが、どういう表現で逃亡参加を断わろうか。悩んでいると、カラ元気の現役中尉に、

「どうする。逃げんのか。はっきりせい」

気合いを掛けられた。それでふん切りがついた。

「はい。自分には部下がおります。その部下を見殺しにはできません」

「あいつらだって大人だ。自分の生きる道は自分で見つけるさ。安っぽい感傷は捨てろ」

それは原隊の中尉の忠告である。原隊にいるときから、この教師上がりの召集中尉は私に目をかけてくれた。だから逃亡勧告も私の身を思ってのことだろうが、私とは根本的に思想が違っていた。ついこの間まで「将校と兵隊は一心同体。一丸となって国のために……」などとほざいていたのは、どこのどいつだ。勝っても敗けても上官

は部下をガードしなければならない。それが組織というものだ。

安っぽいか高尚か知らないが、これは感傷ではない。人間の道である。それを口に出していうことはできない。心の中で、さんざん毒づいた。

「変装用の衣服も準備した。引き揚げ列車も連絡がついている。心配することはない」とかさねて中尉がいう。

ソ連軍は、暴行やかっぱらいがいそがしくて収容所の警戒は手薄。カンボーイ（警戒兵）は結構いるらしいが、警戒の現場を、ついぞ見かけたことはない。

ここへ収容されるとき、衛兵所ですっかり所持金も貴金属も奪われたが、それでも、どこかへかくし持っているのではないか、と思うらしく、入れ替わり立ち替わり私物検査には現われる。

「ダワイ、ダワイ」と、ひと様の風呂敷包みや背のうに手をかける。そうそう隠匿物資があるわけはない。

「プチム（なんで）」といわれても困るのだ。「なんでないんだ」と彼らはいうが、自分たちで根こそぎかっぱらっておいて、なぜない、といわれても返事のしようがない。根っきり、葉っきり持ち去ったのは手前なんだ。原因は、己れの胸に聞け。そういう意味のことを相手に言ってやりたかったが、私はむずかしいロシア語が分からない。

知っているのは、ほんの日常会話程度である。

「ヨ　プトイマーチ」

にくにくしげに、捨て台詞を残して立ち去った。彼らの言う「ヨ　プトイマーチ」は後でわかったことだが、この世で一番いやしい言葉であった。下司の言葉だ。

「オマエハ　オノレノハハオヤトヤッタッテユウソウダ」

それはともかく、そんなわけで将校たちは、何食わぬ顔で自分たちだけの逃亡準備をちゃくちゃく進めていった。

外柵のクイも倒れた箇所があるし、彼らの住居は北のはずれで、カンボーイの目も届かない。外部との接触も容易だったのではないか。

「逃亡準備完了」の一語が、私の神経に突き刺さった。

「自分は行動をともに致しません」

回れ右をして私は走り出した。

「明朝まで黙ってろ」

妙に切羽つまった声が追ってくる。

その翌朝、

「隊長殿、起きて下さい」

服部がひどくせきこんでいる。

「どうした。オレ、まだ眠いんだぞ」

「大変であります。五号棟の将校がそろって逃亡したそうであります」

五号棟というのは、あの中尉たちの建物だ。「明朝まで黙ってろ」といっていたが、やっぱり昨夜のうちにトンズラしたのだ。

去らば、去れ。私はそんな気持であった。

「ほっとけ、ほっとけ。たいしたことじゃない」

私は前日、逃亡参加の誘いをうけているだけに、くるものがきた、と思うだけで特別な感想もないが、服部にとっては、不意の椿事で気が動転しているらしい。

私は「たいしたことじゃない」と服部にいったが、じつはたいへんな結果をもたらした。その日から警戒が厳重になって、マンドリンを抱えたソルダートが外柵近くの警戒をはじめた。だから、建物外への出入りが不自由になり、体操も散歩も禁止されてしまった。

帰還列車に乗って

五号棟の将校逃亡騒ぎがあってから五日後、非常呼集がかかった。

中庭にある、関東軍の将校集会所だったらしい建物の前で、ソ連将校が一段と声を張り上げて演説をはじめた。彼の演説が終わり、通訳は、

「ソ連首脳の特別のはからいにより、日本人捕虜を故国に帰すことになった。お前たちも、これから新京駅に行き、帰還列車に乗るのである。ソ連の温情を終生忘れてはならんぞ」

収容所内では、ソ連はわれわれ捕虜を日本へ帰さないらしい。全員シベリアに運び、強制労働につかせるそうだ、という噂が流れていた。それが、突然、日本へ帰すという。あの噂はデマだったのか。人の口に戸は立てられない、というが、本当に噂なんて信じてはいけない。

各自ベッドにもどり、支度しながら、浮き浮きとそんな言葉を交わした。ほんとに胸が破れるほど、いろんな思いや喜びがふくれ上がってくる。

目ぼしい物は、あらまし奪われたから、支度といっても時間はかからない。もし荷物がたくさんあったって、そんなもの、おっぽり出してでも出発したい、と思うほど気があせる。

五分後に集合。新京駅に向かって出発した。

駅のホームには、ボロボロで、泥んこ、浮浪者のような格好の兵隊が、たくさんう

ごめいている。

貨車につめこまれた。あぐらをかくのがやっとである。身動きできないほど窮屈だ。五号棟の将校たちは一人も見かけない。

私は、「それでも……」と思って注意していたが、収容所の中庭でも、駅のホームでも見かけなかった。

逃亡は成功するだろうか。それぞれの思想や道義は仕方ない問題として、逃げ出してしまったのだから、うまく逃げ切って欲しい、と神に念じた。とくにあの中尉が、うまく故郷に帰ってくれればと思った。彼は中学五年生を頭に六人も子供がいるのだ。「オレ、こんなことになるなら、精出して子供つくるんじゃなかった。カミさん困ってるだろ」と、五号棟で逢ったとき、真底こぼしていた。

「敗戦になって、出征家族の手当もどうなっているかわからない。アメリカに占領されたという話だから、そんな手当は打ち切られているかも知れない。カミさん、身体が丈夫じゃなかったから、世をはかなんで、一家心中なんてことにならなきゃいいが……」

そんな切迫した事情だから、逃亡の片棒をかついだわけだろう。「ロートル中尉、死ぬなよ。ぶじで帰れ」と、私は東の空を眺めながらつぶやいた。

その日は一日じゅう食糧の配給はなかった。すきっ腹だが、それほど苦にならなかった。

「もうすぐ船に乗れる。そしたら……」

きっと朝鮮に出て、釜山から船に乗るだろう。応召して満州へ送られるときも、釜山から汽車で朝鮮を縦断して満州に入った。今度は反対だから、朝鮮を縦に走って釜山に到着。そこから船で九州に渡るはずだ。来るときは一週間かかったが、今度は幾日で着くかな、と指折り数えているやつがいる。

「だけんどよ。アメリカにシッチャカ、メッチャカやられたんでねえべか?」

故郷に帰れると思って、急にお国言葉でしゃべる男もあった。

「どんなにやられても、故郷は故郷さ」

「うん、戦争が終わったんだ。働くぞ」

みんな思いは一つであった。腹がへっても、外気は寒くても、心は暖かかった。故郷の山河を思い浮かべながら、座ったままで仮眠した。

「おーい、起きろ、へんだぞ」

「なにがへんだ……」

「あれを見ろよ」

貨車ではあるが、明かり取りの小窓があった。ガラスは破損して、板切れが打ちつけてある。板のすき間から外を覗いたら、やはりへんだ。日本へ帰るなら、どの線路をとるにしても、東か南へ向かうはずだ。

それがどうしたことか、貨車は北へ向かっているのである。右側の小窓から太陽を拝めるのだが、その太陽が西に傾くにつれて、貨車はその光線を背に受けている。帰るべき方向とはまさに反対の方向に向かって、貨車は走っているのだった。

「だまされた。畜生め」

それでも、まさか、こんな大事なことに嘘をつくはずはない、と思っているやつもいて、

「そんなバカな。日本へ帰すといったじゃないか」

八ツ当たりぎみに初老の兵隊がわめいた。当たるべきほんとうの相手は、いまごろカラにした収容所へ、また新しい捕虜をぶち込んでいるだろう。

「そういえば、明日は食い物を腹いっぱい食わせる。暖かい衣服も支給すると約束しながら、いつも嘘をついていたな」

「そうだったな。いつもだまされたっけ……」

ソ連人は嘘をつく、今度もまた、だまされたのだ、ということに意見が一致して一

件落着したけれど、各自の胸の中では、失望、落胆、うらみ、つらみなど、なんともいいようのない悔やしさが、暗く渦を巻いていた。

われわれは子供のときから、嘘は罪悪と教えられてきたし、大人になっても嘘だけはつくまいと思っていた。社会生活をするうえで、どうしても嘘が必要なときもある。そんなとき、心の苛責に耐えながら最少限の嘘にとどめた。そんなささやかで、かわいげのある嘘にくらべれば、今回のしうちはなんともやり切れない。

日本に帰れるか、どうかは、生死にかかわる重大問題である。おそらく、逃亡、暴動を防ぐための嘘だろうが、それにしてもひどすぎる。もう十二時間も走っているから時速五十キロとして、六百キロ。新京から百五十里も離れてしまった。いまさらジタバタしてもどうにもならない。

それでも貨車は、回り道して釜山へ出るかも知れない。私は上衣の裾をそっと手で押さえた。裾前の右に認識票、左にダイヤの指輪が縫い込んであるのだ。

八月八日。国境の状況が風雲急を告げはじめたころ。原隊では、その夜、内務班長を通じてわれわれ全員に三センチ（一寸）四方ほどの薄い鉄板が渡された。

「今朝から国境の偵察を行なっているが、不穏な空気がただよっている。日ソ中立条約はあるが、ソ連という国は不可解な国であるから、条約を破って侵入してくる懸念が大いにある。いま、お前たちに渡したのは認識番号である。

どこで戦死しようとも、その番号によってお前たちの所属部隊、官姓名が解明される仕組みになっている。もし紛失した揚句、戦死するようなことがあれば、無縁仏となるからして、大切に所持するよう注意する。

鉄板に穴をあけてあるはずだ。その穴に丈夫な紐を通して、帯革などにくりつけるとよろしい。

お前たちが戦死しても、骨はかならず親許に送りとどける。安心して勇敢に戦って欲しい」

中隊長に指導されたらしく、班長はいつもと違って、よどみなく訓示した。

死んでしまえば、後はどうってこともないだろう。それより死なない対策を講じてもらいたいもんだ、と思いながら認識番号を見ると、「五五五」と同じ数字ばかり並んでいる。

読みようによっては、いい、いい、いい、である。いいことが三つも重なるのだ。これ以上、縁起のいい話がほかにあるだろうか。いまならバカバカしいと一笑されるかもしれないが、あのころはそうではなかった。戦争がつづいて不幸なことばかり起こると、ちょっとしたことにでも心を痛めたり、喜んだり、縁起をかついだりするものだ。

そんなわけで、私も縁起をかつぐようになっていたし、好きな数字だから二、三度読み返して、オヤッと思った。

五五五は、これまで何度も見たことがある数字の並び方である。何度も書いた記憶があるのだ。「さて」と考えているうち、五五五は自分の生年月日であることに気がついた。大正五年五月五日。それが私の生年月日である。

もっとも親父が生前、何かの拍子でもらしたのだが、ほんとうは、五月一日の生まれが、農繁期だったから村役場への届け出は五日になってしまったらしい。だから、私の生年月日は五年五月五日になっている。

しかし、このさい、そんな経緯はどうでもよろしい。戸籍簿が五日になっているのだから、おれの生まれたのは五日である。したがって、認識票の番号はドンピシャリ、おれの生年月日に一致する。だが、こんなことってあるだろうか。七十五万の関東軍で、生年月日とおなじ認識番号はおそらく、おれだけだろう、と思うと、その認識票が神秘なものに思えてきた。

「バンザイ」と大きな声で叫びたくなったが、こんな、いいことはだれにも黙ってた方がいい。どちらかといえば、おれはいささか能弁、下世話にいえば、おしゃべりに属しているから気をつけよう。

私の生まれ故郷では、「うまい物は一人で食え。いいことは他人に話すな」といわれていた。だから、認識番号のことは、いつまでも黙っていることにしたわけだ。故郷の言い伝えにしたがえば、きっといいことがあるから、紛失しないようにと軍衣の裾に縫い込み、作業衣に着替えたときも、真っ先に上衣に縫い込んだものである。

最初の戦闘で決死隊長になったとき、軍衣の上から、認識票を押さえてぶじを祈ったし、その後もピンチにのぞんで、いつかそこに手がいっているのに気づいたものだ。

ダイヤの指輪は軍人には、まるで関係ないもので、妙な取り合わせだが、子を思う母親の心がこもっている。

私が召集令状を受け取って故郷へ帰ったとき、郵便貯金の通帳とダイヤの指輪をお袋がくれた。通帳記載の数字は百二十円だった。当時、大学出の初任給は五、六十円だったからバカにならない金額である。

私が大学を卒業してすこししかたっていないころのことだ。お袋はおやじに死なれてから、女手ひとつで私を大学まで通わせてくれた。あれだけの金を貯めるのに、ずいぶん苦労しただろうなと思うと、自然に目頭が熱くなる。

指輪をつまんで私によこしながら、お袋は、

「お前ももうじき結婚せにゃならん。そのときは私から嫁さんに贈ろうと思って、用意しといた。戦地へ行けばなにが起こるかわからない。そんなときこれが役に立つだろうよ。〇・八カラットあるそうだ。ここ一番ってときに使えば、命拾いするぞ。お前は〝おちょんき〟だから心配でな」といった。「おちょんき」というのは、「俠気」「軽率」という意味の方言である。

お袋にそう指摘されるまでもなく、私は自分でも、おっちょこちょいだということに気づいている。気をつけてはいるが、なにせ生まれつきの性格だからなおらない。その後の例の戦闘でも、中尉に「このアホ」といわれながらも、決死隊長になってしまったり、その中尉の「真っ先駆けて突進し……」の軍歌さながらの指揮ぶりで、まさにバカの限りだ。その根底に正義感があるのは否定できないが、思考をただちに行動に移すあたり、やはり「おちょんき」のようである。

それはともかく、貯金通帳は隠匿の場所がなくて新京収容所のカンボーイに奪われてしまったが、さすがのかっぱらい名人たちも、上衣の裾までは気がつかなかった。

認識票はそのままだが、ダイヤの方は幾重にも布切れにつつんで大事にしまってあるが、それ以来、二つとも「お守り」にしている。それらがどうなったか、それはそのつど書くことにする。

さて、列車の進行方向から考えて、行き先はシベリアと思われる。貨車の中の空気が急に冷たく重く感じられた。しゃべる者もいない。

まさに天国から地獄へ突き落とされたのである。その日の正午ごろになって、はじめて、黒パンのかけらを渡された。食い終わったころを見はからっていたように、「全員下車」の命令があった。

駅舎もない原っぱである。枯葉をつけたカヤがどこまでもつづいており、その向こうに黒い雲があった。天気が変わるかも知れない。ひえびえとした淋しく哀しい風景がつづいていた。

「ダワイ、ダワイ」

貨車のどこにいたのかわからなかったが、三十名ほどのカンボーイがしきりに叫ぶ。逃げたら射殺するぞ、といった身がまえで追い立てるのだ。

女性の捕虜もずいぶんいる。服装や身のこなしはまちまちだ。看護婦など軍関係者もいれば、一般の地方人もいるようだ。

軍隊では一般民間人を地方人と呼んでいた。行進をはじめてまもなく、真っ黒い雲が手のとどきそうな感じで垂れ下がってきたと思うと、大粒の雨が落ちてきた。

ボタッ、ボタッと音を立てる。降りしきる雨の中、泥んこの道を一時間ほど歩いたら、「野営しろ」という。

道端の雑木林に駆け込んで、シートの切れっ端にくるまった。貨車を降りるとき、まさかのときに使おう、と貨車の床に敷いてあった天幕の端を失敬してきたのだ。古いけれど穴はないから、防水には結構、役立つ。貨車を降りてから、こいつをずっと引っかぶって歩いたから、おかげでびしょ濡れにならずにすんだ。

その夜はめし抜きだった。このごろ少しは馴れたとはいえ、やはり一日一食はつらい。食事といっても、パンの耳みたいなやつがほんの申しわけ程度だから。

空腹もさることながら、寒さがこたえる。

早く明るくならないか、とそればかり念じていたが、そんなときほど時間の経過は悠長だ。じりじりしているうちに、ようやく東の空が明るくなってきた。

背中にくくりつけた袋の中に、米と乾パンをすこしかくしてある。

飛行場を後にするとき、男鹿出身の女性が、そっと握らせてくれた袋だ。米は二升ぐらい、乾パンは三袋。彼女だっていつ日本へ帰れるかわからないのだから、貴重な食糧である。私はいま、食おうか食うまいか、ずいぶん迷い、悩んだすえ、ようやくのことで思い止まった。

この先、もっと苦しいことや空腹もあるはずで、これしきのことでねをあげるようでは先が思いやられる。ここは一番、意地でも手をつけまい。また行進がはじまった。雨はやんだが、泥んこでひどい道だ。

「ダワイ、ダワイ」

隊伍を離れる者があると、マンドリンは容赦《ようしゃ》なく火をふいた。威嚇《いかく》のためか、本気かわからないけれど、弾丸が耳をかすめるようにして飛んでゆくのは不気味だ。戦闘武器を持っているときと丸腰では、ひどく気分が違う。丸腰で追われるのは、戦闘よりずっと辛い。

また夕暮れになった。晴れたのは昼間だけで、まもなく冷たいものが頬を叩く。雪まじりの雨である。

また露営することになった。空腹と疲労で、ふらふらになって、その場にうずくまる者もいる。とくに女性は哀れだ。眠る前の用便も男のようにはいかない。

男の場合、いわゆるTACHISYON、大の方だってどこでもできる。しかし、女性の場合、そうはいかない。せめて下半身だけでもかくせる場所が欲しい。露営の指示があって妙に女性がうろうろしはじめたのは、考えてみたら、そんな理由からだった。

吹きっさらしの土の上にゴロ寝である。もし子供がいれば見るに耐えない惨劇が起こるところだ。収容所の柵のところで泣いていた女性のように、自分の子供を絞め殺す者が出るだろう。

それぞれ、背のうや風呂敷包みにつめこんであるボロや布切れを出して身にまとうが、そんな物では、気安めだった。またたく間に雨が泌みてしまった。私は例のシートにくるまって寝た。ほぼ二メートル四方はあるから、それにくるまれば寝袋のようになる。しかし、すでに衣服を通してしまった雨が冷たい。

わずかなら体温で乾きもしようが、ぐっしょり濡れているから、乾かない。身体の表面の雨が体温で温まって、やがて時間がたつにつれてお湯のようになった。寝て入浴しているようで、妙な具合である。

捕虜部隊の行軍

寝つかれないので、あれこれ考えていたら、頭の方でヒソヒソ話がはじまった。その中身はわからないが、兵隊の声ではない。まぎれもなく女性の声だ。

「あの……話してもよいですか?」

しかし、返事はない。雨が激しくなった。シートを打つ音がうるさい。私はさらに言葉をつづけた。

「自分の聞き違いだったら謝ります。女性の声が聞こえたようでありますから……」

しばらく間をおいて、ささやくような声がする。

「わかったのなら、かくしてもムダですわ。あなたのおっしゃる通りです」

「いつ、どこから……」

「出発する前の晩おそく」

シートを叩く雨の音が大きい。はっきりと聞きとれない部分もあったが、わかった部分をつなぐと、彼女は奉天の陸軍病院の看護婦。仲間はいずれも鳥取県の出身で、満州へ来たのは十九年の春。それまで日赤に勤務していたという。行進する部隊の中ほどに、妙な分隊がまじっているのに気づいてはいた。軍帽、軍服、軍靴など、全部の装備がととのいすぎている。それにほとんど新品である。

私たち関東軍兵士の着衣は、軍服あり、作業衣あり、それに中国服もまじっているが、すべて夏物だった。それも泥に汚れ、破れ、惨澹たる有様だ。上野や新宿の地下道に寝ている浮浪者だってもっとましだろう。ところが、その分隊の装備は、ととのっているだけでなく、温かそうな冬物であった。

顔や手はいずれも汚れていた、というより泥やススを塗って汚したというわざとらしい印象だった。それに身体の線が違うのである。胸や尻の線が丸い。

新京の収容所に入る前、飛行場に数日間かくれていたときのことはすでに書いたが、そこにひそんでいた男鹿の彼女をはじめ、ほかの女性たちもみんな頭は坊主刈り、顔や手足に泥やススを塗って〝男〟になっていたのを思い出した。同じように、私の頭の方で寝ていた女性たちも、〝男〟になっていたのである。

「奉天の病院といわれましたが、もしや……」

「なんでしょうか?」

「第二病棟のシミズエリコさん、知りませんか?」

返事がない。私は、予備士官学校で教育をうけているとき、パラチフスにかかって二ヵ月ほど入院したことがあった。

回復期に入ると、何を見ても食い物に見えてしまうほど腹がへる。わずかなおかゆでは、食べ終わるとすぐ空腹になるような按配だった。そんなとき、人目を忍んで握りメシを個室に運んでくれた看護婦があった。

名前は清水江里子。二十二歳。鳥取の出身で細面の美しい娘だった。

私は重症のうちは大部屋だったが、入院後一ヵ月ほど経過して回復期になると、個室にうつされた。その部屋は医療器具室だが、片隅の四畳半ぐらいの場所があいていたので、そこへベッドを持ち込んだのである。そんな物置同然の部屋だが、大勢でうるさい部屋よりましである。

なんでそんな特別な待遇をうけたか、というと、軍医が偶然にも私のお袋の遠縁に当たる男だったからだ。一日も早く学校に復帰したいから、と私にせがまれ、やむなくとった措置だった。

江里子が私の個室に通う、という噂がひろがって、軍医は頬かぶりするわけにもいかず、他の病棟へ彼女をうつさざるを得なかった。そんな経緯があって十日ほど後、士官学校への復帰が決まった。

江里子にはもう逢えないもの、とあきらめて歩き出したら、衛門の外に彼女が立っていた。

「戦争が終わったら、東京へ訪ねて行きます」

迎えに来た上等兵には聞こえないようにいうと、私の手を強く握った。そのときの彼女の手の温かさはいまでも忘れてはいない。

そんな、切ない思い出のある彼女の安否がわかれば、という気持だけだったのに、しばらくたって、意外な返事が帰ってきた。

「江里子は私です」

「ええ、江里子さんだって……」

こんな巡り合いってあるのだろうか……。私はシートから手を出して、彼女の頭のあたりをまさぐった。

「ぼくはチフスで入院していた候補生の……」

「ほんとですか……」

彼女も手を伸ばしてきた。あのころの感触が甦る。両手を握り合い、引っ張り合うようにして、私は身体の位置を変えた。起き上がれば、マンドリンがうなりを上げ、弾丸が飛んでくる。丸たん棒が二本並んだような格好だが、これも仕方あるまい。

わずかの間まどろんだら、夜が明けた。平原も原生林も銀世界に変わっていた。雨まじりだった雪が、雪になったのである。墓の土盛りのようなものが、雪をかぶってたくさん並んでいる。その雪の中からセキが聞こえる。仲間の兵隊たちだ。

江里子たちは雪を払い除けて起き上がったが、冬の装備で、防寒具も持っていたから風邪はひかなかったようである。私と江里子は顔を見合わせてほほえんだ。現実の厳しい状況とはうらはらに、温かい思いが胸の中でひろがってゆく。

すっかり濡れてしまった捕虜部隊は、ボロを引きずって八時間ほど歩き、また露営した。原生林の中の、小川のほとりであった。川はもちろん凍っているが、氷を割ると、水が流れていた。

各部隊ともひとかたまりになって食事をはじめた。この日、ソ連軍からの食糧支給は一度もなかった。だから各自かくし持っている糧秣を食べた。私は、男鹿の女性がくれた米をそっくりそのまま残しておいたので、その半分ほどと食塩少々をハンゴウに入れると、江里子を探した。

江里子は、百メートルほど離れた場所の大木の根元に腰をおろしていた。私はハンゴウを差し出し、

「炊いて食べるといい。おかずはなんにもないけれど、塩をふりかけると、なかなか乙《おつ》なもんだ」

できるだけ陽気にそんなことをいった。

「さっそく頂くわ。もうおなかがすいて、すいて……」

「こんなこと、地方人には無理だよね……」

兵隊は機会さえあれば、物品の員数を合わせたり、かくしたりするが、地方人、しかも女性の場合は、そうはいくまい。物品の員数を合わせるというのはカッコよくいっただけで、ほんとはかっぱらうことだ。

私は元の場所に帰り、一握りの米を小川でとぎ、ナベで煮た。兵隊とナベ。じつにチグハグで、妙な取り合わせだが、それも員数合わせの成果だ。収容所の軒先に転が

っていたやつを、まさかの用意に拾っておいたのだ。

ほかの兵隊も、まともにハンゴウを使っているやつは少ない。ナベ、釜はまだいい方で、ヤカンでメシを炊いてる者もある。お坊っちゃん育ちで、員数合わせなんかできっこないと思っていた服部も結構やるもんで、アルミのナベを抱えてメシを食っている。

決死隊生き残りの中でもっともひよわそうな服部が、いちばん心にかかっていたが、これならなんとかやっていけるかも知れない。それにしても、服部は、私よりいちだんと貧弱な身体だった。

ついでに書くと、兵役検査は満二十歳に達した青年男子を、小学校の体操場などに集めて軍医が行なう検査だ。軍人となる適否を決定するわけで、教育、納税と並んで国民の三大義務の一つであった。

軍医の判定は上から甲種、乙種。乙種はさらに第一乙種と第二乙種に区分され、三番目は丙種、最下位は丁種である。

兵隊に適すとされるものは甲種だけで、これはいかなる事態が生じようとも、検査終了後、指定の期日に、指定の部隊に入隊しなければならない。たとえ親が死のうが女房が倒れようが、理由にならないのである。それを忌避すれば軍監獄が待っていた。

つぎは乙種。これは国際状勢に応じて、第一乙、第二乙の順で入隊が発令される。丙種は五体満足ではあるが、その健康度、体格が軍務に不適当とみなされた。だから事実上、兵隊にはならずにすんだのである。

丁種は身体に欠陥のある者で、これはもちろん不合格である。

だが、特例が一つだけあった。旧制高校、専門学校、大学に在学中の者にかぎって卒業時まで、この兵役検査を延期する制度である。私は痩せっぽち、素人目にも、合格とはかけ離れていたので、自信を持って在学中に受験した。思惑どおり、検査の結果は丙種だった。

甲種になれば胸のうちはどうであれ、顔で笑って「おめでたいことで……」と赤飯を炊いて、親類、縁者、隣近所を招いて合格祝いをぶち上げたものである。

私は「これで大学を卒業できる」という安心感と、戦地に赴く若者に対し、一方では相すまぬ気持も湧いて、複雑な心境だった。

だが、戦局の悪化につれて第二乙から丙種、果ては丁種にまでお上《かみ》の声がかかり、私も十九年夏、召集令状、つまり赤紙をつきつけられたのである。

さらに、例の徴兵延期も廃止されて学徒出陣がはじまった。服部も丙種で、障害がないというだけだ。そんなわけで、私も服部も、身体の頑丈な農村出身者にくらべると、ひどく見劣りするわけだが、ソルダートに脅されては、行進するしかないのだ。

実際、あの山出しソルダートときたら、絵にも文字にも書けないほどカントリー。そのときもメシが終わってナベや釜を洗っていたら、血相を変えて飛んできて、

「シトー　シブウチ　スルチーラシ?」

左ではなく、右手首の時計をはずして見せるのだ。そのころ時計はすべてネジ巻き式だから、ネジがもどれば停まるのは理の当然である。

「ニー　ハラショー」

日本人ならだれだって、この手の故障ぐらい、立ちどころに修繕してみせる。ただネジを巻けばいいだけだ。しかし、見ている前でネジを巻いてはありがたみは薄い。

「分解しないとなおせない。仲間のところで待っていてくれ。ハラショー?」

しばらくたって、

「ソルダート」

呼んでもただでは渡さない。なにがしかの煙草と引き換えだ。日本の兵隊はそのころ、すっかり煙草を切らしていて、禁断症状というのか、妙にいらいらしていたから大助かりだった。

しかし、セコイ山出し野郎だから。パピローズ（紙巻煙草）はよこさない。刻み煙

草をほんのひとつまみだけ。それでも日本兵はずいぶん得したような気分になったものだが、後で考えてみれば、こんなバカバカしい、筋の通らない話は、またとないことに気づいた。

元をただせば、あの時計は自分たちの物だった。それを「故障」といわれ、修繕を頼まれたのをいいことに、したり顔でネジなんかくれて、煙草をせしめ、その揚句、「嘘をついて悪かった」みたいな反省をするとは、お笑いの茶番である。

それに気がついて、〝修理代〟を値上げした凄いやつがいる。

時計の故障騒ぎが片づいたら、今度は青い顔したソルダートが腹をおさえてやってきた。

「薬があるか?」という。腹痛だそうだ。

捕虜のオレたちがすきっ腹かかえているときでも、てめえら、黒パンかじって罰が当たったんだ、と思うと、素直に薬を渡せない。

「てめえらには、これでたくさん」

岩手出身の山岸兵長は、歯磨粉を渡した。小声だし、東北訛りの日本語だから、敵サンにはわからない。

「スパシーバ（有難う）」

バカはほんとにキリのないもので、まもなく、「あれ飲んだら、腹あんべえハラショー」なんていってきた。そのソルダートは、〝病いは気から〟を実証してくれたわけである。

ハンゴウ飯で久しぶりに腹がふくれると、自然、いろんなことを思い出す。

白衣の天使

私がパラチフスで入院したころ、日本の敗色は、日増しに濃くなっていった。原隊で初年兵教育をうけているときも、幹部候補生になってからも、戦局の情報はほとんど入ってこなかった。

日本が優勢ならば、上官たちは実際の何倍にもふくらませて吹聴するだろうが、旗色が悪いとなれば、怪我人がその傷口を見たがらないと同じ心理で、戦局にはふれない。

内地の部隊なら面会人から聞くこともできるし、日曜の外出もあるが、原隊は内地を遠くはなれた北満の地で、訪れる人はない。私の原隊は孫呉の街から距離があって、交通機関に恵まれていないから、外出は一度もなかった。そんなわけで、何もわからなかったが、陸軍病院の看護婦は営外居住だから、時の流れを刻々知らせてくれた。

新聞記者である私のもとには、いろんな情報が入ってきた。もともと大本営の発表を鵜飲みにはしていなかったがまさか現実は、それほどひどいものだとは夢にも思っていなかった。いずこの戦線も後退をはじめ、内地もアメリカ軍の空襲で、おびただしい犠牲者が出ているというのだ。

私の原隊から南方へ転属になった二百名ほどの将兵は、爆撃で輸送船もろとも海の藻屑と消えた。また、同じころ内地転属となった約百名も、配置された海岸で艦砲射撃をうけ、全員玉砕、という哀しい情報も知らせてくれた。

戦局が悪化し、軍医の需要が急増したためか、私の入院していた病院では、四名いた軍医が二名になってしまった。入院患者二百名に対して軍医二名というのは素人目にもひどい有様で、治療には看護婦が当たっていた。

私も入院した日に申告に行って、軍医のひとりが遠縁とわかったが、それからは会う機会はほとんどなかった。

入院患者は私のようなチフスが全体の半数。他は赤痢と結核患者で、それも身動きも満足にできないような重症患者ばかりだった。

私の部隊だけでなく、満州全域が物凄い水飢饉だった。陸軍病院にはチフス患者がゴロゴロ。シラミやチフス菌もウジャウジャというわけだ。水不足がもたらす不衛生が原因で、赤痢も流行した。結核は過労と栄養不足からだ。

兵隊の過労は極度に高まり、食糧事情も日に日に悪化していった。戦争の長期化に備え、食糧を蓄えているとばかり思っていたが、「戦争の長期化に備える」という建て前はその通りだが、食う人間が違っていた。営外居住で世帯を持っている職業軍人のためだったのだ。彼らは糧秣廠から配給になる兵隊用の食糧を、ピンハネしていたのだ。

山に壕を掘って貯蔵のきく食糧、たとえばハム、ソーセージなど肉製品、塩干魚、乾燥野菜、米、油、調味料などをごっそり貯めていたようだ。

私と親しくしていた兵隊が、壕へ食糧運搬の使役に狩り出されて目撃した話だから、単なる噂とちがって信憑性《しんぴょうせい》がある。部隊の兵隊が食う物ならば、口止めする必要がないのに、「口外したら営倉行き」と脅したらしい。

後でわかったことだが、いずれの部隊でも、職業軍人が同じような手口で、やくざもどきに食糧のピンハネに励んでいた。だから兵隊の食糧が減るのは当然だ。

重症患者ばかりが病院へ運びこまれるのに、医者はいないも同然だった。まるで「この世にあきたら、どうぞあの世へ」といわんばかりに、患者を投げ出した格好である。

寝かされているベッドはチャチな折り畳み式のもので、重病人にはまったく寝心地の悪いベッドだった。苦しくなると這いだしてしまう。だが、行くあてがあるわけではないから、廊下の柱にもたれて焦点の定まらぬ瞳でぼんやりしている。高熱で頭がおかしくなっているせいだろうか。

夕方、そんな哀しい状態を見たばかりなのに、翌朝はその場にうずくまり、動かなくなっている。そんなことが再三あった。

脱走も何度か聞いた。病衣一枚で脱走しても、外は零下三十度だ。いくらもったにしても三十分が限度だろう。すぐに心臓がとまってしまう。

兵隊はだれでも多かれ少なかれ脱走願望を持っている。万が一、逃げおおせればまだしも、捕まれば軍法会議にかけられて監獄行きか、銃殺刑であの世行きだ。本人はもとより、家族、親類、縁者まで「非国民」のレッテルを貼られ、世間を狭く暮らさなければなるまい。

だから神経が正常なうちは、なんとか自制しているが、神経がいたんでくれば、恥も外聞も忘れて柵を乗り越えるのだ。病院の柵は部隊とちがって、並みの桓根とたいして変わらぬ構造だった。

私と郷里が同じため、特別親しくしていた見習士官も熱が四十二度まで昇り、頭がおかしくなって柵を乗り越え、集落へさまよい出た。見習士官だから放ってもおけず、衛生兵が探しに出たときは、雪の中で凍死していた。

私はわりと早く危期を脱した。軽い散歩を許された日、廊下を歩いていると、結核病室のドアがわずかに開いていた。そこから中を覗き込むと、昔見なれた顔があった。大学の同期生だった。法学部では私と同じ英国法律専攻だったが、卒業してまもなく召集され出陣した。満州の部隊へ入ったとは聞いていたが、すでに中尉になっていた。

その部屋には八名ほど寝かされていたが、みんな血ヘドを吐いていた。伝染性の病気である結核は、当時、恐れられていたから、メシの食器は投げ込んで行くが、その他の世話はほとんどしていない。臭気のただよう部屋で、じっと死を待つばかりだった。

私はその日、一時間ほどかけて、彼のベッドのあたりを片づけたり、汚物を始末してやった。彼は骨と皮だけの手で私の手を握り、小さな紙包みをよこした。中身は金の指輪だった。

「オレはもうダメだ。出征するとき渡すつもりだったが、東京駅は混んでてな。学徒兵の出征でてんやわんやさ。渡せなかったんだ。お前、帰ったら届けてくれや」

彼のよこした紙片には、東京文京区の所番地と女性の名前が書いてあった。

「どういう関係だ？」

「うん……」

「お前の彼女か？」

「まあな、赤門の前に文慶堂って本屋があったろ。あそこの娘だ」

私もその本屋へはよく行った。いつもカウンターに若い娘が座っていた。色白で福々しい顔立ちだった。

「お前、案外、手が早かったんだな。知らなかった。いつも参考書ばかり見てると思っていたが。男女の仲ってほんと、わからんもんだ」

「手が早いなんて、そんな……」

幽霊のごとく青ざめていた彼の頬に、そのとき、わずかだが赤味がさした、と私は思った。私は「まさか」と思ったが、それには大きな理由がある。

彼は高等文官試験の司法科受験のため、猛烈な受験勉強をしていた。下宿へは帰らず、研究室に毛布を持ち込んで泊まり込んでいた。食事に出るにも、喫茶店へ行くにも、腰に目ざまし時計をぶら下げていた。

研究室から出ると気がゆるんで眠くなるので、大体、仮眠時間を五分前後と決めて、食後やコーヒーを飲んだ後で眠るわけだ。目ざまし時計のネジさえくれておけば、安心しておれるのだ。ジリ、ジリッという大きな音が起こしてくれるから、寝過ごしは絶対ない。高文の受験生には、風変わりなガリ勉が揃っていたが、中でも、彼の時計は学内の好奇心を煽るに充分だった。そんなガリ勉に彼女がいたなんて信じられない、と私は思いながら、その指輪を預かった。

その翌日、夕暮れ近く、彼の病室を訪ねた。あれからの汚れ物でも片づけてやるつもりで顔を出したが、もうその必要がなくなっていた。その朝早く息を引き取った、というのだ。ベッドの毛布やシーツは片づけられていたが、線香一本、立てられていない。彼が死んだ、などとは信じられない風景である。

彼とは反対に、私はそのころから快方に向かい、無性に腹がへった。はじめの一週間は濃いめの重湯だったが、その後は、おかゆに代わった。しかし、茶碗に半分ほどのおかゆでは、いつもすきっ腹をかかえているようで辛い。担当の看護婦が見かねて、差し入れをしてくれるようになった。その女性が江里子であった。

江里子たち看護婦は営外宿舎から通勤していたので、街の食堂や食糧品店から食糧を買い集めて来るらしく、種類が豊富だった。握りめし、マントウ、メリケン粉を玉子でこねたものなど、名前は知らないけれど、いろんな物をくれた。満州の食べ物は、胃にもたれるが体力はつく。

散歩を許された当初は、足が思うように上がらなかったが、間もなく自由に歩けるようになった。

江里子の差し入れがはじまって十日ほどたったとき、私は彼女に聞いてみた。

「どうして親切にしてくれるんですか？」

しばらく江里子は黙っていたが、

「似てるんです」と、小さな声でいった。

「だれに似ているんです？」

また彼女の沈黙がつづく。そして、

「初恋の人に……」と、さっきよりもっと小さな声でいった。

江里子は、一語一語、噛みしめるように話しはじめた。

彼女は高等女学校四年のとき、恋をした。初めての恋だった。相手は中学の五年生。通学列車の中で顔を合わせるうち親しくなったそうだ。そのころ中等学校へ進学できる者は、小学校六年生の一クラスのうち、男女それぞれ二、三名程度で、中等学校へ行ければ、おんの字であった。

高等女学校の修業年数は四年。中学は五年で卒業。だから卒業は同じ年である。二人とも就職して、だんだん疎遠になっていった。戦争がはじまり、世の中すべて軍国調に塗りつぶされ、恋愛どころではなかった。若い男女が肩を並べて歩いただけで、警官に職務質問されるという妙な世相になり果てた。

その彼は卒業して三年目、現役で入隊し、南方へ送られたようだが消息はない。彼女は、満州の生活が淋しいせいか、このごろ彼を思うことが多いという。そんなとき、私が現われ、その初恋の男に生きうつしだったから、つくす気持になったというのである。

私は色気より食い気の方が先走っているような状態で、それまで気にしていなかったが、看護婦と患者の関係ではなく、男として、あらためて女である江里子を見なおした。彼女は美しかったし、驚くほど色気があった。

私は、自分が痩せているせいか、身長があって肉づきのいい女性が好みである。その点、江里子は私の好みにぴったりで、顔は女優の木暮実千代に似ていた。

私がまだ学生のころ、利用している秋葉原駅でよく木暮を見かけた。彼女はこの駅から大船の撮影所へ通っていたらしい。やはり大柄で、育ちのよさそうな女性だった。私は短い期間だが、すっかり彼女にのぼせあがった記憶がある。

入隊以来、まるで忘れていた〝男〟が目をさました。その病室は、医療器具の置場だったところを病室にしたもので、まだそんな道具が積み重ねてあって、ベッドは一つあるだけだ。つまり、私がただ一人というわけで、デートにはもってこいである。

そのころ、ドイツの無条件降伏が伝えられた。日本にも近い将来、同じような悲劇が訪れるのではないか。私は、そんな不安と焦燥に駆られていた。

それから間もなく、江里子の姿がこの病棟から消えた。第二病棟へ配転になったと、彼女の同僚はいった。

私とのデートが噂になり、事務室に知れて配転になったのではないか。遠慮しながら、そんなことをいう看護婦もいた。

哀しみと怒りと

思い出にひたっていたら、「大変であります」と清水兵長が駆けてきた。

清水は、用便のため川上の方へ二百メートルほど行ったら、兵隊が大勢死んでいた、というのである。

ソ連兵はまだ仮眠している。彼らが目をさまさないように遠回りしたり、大木の陰を選んだりして、その現場へ到着したが、清水兵長の言ったとおり、むごい光景だった。数人ずつ、折り重なるように死んでいた。小川の中にも死体があった。

清水兵長が「兵隊……」といったのは、軍服を着ているから、兵隊と思ったまでで、ほんとうは、まぎれもなく女性であった。軍帽を取ると、頭は坊主刈り。顔は汚れていても、ヒゲは生えていない。噴き出した血は、すでに固まり、変色しているから、二、三日前に射殺されたのではないか。ほぼ三十体である。

女性であることが露見して挑まれ、それを拒んだために惨殺された、という仮定が成り立つ。それ以外に、女性ばかりで殺されていた理由は見当たらない。そんな現場の状況だった。

それにしても、あの死体のある川の水で、メシを炊いて食っていたわけだ。しかし、捕虜になってからは予期せぬ出来事がかさなり、神経がマヒしてしまったのか、それともいつも空腹のせいなのか、それほど気にならない。

清水兵長には、「だれにもいうな」と口止めして現場を離れた。兵隊には知られたくなかった。とくに、江里子たちに見せてはならない光景である。

いまにも泣き出しそうな空の下、その日も暗くなるまで歩いた。泥濘《でいねい》の道を四十キロ、ひどく難儀である。江里子たちは最後尾になってしまったのか、姿が見えない。草原の中の建物で寝ることになった。そこは牧場の跡地らしく、ところどころに、立ちぐされの柵が残っている。

そのそばに、丸たん棒でつくった小さな建物があった。屋根も壁もすべて丸太。内部は雨や夜露に半ばさらされているようだが、トイレにはなるだろう。兵隊たちは立っても、しゃがんでも、どこでやっても苦にならないが、女性が野原で用便するには、ひどく勇気がいることだから、あんな小屋でも助かるはずだ。

寝場所と決まった建物は細長く、奥行きは三メートルほどだが、長さは三十メートルもある。妙に馬糞臭いと思ったら、藁の下に乾燥しきった馬糞が転がっていた。馬小屋だったのだ。

この小屋も丸太小屋だから、吹きっさらしの中に寝ているにひとしいが、雪の中で寝るよりは、ましである。上向きでは場所をとるから、みんな横向きになって寝た。

原生林の中で見た女性たちの射殺死体、それと江里子たちの運命、この二つがどうしても結びつくような気がしてならないのである。眠ろうとしても妙に頭が冴えてくる。すきっ腹が鳴った。

その日は、拳ほどの大きさの、べっちゃりした黒パンが一個ずつ配給されただけだった。だから腹がへっているのは私だけでなく、みんなも同じはずだ。

ソ連兵の「ビストリ、ダワイ」の怒声で、メシを炊く時間がなかった。ちょっとでも列を離れようものなら、本気でマンドリンをぶっ放す。ついこの間まで、シベリアの刑務所でカンボーイ（警戒兵）に、「ビストリ、ダワイ」と追いまわされていたのを、そっくり真似ているわけだ。つまり、いまは被支配者ではなく支配者である。それも、絶大な力を持つ権力者である。

ソ連のイデオロギーと、支配や権力とはまったく異質のものである。ソ連は支配や権力を拒否して帝政ロシアと戦い、権力者やブルジョアジーを追放したはずではなかったか。彼らの民主主義はお題目なのか。私の怒りは爆発寸前であったが、たとえ爆発したって今の場合、「抵抗」にもならないし、ソ連もソルダートも、いささかの痛痒も感じないだろう。まさに、ゴマメの歯ぎしりである。

われわれ兵隊は、腹の立つことと、腹のへることには慣れているが、江里子は辛いだろう。

私はそっと起きて、背のうをまさぐった。乾パンが三袋しまってある。

彼女は、十メートルほど離れた間仕切りのところに寝ている。私はそこまでホフク前進でたどり着き、江里子の顔の前に乾パンをおいた。

話はできない。小屋の端の方からソルダートの声が聞こえる。江里子の額にそっと手をおいた。すると彼女は、私の手を強く握った。ずっと彼女のそばにいたかったが、私は思いきって引き返した。

それからどのくらいたったろうか。周囲のざわめきで目がさめた。

「どうしたんだ？」

「四分隊がごっそりいないんであります」

渡辺伍長が答えた。四分隊といえば江里子たちだ。一分隊から三分隊までが私の指揮下、四分隊からは石川曹長が指揮をとっている。

私は胸の動悸を押さえながら、石川曹長に聞いた。

「どうしたんだ。四分隊は？」

「自分にも、てんでわからんであります」

石川が、四分隊、つまり江里子たちの隣に寝ていた分隊の連中に聞いても、さっぱり要領を得ない。江里子たちの寝ていた場所は、間仕切りと間仕切りに囲まれた小さな部屋で、こわれた桶が散乱している。馬の飼料室らしい。そんな独立したような場所だったから、両隣の兵隊も気づかなかったわけだ。

江里子たちは、こぞって逃亡したのだろうか。ひょっとしたら、あの原生林の中で惨殺されていた女性たちと同じように……。

江里子たちが忽然と姿を消した哀しみと、見えぬ敵に対する怒りが、私の胸のうちでウズ巻いた。しかし、それは所詮、はけ口のない哀しみと怒りである。

だが、犯人はソ連兵とはかぎらない。満州の混乱は目をおおうばかりだ。小松隊も南下の途中、幾度も住民の襲撃をうけたが、秋元曹長の指揮する秋元隊もひどい目に遭った、という。

秋元曹長の指揮する一個小隊は、転戦の途中、集落の近くで露営した。物音で目をさましたときは、すでに取り囲まれていた。

それはソ連兵ではなかった。住民二十名ほどが手に手に銃を持ち、銃口を寝ぼけまなこの秋元隊に向けている。その銃は関東軍の三八式歩兵銃だった。そもそも、彼らが銃を持っていること自体おかしな話だ。銃を持っていた日本兵を殺したのか、物々交換でもしたのか、どうせロクなことではあるまい。

たとえ召集のガラクタ部隊でも、プロの端くれ。いくらでも応戦するが、戦う相手が違う。敵のソ連軍ではないのである。ついこの間まで五族協和を誓い合った仲なのだ。

それに秋元隊には、足手まといが二十数名もいた。在満応召の家族で、住み家を失った女、子供。その人たちを生命のやりとりの道づれにはできない。それぞれ腕時計をはずして彼らに渡し、ことなきを得た。

行く先不明の当てどない旅の途中に、佐伯という老人から聞いた話も、身の毛のよだつ凄惨でむごいものだった。

佐伯は開拓団員である。十五日の昼ごろ、団長の使いの人がフレながら走っていた。

「ここにいるのは危険です。身の回り品だけ持って集まって下さい。大至急ですよ」

みんな団長の家の庭に集まった。

雨がひどく降ってきたが、傘を持って来なかったからみんなぐしょ濡れだ。団長宅に来るまでのアゼ道で、ぬかるみに靴をとられて裸足の子供もいる。

団長の「日本は戦争に負けました」という声は、やっと聞こえる程度で、細い声が、震えている。

「日ソ中立条約を破ってソ連が参戦したため、この満州は各方面から攻められることになり、あちこちで暴動が起きています。ここは老人と女、子供だけです。ソ連兵に殺されるか、暴動を起こした住民に虐殺されるか、そのいずれかだと思います。この付近でも、すでに掠奪がはじまっていると聞いています。家財道具はあきらめて下さい。みなさん、決心して下さい。出征されたみなさんの子供や御主人は、敵と戦って名誉の戦死をとげたのです」

急にそんなことを言われたからといって、理解できるものではない。みんな、狐につままれたような按配である。

「団長、見て来たんですか」

「私は見てないが、たしかな情報があります」

団長は確信しているようだが、みんなは半信半疑であった。

「内地はどうなってますか？」

「内地は空襲で全滅。日本は滅びました」

「そんなバカな。日本がやられてしまうなんて……」

「不敗の日本が負けるはずはない。神風が吹くことだってある」

「神風が吹く」といったのは、白髪の老人だった。

「ついこの間まで、連戦連勝だっていってたじゃないですか。それが急に……」

後はもう声にならない。

「信じないのは勝手ですが、現実はもう一刻の猶予も許しません。みなさん、いさぎよく自決しましょう」

「団長さん、そんなバカな。私たちはなんのために、はるばる内地から来たんですか」

すすり泣きがひろがって、それはやがて、うわーん、という叫びに変わった。

佐伯は、全身の血が抜けてしまったようで寒い。

なんのために、はるばる満州くんだりまで来たのか。政府の「国策」とやらいう理想にそって、倅夫婦や孫たちと手をたずさえて渡満して、三年。やっと満州の気候や農法にも馴れて、これからというときに、倅は在満召集とやらで入営した。それからは、もうじき七十歳になるオレが倅の分まで働いてきた。それを……。内地へ帰ろうというならまだしも、自決するなんてそんなバカなことがあるか。内地がどうなったか、故郷の木曾谷の村がどうなったか、この目でたしかめるまでは、オレはけっして死なんぞ」

佐伯は固く決意して家へ帰った。

男が数名、家の中から布団や風呂敷包みをかつぎ出している。そして、彼の家だけでなく、周囲の家からも同様、家財道具が持ち去られている。そして、諸所に抜き身の刀を持った男が立っていた。

佐伯が、「泥棒」と叫んだら、抜刀した男が駆け寄ってきた。

佐伯は必死で防風林の中に逃げ込んだ。銃声を聞いた。住民の威嚇射撃らしい。団長の家に行くと、家に入り切れない女、子供が、泣いていた。雨がひどく降っている。そのぐしょ濡れの人たちを、刀や鎌を持った住民が取り囲んでいる。抱き合っている日本人に、いつ襲いかかるかわからない。

団長の家から転げるように飛び出してきた人々と庭にいた者はいっしょになって、とうもろこし畑に逃げた。

団長宅から銃声が聞こえ、わっ、という叫び声があがった。開拓団の人々を団長の家から追い出し、住民が占領したようだ。

雨足は刻々と早くなってゆく。そのころ満州はよく雨が降ったが、その日の降りはとくにひどかった。篠つく雨、とはこんな状況をいったのだろうか。

子供たちが泣き出した。寒さもさることながら腹がへったというのである。あのどさくさで昼食をとっていない。飲まず食わずで夜を迎えた。母親たちは、子供の頭を膝に乗せ、その上にかぶさるようにしている。子供が雨にたたかれないように、との親の配慮である。

その翌朝、雨はやんでいた。しかし、泣き出しそうな空模様だった。

「みなさん、それでは、これから東の方に向かって、お別れの挨拶をしましょう」

全員が立ち上がり、いっせいに最敬礼をする。団長はつづいて、「天皇陛下に最敬礼」といった。

とうもろこし畑で夜通し雨に打たれているうちに、容易ならぬ事態が、はっきりわかったようである。女性はみんな腰紐を抜いた。

「ほんとにお世話になりました」

「こちらこそお世話になりっ放しで……」

「さようなら」

「お願いします」

子供の悲鳴が聞こえる。〝ウッ〟と息のつまるような声だった。

「おじいちゃん、いろいろお世話になりました。あの世でお合いしましょう。静子からお願いします」

そういって、佐伯に子供たちを絞めてくれ、と頼んだのは隣の嫁さんである。

この嫁さんの亭主も、七月になって不意に赤紙が舞いこんで、あたふたと入隊した。

それから嫁さんは、五歳の静子ちゃんと三歳の勇君を抱えて畑をまもってきた。

そんな矢先の出来事である。もうどうにもならない。団長のいう〝自決〟を心に決めた。

「静子ちゃんも、勇ちゃんも聞いて……」

とうもろこしを倒した上に二人をならばせた。

「お母さんも後から……」

終わりの方は涙で言葉にならない。二人の子供も泣きながらコクッと頭を下げた。二人とも母親の言葉を漠然《ばくぜん》とではあっても、どうやら理解したようだ。

「三人で、おじいちゃんとお婆ちゃんのいる日本へ帰りましょうね」

二人ともまたこくりと頭を下げた。三人とも涙でぐしょぐしょになった。二人の子供が胸に抱いた人形も濡れている。佐伯はまず、静子ちゃんの首に紐をかけた。静子ちゃんの首から紐をはずして、勇君の首にかけた。二人とも、母親の膝にもたれかかるようにして息絶えた。最後に嫁さんであった。彼女は、静子ちゃんと勇君の上にかぶさるような格好で数回ケイレンして、そして昇天したようだ。

こうして開拓団の人たちの生命が消えていった。

東の空へ渡り鳥が飛んで行く。隣の嫁さんや子供たちの魂を日本へ運んでくれ。佐伯は神に訴えた。

新京の収容所を出発したときから、佐伯老人は小松隊に編入された。足腰が弱っているから、私がなにかとめんどうを見てきたのである。

「この手で三人を絞め殺してしまった」と私に訴えた。

そのとき、自決しなかったのは男の老人ばかり三名。

「ソ連兵にやられた、というならまだしも、住民に襲われて自決する、というのはどうも釈然としない。おれたち三人はソ連と戦って死ぬか、そうでなければ日本へ帰ろう」と誓い合ったそうだ。佐伯老人は若いとき、日露戦争に参加したといい、そのころの軍人気質がまだ残っているようであった。

老勇士の気概

佐伯老人の話を聞きながら、泥んこの道を歩いた。日露戦争従軍の勇士も、寄る年波には勝てないとみえて、隊伍から遅れがちだ。

「隊長さん……」

佐伯老人がうずくまった。

「どうした。どこか痛むのか？」

「はい。足が痛いんです」

「歩けないか？」

ウシに手を借すよう命令した。ウシの本名は山県大蔵。北海道の産だ。あの広漠たる旭川の原野で育ったせいか、性格はいたっておおらか、小さなことにこせこせしない。どんな運命が待ちうけているかも知れないいまの境遇。いまはあっても一寸先は闇。だれもが心細いときなのに彼だけは、ゆったりとかまえている。不思議な男であった。年は二十八歳で牛飼いだそうだ。彼が出征してからは、カミさんが一人で牛の世話をしているらしい。

　哀しみや辛さをまぎらわそうとして、みんなおしゃべりになってしまったが、彼だけは黙々と歩いている。だれもかれも、聞きもしないのに、女房や子供の話をとめどなく語っているのに、彼はなんにも言わないから、仲間がむきになってしつっこくほじくり返したら、ぽつんとカミさんのことだけしゃべった。

　身体も大きく、がっしりしているから、彼が歩いている風景は、大きな牛が北海道の原野をのし歩いているようだった。だからウシと呼ばれていた。佐伯の爺さんに手を貸すことができるのは彼しかいない。

「爺さん、頑張れや」

　そういいながら、彼は佐伯の手をとって歩き出した。

「わし、腹の按配もおかしいんだ」

「下痢でもしたのか?」

「はい、さっき休んだとき、行って来たんですが、軟らかでした」

「赤痢患者が出てるようだから、気をつけろ」

　私は、とっときのクレオソートを十粒ほど、佐伯に渡した。

「用便しているとき、聞いたんですが、昨夜、三人逃げたそうです」

ソルダートが見張っているときに逃亡すると、やつらは情け容赦なくマンドリンをぶっ放すが、夜間、見つからなければ、案外、逃亡は成功するかも知れない。

なんせ、彼らは計算に弱いのである。弱いというより、からきし駄目、数字音痴なのだ。

日本人なら十五プラス二十イコール三十五。八カケル九イコール七十二ぐらいは暗算で立ちどころに御明算。ところが、彼らは学問とは縁遠い、さい果ての地の出身だから、すべて指折り数えるわけで、それも、まどろっこしくても計算が正確ならまだしも、いつも、トンチンカンな答えだったのだ。

出発するときも整列させて、員数点検はもちろんやらなければならないが、大部隊だから時間がかかる。頭がこんがらかって途中でおしまい。

自分たちが引率する部隊の員数を、正確に把握していないようだ。したがって、夜間に二名や三名いなくなっても気づかないのである。

「いまもって露助が騒がんとこみると、ぶじに逃げたようです」

佐伯が何をいおうとしているのか、その意味が次第にわかってきた。

「それで、あんたも逃げようというのか」

「それはあんたの自由だ。いけないことはない。逃げ切れればな。しかし、このあたりはまだ満州国内だが、満州は元の満州ではないんだ。いたるところにロシア兵がいるし住民だって油断ならない。日本は海の向こうだ。港までどうやってたどり着く」

「駄目ですか？」

「…………」

「夜間になって、この部隊から逃げ出すことはできるだろう。だが、むずかしいのは、それから先だ。しかし、あんたがどうしても逃げたい、というなら止めはせん。好きなようにしろ。だが、逃げるにしては、失礼だが、あんたは年を取りすぎている」

「老人であることも身体の調子も、自分が一番わかっています。だが、捕虜って名がどうにも我慢できないんです」

日清、日露の戦い。それに、今度の太平洋戦争を通じて日本軍人の胸のうちには、〝生きて虜囚となるより死して……〟という殉死の思いが流れていた。

佐伯老人の属した開拓団の女性たちが集団自決の道を選んだのも、この思想があったためではなかったか。

もちろん、突如として捲き起こった大きな嵐、その嵐に吹き飛ばされ、お先真っ暗な運命を悲しんでのことではあるが、「生きて捕虜の辱しめを受けるより死して祖国に帰らん」という思いが、その根底にあったものと思える。

そういう逆境に突き落とされて、開拓団の女性たちは死を選んだが、佐伯老人は生をとった。生き延びて「一人でもいいから敵を倒したい。それから日本へ帰る」と、夢のようなことを口走った。

「自分がいっしょに逃げれば、あんたも心強いだろうが、自分には部下がいる。先頭に立って、あいつらのめんどうを見にゃならん。すまん、勘弁してくれ」

佐伯としては私といっしょに行動したかったわけだが、私にその気がないとわかって、逃亡を口にしなくなった。

夕方まで歩いていたら、荒涼たる風景の中に大きな建物が見えた。コンクリートの建築で、内部には家具らしい物はなくガランとしているので、どういう種類の建物かわからない。だが、雨露をしのぐには、そんな詮索は無用である。ここではじめて、足を伸ばして寝ることができた。

この建物に到着したとき、妙に石油くさい黒パンを支給された。後で聞いたことだが、ソ連軍の糧秣係が油を横流しし、その代わりに石油を使うからだそうである。

その日の支給は、そのべっちゃりした黒パン百グラムほどがすべてであった。いくら空腹に馴れてきた、といっても、それだけでは、食ったはしから腹が減る。

そんな腹具合でも、疲れているので、兵隊たちはぐっすり寝こんだようである。しかし、私はどうしても寝つかれなかった。新京の収容所を出発した仲間のうち、すでに、二十数名が生命を落とした。

行軍の途中、隊伍を離れた者、おそらく逃亡するつもりで隊伍を離れたか、あるいは下痢を我慢できず、やむなく列を離れようとした者だ。なぜ隊列を離れるか。ソルダートはその理由なんか聞かない。列から三、四メートル離れただけで射殺する。

慢性的な飢えと疲労、そして、病気で身体の弱っている者は、肉親の名を呼びながら死んでいった。

道路脇に死体が捨てられていた。裸の死体もゴロゴロしている。日本では「病人のフトンまではぐ」といい、悪者の代名詞だが、ここでは死者の衣服まで盗むやつがいる。犯人はソルダートか、住民かわからないが、むごい話だ。

私たちの前の部隊や、その前の部隊でも同じようなことがあったと想像される。すでに一週間をすぎたとみられる死体がたくさんあった。

「隊長殿」

眠っていると思ったら、服部は眠っていなかった。

「どうした?」

「はい。いろいろ考えちゃって。自分たちはここに収容されるんでありますか?」

「いや、そうではない。一晩だけだろう」

「じゃあ、やっぱり……」

「うん、そうかも知れん」

それだけいえば、わかってしまう会話だ。行く先は、名称をはっきり言いたくない場所である。

「どのくらいで帰れるでしょうね」

「わからんな」

いずれにしても、ソ連という国は、日本人の常識では、はかれない国である。彼らは満州へ侵入したとき、馬を持ちながら飼料を用意しなかった。兵隊を移動させながら糧秣を携行しなかったし、行李も用意しなかったそうである。つまり、輜重を持たなかったのである。

満州の農民は、ソ連軍の進攻をはじめは歓迎していた。ソ連は社会主義の国、人民解放の先達だと思っていたからだ。日章旗を焼き、ソ連旗を立ててソ連兵を迎えた。ところが、満州農民の期待は無残に打ち破られた。

満州はちょうど収穫期を迎えていたが、ソ連軍はそれに目をつけたのである。日本軍の糧秣庫はもちろん、在満日本人の食糧もすべて奪い去り、それだけではあき足らず、住民の収穫した農産物にも目をつけた。まるで蝗《いなご》大軍が田畑を荒らすようなすさまじさで全満州の農村を荒らし、貨車でシベリアに向け輸送をつづけた。

「ソ連軍は、こんなやくざな軍隊だったのか」

期待は裏切られた。ひどい被害である。口惜しさのあまり、農民たちはソ連旗を焼き捨ててしまった。

そんなわけで、ソ連軍のやり方は、われわれの想像の域を越えているから、捕虜の運命はわかりっこない。

しばしまどろんだら明るくなった。ソルダートが「ビストリ ダワイ」と叫んで整列である。佐伯爺さんの姿が見えない。そばに寝ていた連中に聞いても、まるで知らないという。

爺さんが、「小隊長がいっしょに逃げないなら、わしもやめる」と約束したのは嘘だったのか、あるいは、あのとき、逃げないでおこう、と言ったのは本心だったが、その後、心変わりしたものか。いずれにしても、姿が見えないということは逃亡したわけである。

いつもカンボーイは指折り数えて員数点検をするのに、その朝に限って「番号」をかけさせた。佐伯の番号は、服部が「代返」してその場をつくろった。

昼すぎまで歩いたら、線路に貨車が停まっていて、それに乗れという。乗るときも原っぱだったが、それからも貨車は駅でもないのによく停まった。そんなときは貨車から這い出し、用便をした。

畑荒らしもやった。その日も、食糧の支給がなかったので、貨車がとまるたびに、菜っ葉や大根類をあさって生で食った。

貨車が進むにつれ、寒さが厳しくなった。背負ってきたボロ衣類を身にまとっても、やっぱり寒い。十軒、二十軒の集落が幾つも見える。開拓団の集落らしいが、人影はない。夕暮れの中で淋しくかすんでいる。

線路脇に死体らしいものが見える。大きいのもあれば小さいのもある。大人と子供の死体らしい。中には白く見えるのも混じっている。おそらく野犬に食い荒らされたものだろう。こんな凄惨な現場を見ると、自然、佐伯爺さんを思い出す。

年齢もさることながら、足腰や腹が痛んでいるそうで、とても逃げ切れるものではない。ソルダートに発見されて射殺されるか、野垂れ死にするか。どうせロクなことにはなっていないはずだ。

あのとき、「あんたの判断にまかせる」みたいなことをいわず、隊長の命令として逃亡を禁止すべきではなかったか。そんな後悔の念が湧くけれど、いまとなってはどうしようもない。

夕暮れの迫るなか、貨車は小さな駅に停まった。原っぱの中に、ぽつんと粗末な駅舎があって、その周囲には、ほんの申しわけみたいに家が数戸、建っている。

そんな淋しい風景なのに、物売りが二十人ほど、裸電球の下に集まっていた。異様な雰囲気である。

住民の女や子供がほとんど。ということは、まだ貨車は満州国内を走っているわけだ。

それはともかく、胸につった籠にはマントー類が積んである。ノドから手が出るほど欲しい食糧だ。みんな胸や尻のポケットを探して、なけなしの金を差し出すが、受け取ろうとしない。首を横に振り、彼らは腕時計を見る仕草をし、物を書く真似をする。

「腕時計や万年筆と交換だとぬかしやがる。ふてえアマにガキだ」

いくらジダンダ踏んでもどうにもならない。マントーを持っているのは向こうさま。売り手市場である。

ソルダートの身体検査のとき、どうにか魔手をまぬがれた連中は、しぶしぶ時計、万年筆などを差し出して、わずかなマントーを手に入れる。交換する物資のまったくない兵隊は、仲間が口に入れるマントーを、指をくわえて見まもるだけだ。極限状態にあらわれる人間の本質をかい間見たようで、私は寒々とした気分に襲われた。

貨車はまた動き出した。もうどのくらい走っただろう。走った距離も日時すらも、わからなくなってしまった。あせったってどうにもならない。自分の意志が通用しない、あなたまかせの、成り行き次第。惰性で生きているだけ。そんな空虚な気分であった。

第三章　異国の丘に死なず

貨車は西へ走る

貨車の窓から朝の光が射し込んできた。太陽がゆらゆらとゆれながら、地平線を離れた。大陸では、日の出と日の入りに見せる太陽の姿は驚くほど大きい。日本のそれと比べると、四倍も五倍も大きい。それに、ねっとりした感じで真っ赤だった。

捕虜の乗った貨車は、その太陽を背にして走りつづけている。

「オーイ、大変だ。ようすがおかしいぞ」

「うるせえな。起きたってしようがねえだろう。もっと寝てろ」

「なにが大変なんだ？」

「文句こかずに起きて見ろ」

「このうえ、まだ大変なことなんてねえよ」

「シベリアに送られてもいいのかよ」

「いま、なんてった?」

「シベリアだ」

シベリア。それを口にするのはタブーだった。しかし、そこへ送られるぞ、といわれて、みんないっせいに飛び起きた。

「外を見ろ」といわれて、小窓にしがみつく。貨車だから大きな窓はない。二尺(六十センチ)四方ほどの小窓が四つあって、それに板を打ちつけてある。板の隙間からのぞくと、やっぱりおかしい。くされかかった板をひっぺがして見ると、貨車は西に向かっている。貨車に乗せられた翌朝、貨車が北に走るのを見て騒いだが、それでも「もしかしたら」と希望を捨てたわけではなかった。

風景も前夜までとはがらりと変わっていて、目につく家は、満州の建物ではなかった。ソ連領に入っているのが、はっきりとわかるのである。

新京のラーゲリ(捕虜収容所)を出発するとき、ソ連の将校は広場に捕虜を整列させ、六尺もある高い場所から、「関東軍将兵は、ただいまからダモイ(帰国)である。本来ならばソ連に抑留すべきであるが、とくにソ連最高幹部の配慮によってダモイと決定した。ソ連に感謝すべきである。諸君は帰国したら祖国の再建に努力するよう希望しておく」などと、もっともらしいことを恩着せがましく訓示したものである。

こんな訓示を信じる方がバカだ、といわれればそれまでだ。なにしろ彼らの嘘は毎度のこと。新京のラーゲリに入るとき、武器、弾薬の発見が目的だ、といいながら貴重品を没収し、「このラーゲリを出るときかならず返す」と約束したのは所長であった。ところが、その収容所を出るときは、時計のトの字もいわない。まったくのカラ誓文。兵隊たちは、「内地へ帰れるなら時計の一つや二つ……」と気前よくあきらめたものだった。ソ連人にくらべると、日本人はおめでたくできてるんだナ、としみじみ思う。

しかし、ひとの弱味につけこんで嘘八百を並べたて、神様でもないのにひとの運命をいじくり回すなんて、悪魔の仕業である。

「小隊長殿……」

服部は、ボロにくるまって震えながら話しかけてくる。

「寒さがきついせいか、身体がしびれるような感じです」

「うん、オレも雪の多い国の生まれだが、こんな寒さはこたえるな」

「小隊長は信州の生まれでしたね」

「そうだ。雪を見ると、生まれ故郷を思い出すな」

私の郷里は塩尻峠の峰続きにある高ボッチ山。その中腹の村だ。庭に立てば、桔梗ヶ原の向こうに雪をかぶった日本アルプスが聳《そび》えている。

十一月中旬から三月中旬まで雪にとざされ、降りつづくと、霧除けまでつもることがあった。小学校も中学も片道一里。その雪道を、長靴を履いて通ったものだ。それでも最低気温は零下十度ぐらいだから、満州やシベリアの六月ごろの陽気だ。

寒さは、シベリアとは比較にならないけれど、雪は同じように降る。年によっては、これでもか、これでもか、とだれかが意地悪して降らせているのではないか、と思うほど雪は降る。だから、私はソ連の雪に故郷の雪をダブらせて、村の景色を思い出していた。

「シベリアは遠いですね」

服部が、また立ち上がって小窓の外を見ながらいった。

「幾日かかるかな……。遠い、遠い国だよ」

「いつ日本へ帰れるでしょうね」

「相手がソ連だ。わからん」

「見て下さい。こんなに痩せちゃった」

服部はそう言いながら、手首を出して見せ、その手で顔を撫でまわした。

彼の言うように痩せたか、どうか。それがわからないほど顔は汚れている。私が出征するころ、上野駅や新宿駅に少数だがルンペンがうろついていた。そのルンペンと同じくらいのボロをまとって、同じくらい汚れている。

泥がついていても、それを洗えないから、汚れが積み重なっている。ときたま小川や井戸があっても、洗ってきれいになろう、という気力がない。

「しっかりしないと病気になるぞ」

「なにか、バカみたいになっちゃって……」

「苦しいのはお前だけじゃない。みんなそうだ。弱気は禁物だ。元気出せよ」

「自分はシベリアへ行きたくないんです」

「そうか、お前、内地に恋人がいたな」

「はい……」

服部の話によると、服部が出征するまで彼女と同じ職場で働いていたという。目白にある女子大を出た彼女とは将来を誓い合った仲で、すでに身体も結ばれているらしい。

「シベリアへ行きたくなければ、逃げるより道はない。しかし、ここで逃げても後はどうなる。捕まるか、飢え死にするか。どの道、日本へは帰れない。恋人とも、それこそ永久に逢えなくなるんだぞ。生きてさえいれば、いつかは逢える。おれはかならず生き抜く。そう覚悟を決めた」

私は自分にもいい聞かせるように、ゆっくりとしゃべった。

服部は、小窓から、じっと東の空を眺めている。貨車は停まったり動いたり、ゆっくり走るかと思えば、気が狂ったように突っ走る。ダイヤの正確な内地の鉄道にくらべれば、まるで気まぐれ運転だが、貨車はハバロフスクに着いた。物売りがホームに並んでいる。

満州と違って子供はいない。女性ばかりだ。いままでにも捕虜部隊が通ったらしく、女たちは物馴れていて、

「コレ　ウマイヨ」

「ハヤクシロ　キシャデルヨ」

怪し気な日本語で強要する。

なんとも派手なキンキラキンの服装で、まるで娼婦のようだ。しかし、殺伐とした絶望の日々。その中でとつぜん現われた異国婦人の嬌声と色気に戸惑いながらも、捕虜たちはわずかな隠匿物資を投げ出すのであった。

「いよいよシベリアですね」

一握りほどの黒パンを二つに割って、一方を差し出しながら服部がいう。さっき貨車を降りていったが、万年筆か歯磨粉と換えてきたものらしい。

「ソ連の侵入前にトンズラこいた将校たち、いまごろどうしてるでしょうね」

「もうとっくに日本へ帰っているさ。庭の柿でもかじっているだろ」

「柿かあ、チクショー。そういえば、満州へ来てから果物にお目にかかっていませんね」

唾が口の中ににじみ出てきた。渡満以来、一年数ヵ月というもの、果物を口にしていない。故郷の庭で実る柿や林檎、桃の実が目先にちらつく。

服部には、「逃げたって日本へは帰れない。自重すべきだ」と人生の先輩風を吹かせてはみたが、私だって望郷の念は、服部と同じだ。できることなら、ケツに帆掛けて逃げ出したいのである。

「軍部がアホだから、おれたち、こんなザマなんだ。クソッ……」

服部は小窓の外にツバを吐いた。

「仕方がないよ。運命だ。運命にさからっても、ロクなことはない。神に祈ろう」

私はそう言いながら、上衣の裾をまさぐった。五五五番の認識票とダイヤの指輪と金の指輪の上に手を当てて、しばし瞑想《めいそう》した。

そのうち二つは「お守り」のつもりで大切にしまってある。私にとって、かけ替えのないのは認識票そのものではなくて、認識番号五五五だ。前にも書いたが、五五五は私の生まれた月日とぴったり合致する。私の生まれたのは大正五年五月五日。どう考えてみても、不思議な因縁だが、事実だから仕方ない。

これを大切に持っていれば、かならずピンチを切り抜けられる。認識票を渡されたとき、そんな気持が漠然と湧き、それが日をへるにしたがって、不動の信念に変わっていった。

ダイヤの指輪は「困ったときに使うんだよ」と、母親から、郵便貯金通帳や印鑑とともに渡されたものだ。通帳の方は新京のラーゲリに入るとき、真っ先に取り上げられてしまったが、シベリアまで持って行っても、なんの役にも立たないから、それはどうってことはない。しかし、ダイヤの方は、かならず遭遇するであろう〝ここ一番〟というさいに使おうと、上衣の裾に縫いこんである。

認識番号五五五は心の安らぎ。ダイヤは物質的な爆弾だった。

ピラニアもどきのソルダートも、上衣の裾までは気が回らない。いつの日か、生還できるであろうその日まで、かならずかくし通してみせる、と私は心に誓った。

ほかにもう一つ、結核で昇天した学友から預かった、金の指輪がある。赤門前の文慶堂書店の娘に、とどけなければならない。

〝あのコを真底、愛していた。その思いを抱いて死んでゆく。生まれ変わって、その時こそいっしょに暮らしたい〟

私の手を握って、そういった彼の別れの言葉も、その娘に伝えなければならない。

〝死んでたまるか〟――私は上衣の裾を握りしめた。

しばらく静かだった服部が、またしゃべり出した。

「貨車に、いつまで乗せとくんでしょうね。走ったり休んだり、シベリアの鉄道はマンマンデーですね」

「いつまでも貨車に乗せておくもんか。噂話だと、シベリアの囚人が全部、満州へ移動してしまって、シベリア開発は一時ストップしているらしい。なにしろ地図を見ても、シベリアはバカみたいに広いからな。その開発を囚人がやっていたそうだ。カラッポになった監獄へ、捕虜を収容して、その囚人に代わっておれたちが、ソ連の戦力になるんじゃないか。そんな話だ」

「強制労働ですか」

「もちろん、そうだ。満州からただで持ってきた穀物を捕虜に食わせて、ただで働かせる、こんないいことはない。それが彼らの狙いだったんだ、と思うよ」

「そんな……」

「なあ服部。これからがおれたちの正念場だ。根性すえてかかれよ。病気したら一巻の終わりだ。自分は自分でまもるしかない。わかるな」

「はい。わかってます。しかし、病気は知らぬ間にかかってしまいます」

「だから、その病気を気力ではね飛ばすんだ。病いは気からっていうだろ。しかし、怪我は気力だけではどうにもならん。これは万全の注意が必要だ。寒いところで馴れない仕事をさせられるんだから、どんな事態が起こるかわからん。細心の注意を払うことだ。気力と注意。わかったな」

「はい、わかりました」

ハバロフスクを出てから六日目。貨車が停まって、全員「下車」を命じられた。雪におおわれた遥か彼方。原生林の切れ間から現われた二本の鉄路が、足もとでプッツリと切れている。振り向くと、未完成の路盤が、地平線までつづいていた。箱庭のような日本の風景の中で育った私たちには、気が遠くなるほど広く見えた。「四千キロは距離じゃない」とまでいわれる大平原。人っ子一人見えない哀しい風景に、しばし茫然となる。

真っ赤な太陽が地平線に沈むころ、大きな雪が舞ってきた。

それからラーゲリ（捕虜収容所）まで、徒歩で行くという。

一日一回、黒パンを少々食うだけ。それも一日や二日じゃない。ハバロフスクから原を見るだけで、足のすくむ思いであった。どの兵もすっかり疲れ、とくに足腰が頼りない。白い物が舞う大平

三十分、一時間と歩くうち落伍者が出た。だが、ほかの者は黙りこくって歩くだけ。落伍者を助ける者はない。お互い、自分の身体を運ぶだけで精一杯。人を助けようなどという気力も体力も残っていない。

「助けてくれ」

哀れな声で叫んでいる。そして、とぼとぼ歩く戦友の足にしがみつく。だが、どうしようもないのだ。すがられた当人がもう転倒寸前なのである。

いままで積もっていた雪の上に、また、新しい雪が降って、歩行が困難になってくる。

「頼む。持ってる物、なんでもやる。助けてくれ」

あの悪魔のようなソルダートに奪われて、もう残っている物はボロにガラクタだけ。それでも、いまの彼らには、何物にも換えがたい貴重品だ。こんなに大切なものでも

提供するから、いっしょに連れてってくれ、というのだ。

しかし、彼らはやがて狼の餌食になってしまうだろう。だから、ここで落伍するのは〝死〟と同じである。

おれの小隊だけは、なんとしてでもラーゲリに辿り着かなければならない。雪の中にうずくまった老兵二人に、私と服部が手を貸して、歩き出した。難行苦行のすえラーゲリに辿り着いたが、そのラーゲリは、ただ「建物」があるというだけ。それも、ひどいあばら屋だった。

細長い平屋建て、丸太ん棒で組み立ててあるだけの二段ベッド。毛布はそれぞれ一枚あるだけで、横二十メートル余、タテ十メートルほどの場所に、二百名ほどの捕虜をつめこもうというわけだから大変だ。

壁も屋根も丸太ん棒で、隙間があるらしく風がどこからともなく忍びこむ。部屋の真ん中にペーチカがあるが、その夜は燃料がないから役に立たない。

建物のすぐそばから断崖になっている。夜だからはっきりしないが、その断崖は十メートルほどで、河がある。幅は相当あるようで白く見えた。どうやら、河に張った氷が白く見えているらしい。

雪のほかにあれだけの氷があるということは、冷蔵庫の中で氷漬けになっているようなものである。寒いわけだ。

その夜は、いつものように、例の石油臭くて、べっちゃりした黒パンが、一握り配給されただけだ。

裟婆のように、むしゃ、むしゃ食ってしまったのでは、あっという間になくなってしまう。だからみんなベッドに寝て、上向きになって貴重品を取り扱うようにして、少しずつ、少しずつ、ゆっくりと口に入れた。その習慣はダモイのナホトカまでつづいた。

ともあれ、その夜は、疲れているのでぐっすり眠った。

厳しきノルマ

時計がないのではっきりした時間はわからないけれど、カンボーイ（警戒兵）の「ビストリダワイ」で叩き起こされて広場に飛び出したら、ようやく夜が明けるところだった。

当番兵の召集がかかって、持ち帰ったのが真っ黒い、カユ状の物だった。在満召集の兵隊によると、この黒い怪物は、コーリャンと呼ばれる穀物で、満州で生産しているという。

非戦闘員の開拓団員を皆殺しにしたわけが、はっきりしてきた。団員を生かしておくと、面倒になるから、まず邪魔者は殺してから、穀物をごっそり掠奪したわけだ。

それにしても、黒いカユというのは気味が悪い。コーリャンは黒い殻をかぶっているが、中身は米とおなじように白いらしい。してみると、その殻をよく取らず、精白途中で捕虜用飼料にしたようだ。殻を全部取ってしまうと、量が減るせいだろう。

在満召集兵の説明どおり、そのカユにはゴソゴソした殻が入っていた。相当な時間、煮こんだらしくて白い部分はドロドロに溶けてしまっており、黒い殻がそのままだから黒いおカユに見えるわけだ。

その黒いおカユがサケの平罐《かん》一杯。当時サケの罐詰には普通の立型と、その半分ぐらいの平罐があった。

なんでそんな物を、シベリアくんだりまで持っていったか、というと、人間は生来、収集癖《へき》を持っているようで、転戦中に食った罐詰の空《から》を捨てずに持っていたわけだ。それまで気づかなかったが、ソ連側で食器を貸さないとわかると、みんな乞食袋をひろげて、その罐を取り出す。

得体の知れない黒い食物を、カンカラに盛ってすするのは、もうルンペンそっくり。日本人は元来、環境に順応できるように生まれついているのではないか。これなら、抑留生活がなん年になろうと、頑張り通せるのではないか。私は次第にそんな気がしてきた。

作業は鉄道建設である。線路が途中で切れているのは、シベリア鉄道の本線ではなく支線のはずだ。

その場所が地図のどのあたりに当たるのか、地名はなんというのか。ソルダートはまるで知らぬ、存ぜぬだから捕虜にわかるはずはない。

自分が地球上のどのあたりに住んでいるか皆目わからずに生活するというのは、なんとも頼りないが、ソルダートに問いかけても、そっぽを向くばかり。あんまり広くて、彼らもよくわからないのかも知れない。それとも、捕虜には内緒だとモスクワから指令があったのか。

それにしても寒い。寒暖計があるわけではないから、自分の目で確かめることはできないが、カンボーイの話によると零下五十五度らしい。

想像を絶する寒さだ。私が学生のころ、同期に、北海道の旭川から来ているやつがいて、彼の故郷は零下三十度まで気温が下がると聞いて、身震いしたものだ。私の故郷、信州も寒い国だが、零下十度が限界だった。

シベリアは人間の住むところじゃない。六月中旬、河の氷に亀裂が入り、音を立てて流れはじめ、七、八月が夏。九月の上旬にはもう白いものが舞いはじめる。それから九ヵ月、火すら燃えない寒さである。

作業場で暖をとるため、収容所から石油罐一個分ぐらいの炭火を持って行き、火を焚く場所の空気と枯木を暖めてから、新聞紙で点火しなければ火がつかない。夏のさ中でも、地表から三十センチ下は凍っている。おそらく地球創世期からの氷であろう。だが、身体の中の血も凍るかと思われる寒さにも、御利益が一つだけあった。

戦闘中にうけた右足の擦過傷《さつかしよう》が、パックリ口を開けているのに化膿しない。細菌が繁殖できないためであろう。

私が子供のころケガをして帰れば、祖母が傷口に土を塗ってホウタイしてくれたが、この荒っぽい治療法がきくらしく、不思議に化膿もせず、治ってしまった。きれいな土でないとダメで、家のまわりや畑の土は、肥料や小便なんかで汚れているからといって、山の川っぷちの土を取ってきたことを思い出し、祖母のように、山の土を傷口に塗った。

半月ほどで傷口がふさがった。シベリアの土には細菌が住めないはずだから、きれいな土がきいたのだろう。

暖かい期間が短いので、ペンペン草すら生えない。芽を出すのはカヤばかり。カヤは根っこが親指の太さほどもあって、非常に繁殖力の旺盛な植物だ。寒さなんか屁とも思っていないようだ。

さて、話を元にもどして鉄道工事であるが、

①未完成の路盤を完成する班

②直径一メートルもある立木を伐採し枕木を製造する班

③レール敷設の班

など、全員の分担が決まった。

①班は路盤に盛る土砂を採掘しなければならない。山に穴を掘ってダイナマイトを仕掛けるわけだが、その穴掘りがたいへんである。

前に書いたように、ラーゲリからペーチカの火を石油罐に入れて運び、予定の場所に置いて、枯枝をその上に立ててしばらく待つ。そうすれば周囲の気温も上がり、枯木もあたたまってようやく点火するわけだ。そうして、火を一時間前後燃やしつづければ、地表から三十センチぐらいの凍土が溶けて、やっと穴を掘ることができる。

なにしろ地表はスケートリンクのようで、その下は永久凍土だから、穴を掘るだけで物凄く難儀をするわけだ。

さて、その穴に火薬をシコタマつめこんで点火するのだが、日本のように手ぎわよく運べない。土が凍っていて、硬すぎるため爆発が少ない。スポーンという大きな音がして、打ち上げ花火のように高い空で花が咲くだけだ。どんなに多量の火薬を入れても、直径一メートルぐらいの土に亀裂が入るだけで、採掘する土砂は少ない。

それでも大勢のラボータ（労働）だから、〝チリも積れば山となる〟の諺どおりで、バカにはならない。そいつをネコ車に積んで、来る日も来る日も、同じ道を運ぶのである。まるで蟻のように……。

②班の伐採組も、動力なしのすべて手仕事である。長さ二メートルほどの大ノコギリの両端に把手がついていて、それを握り、押したり引いたりするわけだ。一丁のノコギリに人間二人が取りつく仕組みである。

まず、一人が大ナタで木の根元にノコギリの入る程度の傷口をつけ、反対側にも大きな傷をつけておく。この反対側の傷口は大木が倒れるとき、幹に亀裂が入るのを防ぐためである。こんな作業は、木曾の山ならいざ知らず、日本全国どこへ行ったってやっていないはずだ。

なにしろ、こんな大木があると思われるのは、木曾谷ぐらいなものだ。だから、だれも初めてのラボータで、おっかなびっくり。木の下敷きになったら、それこそ、いちころである。軍隊は、職業の見本市だが、これだけは経験者がいなかった。へっぴり腰だから、ノルマ（責任額）の達成は、どうしても夜に入る。このノルマという手かせ足かせは、目に見えないけれど、捕虜にとっては悪魔のように恐ろしい。それを達成しないと、ラーゲリにもどることができない。遅くまで、すきっ腹をかかえてやるしかないのである。

私はレールの敷設にまわった。倉庫から一本のレールを幾人もで肩にかついで運ぶ。相当量を運搬したところで、今度はレール敷きである。

線路工事の経験者はたった一人だが、見つかったので大助かりだった。シベリアの鉄道工事現場では、神の出現とまではいかなくとも、救世主と迎えられたものである。

鉄道作業班が編成されただけで、収容所の指導は一回もなかった。

それでもマゴマゴすれば、ソルダートの「ビストリ、ダワイ（急いでやれ）」の怒声が飛び、あのマンドリンが火を吹く。

威嚇射撃とわかっていても、ビューン、ビューンと耳をかすめる銃弾は、楽しいものではない。そんなとき、

「オラが教えてやんベス」と四十年輩のおっさんがぼそっといった。福島か岩手か、とにかく東北地方で線路工事をしていたとかいう二等兵だった。

同じラーゲリに収容されたという縁だけで、原隊が違うから、私はよく知らなかったが、いかにも、もっさりとしたおっさんである。そのもっさりおっさんは、気負うでもなく、さりとて照れるでもなく、もっさりと前に出て説明した。

その話し方は、じりじりするほど緩慢《かんまん》だったが、それでもどうやら工事の進め方が見えてきた。

レールを敷けば犬クギ打ちだ。たいして重くないハンマーを振り回すだけだから、比較的らくに見えたが、どうして、どうして難行苦業。日本で見た鉄道工事は、ハンマーを振り上げて、犬クギの頭を叩いていた。ところが、ソ連では、円を描くようにハンマーを一回転させてから犬クギを叩く。

馴れれば力が倍加し、腰のひねりがうまければ日本式の二倍半に相当する。日本式だと一本の犬クギを打ち込むのに七、八回打ちおろすそうだが、ソ連は三回。私は六ヵ月で三回半までになった。

東北のもっさりおっさんは、あれから指導員のような立場になり、行動の自由が、比較的許されるようになった。他のラーゲリの工事現場へ視察に行き、そこで囚人あがりのソ連人から教わってきた腰のひねりを、私も教わった。ほんのちょっとのコツで見違えるほど、うまくなったのである。

さて、三回半という妙な言いまわしだが、ハンマーの回転は三回でＯＫ。そして、念のためにもう一回。しかし、これはハンマーを振りまわさない。用心のため犬クギの頭をチョンと叩くだけだ。だから半というわけである。

三回半は私だけだった。もっさりおっさんから、だれもが秘伝を伝授されたけれど、なぜか私だけが、三回半だった。

「オレ、線路工夫になったら名人になれたぞ」などと私は考えたものだが、後になって、それが役に立ったからバカにはならない。

鉄道工事について一ヵ月たって、ようやく冬着の支給があった。それまでは各自持ってきた衣服やボロ切れの類を身体にまとって寒さをしのいでいたが、しかし、寒さがこたえて作業の能率が上がらない。見かねて冬着支給に踏み切ったようだ。〝寒いから捕虜がかわいそう〟なんて同情心を起こす国柄ではないが、作業の能率が上がらないとなるとあわてて出す。そんな国である。

その衣類は、満州に侵入した囚人部隊のソルダートがシベリアで鉄道工事に就労していたときのものらしくＬＬサイズで、日本人には大きすぎる。〝大は小をかねる〟とはいっても衣類ばかりは、諺も当てにはならない。

まず防寒帽だが、そのままかぶれば、顔がすっぽりかくれてしまう。だから、頭のてっぺんに当たる部分にボロをごってり縫いつけて上げ底をつくった。

つぎは防寒衣。綿入れをキルティングした一見ダウンジャケット風の物だが、垢でテカ、テカ。おびただしく汚れている。見ただけでウッときそうな代物で、そのうえ穴だらけ。贅沢をいうわけではないが、せめて寒さよけになる物を支給してもらいたい。みんなブツブツいいながら、ダブダブでコートみたいなやつをもてあます。

靴はカートンキと称するフェルト製。水が浸みてきそうだが、寒中は道路も作業場も凍っているから、その心配はない。これでサイズが合えば至極ハラショー（良い、上等）だが、シベリアではそれこそ無理な願望だ。木によりて魚を求むるがごとし、である。

軍隊では「軍服に身体を合わせろ」といった。支給された軍衣袴、それに軍帽に靴、どれも身体に合わないからといって交換はできない。お仕着せはすべてそのまま有難く頂戴することになっていた。それでも支給されるときは、ほころびはつくろってあったし、洗濯もしてあった。

日本人の場合、サイズは似たりよったりだから、ダブダブやきゅうくつではあっても、使用に耐える程度であったが、ソ連人の場合、雲つくような大男がいるからダブダブの程度がひどすぎる。カートンキの場合、足が躍って始末が悪い。足の底が当たる部分にボロを敷いても、デコボコになってマメができる。雪解けのころになると、フェルトが濡れて、ふくらんで気色が悪い。シャツやパンツの支給はなかった。囚人連中がなんでも着て満州へ行ってしまったから、残っているはずはない。

ソ連の指導者は、ヤポンスキー（日本人）が下着を着る文明国人であることを知らないらしい。もっとも、シベリアのソ連人も、ろくな下着を着ていなかったようだ。庭先に干してある洗濯物に下着が混じっていたのを、見た記憶がない。

もし将来、下着の支給がないようなら困るぞ、と心配していたが、案の定、その心配は現実のものとなった。手持ちが底をつき、二年目あたりから、修理の糸もなくなり、ついに素肌に、例の綿入れを着るようになった。

それにシューバだ。表面に皮があって裏に毛のあるオーバーコートである。たまにM型もあるが、すべてLLだ。足がかくれるような丈の長いコートは、寝るときひっかければ暖かくて至極ハラショーだが、歩くときは逆でニーハラショウ。足にまつわりついてどうにもならない。

知恵者がいて、珍しいコートの着方を考案した。まずシューバの腰のあたりにベルトを絞める。ベルトがなければヒモでも荒縄でも結構。それにシューバの裾を引き上げてはさむのである。

一見ルンペン、浮浪者風だが、歩くには都合がいい。作業現場への往復、こんな一団がゾロゾロ歩く風景は、一見コッケイではあるが、哀しい眺めであった。

七、八月の二ヵ月は、防寒具を脱ぎすてて半裸だ。下着がないから、裸になるより方法が見つからない。だから上半身真っ黒、それに顔は雪焼け、目ばかりギラギラ。なんとも異様であった。

これは後日談であるが、私が三年余の抑留生活に耐えて二十三年暮れに帰国、銀座通りを歩いていたら、旧知の女性が笑いながら近づいてきて、

「あら、小松さんじゃないの。黒人に見えたわ。もしや、と思ってそばへ来て見たの。どうしてそんなに黒くなったの？」

「雪焼けさ」

「雪山へ行ったの。だけどあなたスキーやったかしら？」

「スキーじゃない、シベリアだ」

「あら、シベリア、知らなかった。ご免なさい。よく帰れたわね」

その女性は、同じ新聞社に勤めていた。地方部の速記係で、仕事では直接関係はなかったが、社内の喫茶室で話をしたのがきっかけで、親しい交際をしていた。

私の応召するわずか前、彼女は郷里徳島へ帰ってしまった。なんでも父親が死んで、一人っ子の彼女が事業の後継ぎをしなければならなくなった。そんな話だったが、私も応召してしまって、彼女との思い出にひたれるような状況ではなかった。

彼女の母親は戦争中に病死。事業の方も思うようにならず、店を閉じて親戚のサラリーマンと結婚したが、その年の春、東京に転勤となった夫について上京、町田市に住んでいるという。昔の同僚にも合わないので、私の消息も知らなかったらしい。黙って結婚してしまって気まずい思いがあるので、新聞社も訪ねられず、勢い、私の噂も耳に入らないから、てっきり新聞社にいると思っていたという。

顔が真っ黒で黒人風だが、それにしても、姿や歩くようすが、かつての私にそっくり。だから、もしやと思って声をかけてみたと彼女はいった。銀座通りの喫茶店で向かいあったが、思い出したようにクスッと笑う。

「なにかおかしいことあるの？」

「黒いんだもの」

「仕方ないさ。シベリアの後遺症みたいなもんだ」

「そんなに日焼けするの」

「雪焼けだ、見ろよ」といって、防寒帽にかくれていた部分を見せた。

「ほんと、白いわ。そういえばあなた、色白だったわね」

二人とも昔のいろんなことを思い出しながら、甘くて、そしてほろ苦い感情にひたったが、昔のガールフレンドにも黒人と間違えられるほど雪焼けしていたのである。ところが、ソ連人は、ソルダートも民間人も黒くない。防寒帽は捕虜に支給されるものと同じスタイルだから、ソ連人に限って目を除いて顔が全部かくれているわけではないから、雪の反射はうけている。にもかかわらず、白いということは、彼らの肌が雪焼けしないようにできているのだろうか。

飢えに泣く

ラボータは、どれをみても厳しいものばかりだが、とりわけきついのは水汲みだった。井戸がないから河の水を汲み上げるのだ。ラーゲリに着いた夜、崖があって、その下に白い物が見えるから河かも知れない、と思ったが、その通りで、幅が百メートル近くもある大きな河だった。

その大きな河がすっかり凍っていて、氷の厚さは一メートルほど。ツルハシでこの氷を割り、水を汲み出すわけだが、この作業がまったく難儀だ。

それまで、氷なんてものは万国共通だと思っていた。私の郷里信州でも、湖や沼に氷が張った。農村の人たちは氷屋に頼まれて、この氷の切り出しを請け負う。一貫匁いくら、という手間賃稼ぎである。農閑期にはワラ細工しか仕事のない農村の人たちにとって、唯一の現金収入だった。

だから、寒さが厳しくて良質の氷が張るのを待ち望んでいた。氷の表面に金ヅチで亀裂を入れ、その亀裂にノコギリの先端を入れて、切りはじめるのである。そのノコギリも特別の製品ではなく、しごく当たり前のもの。どこの金物屋でも売っている木材用のノコギリだった。

それから推して考えてみると、氷の堅さは木材とさして変わらないわけだ。だから、私は安易に考えていたが、水汲み当番になってみて、それまでの思いこみが、ひどく見当違いだったのに気がついた。

平常のラボータが終わって水汲み当番を勤めるのだが、疲れているせいもあって、こんな辛い仕事がこの世にあったのか、とあらためて考えさせられた。

まず氷割りである。ツルハシで氷を叩いて亀裂を入れるわけだが、その固いこと。ヒシャクを入れる程度の穴を開けるだけで、ゆうに一時間はかかる。ちょうどワカサギ釣りの穴みたいなやつを開けるのだが、氷が厚いから時間をくうのである。

小さなヒシャクで二つの桶を満水にして、天秤棒でかついで河を渡る。

足に履くのはカートンキで、フェルト製だから滑らないと思っていたが、それも見込み違いだった。なにしろ日本軍の長靴の底と同じように考えていたが、カートンキの場合、底に凸凹も踵もなくてのっぺらぼうだ。

仕事が水汲みだから、いくら注意しても水はこぼれる。その水がカートンキの底にくっついて凍る。したがって、氷と氷が接触し、そこに体重がかかるから、よほど重心の位置に気をつけないと転倒してしまう。転べばまたやり直しである。三回に一回は転んで、どこかしらすりむいた。

物をかつぐのに馴れた者でも、氷上の経験はない。まして天秤棒をかついで物を運んだことのない私にとって、どうしていいかわからないのである。私も子供のころは水汲みをやったが、井戸から台所までほんの七、八メートル、バケツを下げて運ぶだけだ。

三百人の炊事に使う水だから大変な量である。最初のラーゲリではパーニャ（浴場）がなかったから、いくぶん助かったものの、四、五十メートルも氷の上をかつぎ、急な段々を昇り、炊事場まで到達すれば一回でヘトヘトだ。それを十回ほどこなして、やっと放免される。徳川時代、遠島の刑に処せられた咎人だって、こんな苛酷な仕打ちは受けなかったのではないだろうか。

この水汲み当番は、十日に一度ぐらいのわりで順番が回ってきた。その当番は十人ほどで勤務するので、一人当たり捕虜三十人分もの水を汲むわけだ。三十人に桶二十杯は多すぎると思うが、コーリャンがゆを作るのに、水を多量に使うのだ。コーリャンは、表皮の黒い部分をほんのわずか取り除いただけで煮るわけだが、おかゆにするため長時間、煮こんでいた。消化をよくするため、長い時間をかけて軟らかくするのだ。これは、親切からではサラサラない。

夜の九時ごろから十二時ごろまでぐつぐつ煮て、いったん火を落とし、翌朝五時ごろ大量に水を加え、ふたたび火にかける。それから二時間たっぷり煮て朝食。すっかり伸びきって、ふやけきった、まるで水のようになったおかゆというべきか、重湯と呼んだ方が適当か、とにかくノリのような代物だ。これを、サケの平罐に一杯である。なぜか捕虜はみんな、そのての空罐を持っていた。

貴金属などの金目の物は、あらかたソ連側に没収されたが、ソ連側ですら目もくれないようなボロと空罐もそのままシベリアへ持ち込んだ。各自がそれらの梱包《こんぽう》を背負ってシベリア入りしたから、全部ではおびただしい量である。氷雪《ひょうせつ》と原生林。それしかないシベリアで、空罐やスプーンをひょいと取り出すのは、まるで手品師のようだった。

ソ連人は罐詰のような高級かつ文化的な食品とは縁が薄いようで、空罐を捨ててあるのを、ついぞ見かけたことはなかった。われわれはだれ一人として、この日の来ることを予期していたわけではない。これは、おそらく日本人の収集癖が、極限状態で頭をもたげたものであろう。

その携帯食器で、例のおかゆを食うというか、なめるというのか、とにかく口に入れて、しばらく口中でころがしている。口に入れてそのままノドの奥に流しこんでは、あっけなくて、もったいない。

重湯状の主食に、スープは似たようなものだからパスしても不思議はないが、せめて副食物ぐらいはつけてくれてもバチは当たるまい。しかし、食事は徹頭徹尾、コーリャンの重湯だけであった。

私が将校宿舎当番で庭の掃除をしていると、目が美しくて可愛い女の子が家から出て来た。見かけたことのないコだったから、お客様であろう。

「ヤポンスキー……」といいつつ私の手にぶら下がった。ソ連の人間は、大人になると図体ばかりでかくなって、悪魔のような恐ろしいことも平気でやるが、子供のうちは、ほんとうに可愛いと思う。

「スコーリカ　ヴァムリェート？（いくつなの？）」

私はその子の頭に手をおいて、差し当たりその子の年齢を聞いてみた。

「ピャーチ」

五歳だそうだ。子供のうちはそんなに大きくなくて、日本の子供なみである。

「カーク ヴァース ザヴゥート？（あなたのお名前はなんていうの？）」

「マヤー ファミーリヤ ミー」

名前はミーといったが、いくらソ連でも、ミーというのは妙だ。きっと愛称ではないか。

それからしばらく話していた。子供相手のことだし、それになんといっても、私のロシア語に関する知識は貧弱だからたわいないものだったが、突然、衝撃的な事件が持ち上がった。

その子がポケットに手を入れ、リンゴを取り出したのである。ちょうど子供の拳ぐらいの小さな実だ。私の郷里では、どこの家にもリンゴの木が一本や二本はあった。庭先で放ったらかしで、剪定《せんてい》も肥料もやらないから枝ばかり茂って、実《み》はさっぱり大きくならない。袋掛けをしないので日に焼けてどぎつい、赤い色をしていた。

その子が持っていたリンゴは、故郷の庭先を思い出させるものだったが、悪いことに私は応召以後、果物を口にしていない。それに慢性的な空腹症である。自然に手が出てしまった。奪われまいとして、その子は必死になった。両手でリンゴをかばいながら、目から涙が落ちた。

そこで私はわれに返って、手を引っ込めた。シベリアにはリンゴがない。その子にとっても、何物にも代えがたい貴重品ではなかったか。ひょっとしたら、その子も生まれて初めて手にした果物だったかも知れない。

「イズヴィニーチェ　イズヴィニーチェ」

ごめんね、ごめんね、と私は、その子の頭を両手でつつむようにして謝った。いくらすきっ腹かかえていても、子供のリンゴに手を出そうとした己れが恥ずかしい。そんな恥ずかしい思いは生まれてはじめてである。自然に私も涙が流れてきた。

「パジァールスタ　ニエ　ビェスパコーイチェシ」と言って、重ねて、

「ニチェヴォー　ニチェヴォー」

なんでもないのよ、といいながら、その女の子は、大人がするように肩をすぼめながら両手を前に出した。

大学出の見習士官である。痩せても枯れてもインテリのつもりだった。それがなんと、五歳の女の子のリンゴに手を出し、その揚句、〝心配しないでいいのよ〟なんて慰められて、また心の傷が痛み出す。私にとって、まさに衝撃的な出来事だ。ここま

で落ちてしまったのか、とあらためて己れを見なおした。

そういう事件でもわかるように、私たちは極度に餓えていたから、将校宿舎の当番になった者は、まず何をおいても宿舎のゴミ箱をあさったものである。

しかし、ソ連将校とて、配給に依存するだけだから、食えるような物は捨てていない。それでもときたま、魚のアラでも見つけると、焚火で焼いて骨を食った。

将校宿舎からの帰り、ラーゲリの道具係をしていたソ連人の宿舎に立ち寄ったときである。六畳ほどの部屋が一つあるだけの宿舎で、彼は青い顔をして横になっていた。捕虜のベッドに毛の生えた程度のもので、彼が動くたびにギシギシと不愉快な音をあげている。

「パチェムー？」

理由や原因をたずねるときは、おおかたこの「パチェムー」で片づける。

どうして青い顔なんかして寝転がっているんだ、と聞いたわけだが、これまた彼の返事が驚くような中身だった。

「オレ、腹が減って起きてられないんだ」

「なんで、また、腹でもこわしたのか？」

「オレ、取り柄のない男だが、丈夫な点だけ自慢できる」

そこで、ふたたび、「パチェムー?」と問う。

ソ連はなんでも配給で、食糧も一週間分まとめて月曜ごろ配給になるそうだ。その日は土曜日で、その前日までに食いつくしてしまったらしい。つまり一週間分を五日で食ってしまった計算である。

「身体に毒だ。将校からでも借りたら……」

日本人たちが貸したり借りたりする生活様式を思い出して奨めてみたわけだ。彼は首を横に振って、

「ニェート」それがダメだ、というのである。

「パチェムー?」

将校のところも同じく配給生活だから、とても他人に融通するほど余裕はない、のだそうだ。いつも五日か六日で食ってしまい、一日、二日は、すきっ腹をかかえていて、配給日には腹いっぱい食うから、週末分を食い込んでしまう。果てしなき悪循環である。

国民生活を犠牲にして軍事力の増強に狂奔した結果であるが、それにしても惨酷な話だ。戦勝国の現実の姿とは、とても思えない。

「ソ連の生活はハラショーか?」と聞いたら、入口のドアを開けて、外を見まわし、

人影のないのを確かめてから、

「ニーハラショー」といいながら、例のごとく肩をすぼめ、両手を前に出した。たたみこむようにして私が、

「戦勝国じゃないか。それになんたって、満州から穀物運んだろうが?」と詰問調で聞くと、

「前とちっとも変わっていない。なんの恩恵もないよ。早く帰りたい。子供も大きくなったろうな」

「どこへ帰るの?」

「モスクワの近くさ」

といいながら、小窓から西の空を眺めた。あの空の下に妻子がいる。そんな表情だった。彼は軍需工場の技術者だったが、生産量に関して、国の要請を批判したとして十年の刑を申し渡されたらしい。

しかし、都会地の刑務所で服役する代わり、シベリア開発に尽くすならば、刑を免除するという判決であった。そこで彼は後者を選び、はるばるシベリアに流れ、鉄道建設現場を転々としているという。昨年、十年の期間が終わったけれど、帰郷の許可が降りないそうだ。

戦争に勝って、シベリア開発がまた強く叫ばれるようになったから、当分、帰れないだろう。ヤポンスキーがいる間は帰れそうもない。ヤポンがいなくなれば、おれも帰してもらえるかも知れない。

おれがシベリアへ送られるとき、子供が二歳だった。女の子だから、可愛くなっているだろう。それにしても、女房のやつ、どうやって生活し、子供を育てているのか心配だ、と彼は嘆いた。

「オレのように、シベリアへ送られたやつがいたるところにゴロゴロしている。ニーハラショーな国だ」と重ねてこぼすのである。

私が出征した昭和十九年の秋口、日本は食糧が乏しくなった。当時、外食券食堂では、かゆを食わされたが、今日のは箸が立つほど中身が濃かったとか、箸を立てても倒れてしまったとか、そんなことが話題になったものである。それでも、ソ連の殻つき重湯より数等マシだったたし、量も多かった。

いずれにしても、ソ連という国は指導者を除いて、ソルダートも一般国民も、腹をすかして戦っているようだ。

捕われの身となって五ヵ月、ソ連側は給与食糧のカロリー表なるものを随所に掲示した。日本字で書いてあるところを見ると、バカな日本人が、ソ連の幹部にそそのかされた書いたようだ。細かい数字を羅列し、「現在、捕虜に支給している食糧は生存上、まったく申し分なきカロリーをふくんでいる。捕虜の健康保持に関し、ソ連指導者は日夜頭を痛めている。今後もその努力をつづけるであろう」とたいそうな御託宣である。

「医者じゃないから、えらそうなことはいえないが、コーリャンの重湯一杯でカロリー充分、栄養満点なら、日本国民といわず全世界の人類は食いすぎの豚だ」と思った。ソ連は教育の程度が低くて無学文盲が多いから、この程度のアピールでも充分信用するのだろうが、ヤポンスキーはこんな説得力のない紙っぺら一枚でダマされないゾ。第一、こんなもので腹はふくれない。

読まされたヤポンすら恥ずかしくなるようなカロリー表と前後して、日本新聞でもそれを大きく取り上げた。内容は掲示したカロリー表とほとんど同じで、安心してお前たちは〝祖国ソ同盟〟のために働け、というものである。

その日本新聞というのは、ハバロフスクが発行地という噂だった。

捕虜の祖国はソ同盟、などという活字を、平気で並べるあたり、きわめて意識の低い階層が編集に当たっているようだ。経験のある者の目から見ると、幼稚のくせにハナ持ちならぬ臭い文章で、街のゴロツキ新聞と似たり寄ったりの編集である。

東京あたりで、その手のゴロツキ新聞に関係していた者は、箸にもかからぬこすっからい連中だから、捕虜になったらソ連にゴマをすって、日本新聞にもぐり込んだようである。

この世の地獄と思われる極限の生活では、人間の本性がむき出しになる。己れの立場をよくするためソ連側にゴマするやつ。それも歯の浮くような〝ヨイショ〟を臆面もなく言ってのけ、らくな仕事にありついたりする。戦友の向こうズネでも平気で蹴っ飛ばす。己れの利益のためなら、仲間も売って恥じない。

そんな破廉恥なやつがいるかと思えば、どんな苦しい立場にあっても、仲間を売るようなことをしない男もいる。

原隊にいるときは、メシも食えるし、目立ちたがり屋でも、どうにもならぬ規則や慣習があるから本性はむき出しにならない。叩き上げの班長は、苦労を重ねているから、兵隊の見えすいたゴマすりなんか簡単に見破ってしまう。

原隊では成り行きまかせというか、運命に順応するというのか、バカな真似をする兵隊は少なかった。シベリアでは本性むき出しで百鬼夜行、いつ寝首をかかれるかわからない緊迫した空気であった。

そんな状況が日増しに濃くなっていく。

カロリー表から話が飛んでしまったが、そのカロリー表が掲示され、日本新聞が配られるころから、捕虜の体力は目に見えて衰え、ぶっ倒れる者が続出した。栄養失調から骨と皮だけになる者や、それと反対に、ブクブク水ぶくれのようになる者もあった。

私はむくむ症状であった。身長五尺二寸五分（百五十九センチ）、体重十二貫五百（四十七キロ）の貧弱な身体。どこといって悪いところはない。五体満足であるけれど、なんとしても見栄えがしない。だから、兵役検査で丙種になってしまった。そんな鶏のガラみたいな男が、メシもろくに食えないのに肥るのは、おかしい、と思っていたら、明らかに栄養失調からくる、むくみであった。足が上がらず、手で交互に股を持ち上げて歩いたことも再三である。

体力の弱いやつから死んでいった。

六月の中旬になり、河の氷が大きな音を立てて流れはじめるとホッとする。そのころまでにずいぶん死んだ。

草の類ではカヤだけと前に書いたが、凍土の表面だけ溶けたら、妙な物が生えてきた。ペンペン草すら生えないような極寒地で、これだけはバカみたいに生長した。キノコだった。寝ぼけたような白さで、足の長さもカサの直径も十五センチほどになった。

一度でいいから腹いっぱい食ってみたい、という満腹感への憧れを持っていたから、たまったものではない。食いしん棒はこのキノコを取って、ハンゴウで茹《ゆ》で、腹につめこめるだけつめこんだ。そして、泡を吹いて息絶えた。

ソ連将校は毒キノコだといったが、「奴らにそんなことがわかってたまるか……」といって、彼らの言葉を甘くみたのが不覚といえば不覚である。

死んだやつは身から出た錆で仕方ないが、犠牲者が出たというのに、また食ったやつがいた。もちろん、そいつも泡を吹いて死んだ。

シベリアに送られて七ヵ月、割り当ての線路工事が終了したとき、三百名が二百五十二名に減っていた。栄養失調二十八名、毒キノコが十三名、マンドリンで射殺された者七名だった。

どうせ逃げたところで、どうなるものでもないのに逃亡したもの。作業の往き帰り、用便なんかで隊伍を離れたものも、マンドリンの標的になった。

辛く哀しい七ヵ月だった。ソ連の将校も、日本新聞も、「日本捕虜が国へ帰れないのは、日本が引揚船をよこさないのと、ナホトカが冬期の間、氷結するからである」とくりかえし説明していた。

だから、捕虜たちは氷の解けるのを待ち、引揚船の来航に一縷《いちる》の望みを託したものである。しかし、それは後になって、とんでもない、真っ赤な嘘とわかってしまった。そのころから引揚船は迎えに来ていたし、ナホトカでは氷なんか張らないのである。私は二十三年の冬になって、幸運にもダモイの機会を得たが、引揚船はナホトカの海をスイスイと航行した。あのときは嬉しさいっぱいで気にならなかったが、落ち着いてから考えたら、ソ連の大嘘に、ハラワタが煮えくり返るようだった。

捕虜たちの墓標

鉄道工事や伐採など、割り当てられたラボータを終了して、第二のラーゲリにうつされた。

六月の下旬、河の氷が溶けてしまい、河端の楊柳《ようりゅう》が芽をふいていた。シベリアは人間の住める場所ではないと前に書いたが、それは一年十二ヵ月を総称したまでで、六月の下旬から七月の初めにかけ、わずかな期間だが、ほっとするような日がつづいた。

私の故郷も冬は豪雪に見舞われるので、春が待ち遠しく、三月の下旬になると、梅の蕾がふくらみ、子供たちの胸もわくわくとふくらんだものである。私は作業の行き帰り、そんな昔のことを思い出していた。

第二のラーゲリにうつされるとき、みんなダモイに期待を持った。その期間と春を迎える心のときめきがかさなって、浮き立つ日々であった。

「六月の下旬になってナホトカの氷が溶け、日本から引揚船が来たら、お前たち捕虜は順番にダモイである」

ソ連将校も日本新聞も、くり返し、宣伝につとめ、

「だからお前ら捕虜は、それまで力の限りラボータするのである」と、捕虜の肉の薄くなったケツをひっぱたいてきたのである。

ソ連の嘘には馴れっこになっていたとはいえ、ダモイだけは真実と思いつづけた。だから春になるまで頑張ろう、と互いに励まし合い、己れの胸にも言いきかせてきた。

だが、しかしナホトカの氷が溶けるという季節になっても、ダモイの命令はこなかった。それどころか、ソ連将校は捕虜を集めて、

「日本はアメリカの空襲で徹底的にやられ、瓦礫の山と化した。しかも、アメリカは日本を占領し、男子の睾丸を抜いてしまい、進駐軍は老婆を除いて女性をすべて妾としてしまった。もはやお前らの帰る故郷はない。このソ連を祖国と思い、シベリアの開発に協力すべきである。その道だけがお前らの歩む道であり、幸せにめぐりあう道である。重ねていう。シベリア開発に協力することだけが、お前らを救う道である」

と訓示した。

「ナホトカ港の氷が溶けたら……」などと、お題目のように言い暮らしていた台詞なんか忘れてしまったような二枚舌。手の平を返すような按配であった。

夢も希望もなくなった代わり、ラボータだけは日増しに厳しくなっていった。

さて、第二のラーゲリは、河にそって奥地へ約八キロ、道路はあっても、人っ子ひとり通らない原生林の中にあった。丸たん棒の衛門を入ると、左に衛兵所があって、百メートルほど奥に、日本人の将校宿舎があった。

ここには身体の大きい予備役大尉と、通訳と称する軍曹がいた。しかし、一ヵ月ほどで姿を消した。捕虜がまるで知らない夜間に姿を消したから、消息はだれも知らない。

その将校宿舎の裏に炊事場、その裏に集会所、その横に便所があった。将校宿舎の右手に、捕虜の宿舎が二つ並んでいる。宿舎の前に太い丸太が立っていて、それにレールの切れっ端がつるしてあった。レールは長さ二メートルほどで、ハンマーでひっぱたくと、グワーンと不気味な音を立てる。警鐘の代用品であった。

起床も集会も点呼も、捕虜の行動はこのレールで指示された。大勢の捕虜たちが、このレールに引きずりまわされていたような按配である。それにしても、ロシア人の監獄跡に変わりはないが、前のラーゲリにくらべると、はるかに頑丈にできている。ナホトカ港の氷が溶けたら帰れる、と希望を持たせた第一のラーゲリはいかにも粗末で、逃亡よけの柵は見せかけみたいなものだった。もうじき帰れるというのに逃げ出すバカはいないから、柵なんかどうでもよかったのである。

しかし、「日本にお前らを受け入れる余地はない。したがって、このシベリアだけがお前らの住む土地である。ソ連はお前らの祖国である」などというバカなことをい い出し、ラーゲリ内に黒い沈鬱な空気がただよいはじめた。それにつれて、どうにでもなれ、自分の力で帰ってやる、みたいに捕虜の心が荒れてきた。

それに備えるためらしく、三名のカンボーイが監視哨に登り、昼夜をとわず、銃口を宿舎に向けていた。

刑務所暮らしを経験したことのない私は、カンボーイが監視哨に立つようになって、なぜか自分が、破廉恥な罪でも犯したような卑屈な気分に襲われるようになった。

それから間もなく逃亡事件が起きた。

朝の点呼で逃亡がわかり、大騒ぎになったが、ソ連側は案外、平静を装っている。どうせ遠くへ行けやしない。そんな観測のようだった。

箱庭のような日本で育った者にとって、シベリアは方角さえわからないほど広い土地である。そのうえ食糧になるものは何もない。

満州なら、畑の生野菜をかじってでも露命だけはつなげようが、シベリアではカヤのほかに、ろくな草すら生えていないのである。すきっ腹かかえて野垂れ死にするか、ラーゲリに舞いもどってくるか。どの途、逃げ切れるものではない。

ただ、ソ連軍としては、ゲ・ペ・ウに駆け込まれるか、見つかればことだ。なにしろゲ・ペ・ウの権力は絶大である。監視ミスで将校が責任を問われる。だからこそ、逃亡見張りのカンボーイが四六時ちゅう警戒しているわけだ。

しかし、案の定、その逃亡者は、翌朝になってラーゲリに舞いもどってきた。衛兵所へ這うようにしてたどり着いたときは、もう口もきけなかったそうである。まる一昼夜、原生林の中を歩いているうち、方角がてんでわからなくなってしまった。

お天気なら太陽の位置で、およその方角は見当がつくのだが、その日は運悪く曇っていたから、同じ場所をうろうろしていたようである。三食抜きで、そのうえ、水も飲んでいないから、もう意地も張りもなくなって、あの重湯のようなコーリャンすら目の前にちらつく。あいつをすすっていさぎよく罪に服そう。そう決心して、ラーゲリへ舞いもどったらしい。

やっぱり日本は遠かった。遥かなる国であった。

捕虜全員の前に引き出されたその男は、下を向きながらそんな足取りを、ぽつり、ぽつりザンゲした。いやザンゲしたというより、「させられた」のではないか。「いずれ判決の結果を待たねばなんともいえないが、おそらく死刑はまぬがれぬであろう。それより、シベリア開発に一生を捧げても、死刑になるよりましである。逃亡など考えず一生懸命に働け」と、威丈高にソ連将校は叫ぶ。

〝前車のくつがえるを見て後車の戒めとせよ〟みたいな論理で逃亡防止の注意をするが、こんな諺は日本でこそ通用するが、朝令暮改、嘘ばっかりのソ連では、真実の響きはない。

その逃亡兵は、生まれも育ちも千葉県の房総で、召集のロートル二等兵。かみさんは畑仕事で三人の子供を育てているらしい。

点呼のすんだあと、戦友と別れの挨拶を交わす時間もなく、トラックに乗せられた。いずれ銃殺され、狼に食い荒らされるのは必至である。

雨あられのごとく飛びくる弾丸に当たって絶命する場面には幾度となく遭遇したが、それは戦いという修羅場であり、瞬時の別れであった。しかし、かならず死刑にされるであろうが、いまは生きている戦友との別れは辛い。

その逃亡事件につづいて、また悲しい別れがあった。

私が目にかけていた鈴木が死んだのである。鈴木は大学在学中であったが、総動員で、終戦の年の春、狩り出されてきた一等兵である。彼の父親は中央官庁の高級官僚。東京に住んでいたので、労働の経験はまったくない。

栄養失調で身体がむくみ、歩行も思うようにならない。作業場への往復、私と同じように股を手で持ち上げて、左右の足を交互に前に出して歩いていた。それでも休むわけにはいかない。這うようにして鉄道工事に従事していた。しかし、鈴木はある朝、ついに起きあがれなかった。

「見習士官殿……」

私の手を握り、それだけいって目をつむった。

「鈴木、鈴木……」いくら呼んでも、ふたたび目を開けることはなかった。

ラボータが終わってから私は、すっかり冷たくなってしまった鈴木を背負って裏山へ行った。いつもなら単独で衛門を出ることは不可能だが、そのときは死体の埋葬であったから、難なくパスしたが、それからが大変だった。

ただでさえ歩行困難なのに、二十貫近くもある大男の鈴木を背負っての登り坂。両の手も使って四つんばいでやっと裏山にたどり着いた。ラーゲリの前住者と今度の戦友が眠っている場所だ。土盛りが幾つも幾つも並んでいた。

ツルハシで穴を掘って、両手で土をかき出し、鈴木を埋めた。

日本では行き倒れを共同墓地へ埋葬するが、その後で線香をたく者はないから、「無縁仏」といっている。この墓地に身を横たえた死者もまさに無縁仏、訪れる者はない。

「ここにいる間は、来るからな……」

前にも書いた通り、単独行動はむずかしいが、私はそれができる機会があるような気がしてならなかった。そして実際、私の予感した通りの状況が間もなく訪れるのだが、それは後で書く。

手ごろな枯れ枝を杖にして山を降りた。河沿いに歩いていると、

「クダー？（どちらへ）」

大きな声がした。夕暮れに歩いているので、相手も驚いたらしい。

そのころ、ヤポンスキーは荒れている、とソ連側で噂しているようだから、声の主も、驚きと警戒のまじった声をあげたものだ。

カヤの向こうから現われたのは女性だった。私と鈴木が将校宿舎の当番に行った帰り、二度ほど黒パンをくれた娘だった。

「グジエー　オーン？（彼はどこに）」

「死んだ……」

「パチェムー？（どうして、なぜ？）」と言ったっきり絶句した彼女は、胸のところで両手を合わせた。

しばらくたって、彼女はポケットから金属製の小さなものを出した。〝大学〟の二文字。白い七宝製の、それは大学の徽章だった。鈴木はその大学の法学部三年。ジャーナリストを目指しているといった。学問への憧れか、学校への未練からか、彼は戦場まで徽章を持って来たのだ。

私が彼女と話したのは、パンをもらったときの二回だけだ。鈴木もそれだけだと思っていたが、私の気づかぬところで二人の交渉があったようだ。鈴木は幾度も単独で、将校宿舎の当番に行ったことがある。彼女は将校宿舎の近くに住んでいた。そんなわけで、大事な徽章を彼女に贈ったものだろう。

「これ、あの人の家族に返したい。ダモイのとき、持って帰って下さい」

そういって、その徽章を私に返した。この娘と鈴木の思いが、私にはよくわかった。

彼女の父はいま、材木集積場で働いているが、かつてモスクワで思想犯として捕えられ、投獄の代わりに開発要員としてシベリアへ送られてきた、という。いつか腹をすかして寝ていたソ連人と同じ〝島流し〟であった。

彼女の母親はシベリアで病死したため、父親と二人暮らし。彼女もまた、父親と同様シベリアを抜け出す機会はまずないらしい。同じような運命をたどるかも知れない鈴木に同情し、それが愛に変わっても不思議ではあるまい。

鈴木は、「日本へは帰れない。シベリアを祖国と思え」というソ連側の宣伝を鵜呑みにし、シベリアで第二の人生を切り開こう、もちろんこの娘と終生はなれまい、と心に決めていたのではないか。

「彼はあの山で眠っています。あなたとともに、この土地の人間になったのです。これは彼の形身ですから、あなたが持っていて下さい。差し支えなかったら、たまに花でも供えてやって下さい」

鈴木はこれで無縁仏ではなく、異国人ではあるけれど、愛を誓った女性に弔ってもらえるのだ。

「鈴木よ、お前は幸せなやつだ。彼女といつでも逢えるんだぞ！」

私は山の方を向いて、声に出していった。鈴木は死んでからも彼女に逢える。だが、おれは、この地で命を落としても、弔ってくれる者はだれもないのだ。暗澹たる気持になったとき、

「彼の分まで丈夫でいて、ダモイして下さい」

彼女は、そういって両手で私の手を握った。

「鈴木が惚れたのも無理がない」と思うほど可愛い娘だった。彼女も大粒の涙を流している。

「ドスビダーニヤ」

「さようなら」

「ドスビダーニヤ」

鈴木の死からなか二日おいて、また三人死んだ。作業の帰りに大豆が散乱しているのを見つけて拾って帰り、例のサケ罐で炒《い》って食ったのが原因である。

奥地へトラックで運ぶうちにこぼれたものらしく、道端に相当量が落ちていたという。橋の修理班約二十人がそれぞれ持ち帰ったが、死んだ三名は、幾度もサケ罐で炒って腹いっぱい食ってしまった。

「一度に食ったら、腹の中で水分を吸収してふくれるから危ないぞ」と、年かさの連中に注意されても、かまわず食ってしまったようだ。

若い三人は、このときこそ腹いっぱい食って、いつもの空腹の埋め合わせをしよう、ともうあとさき考える余裕がなかったのだろう。年かさの者がいうように、腹の中でふくれて一晩じゅう「痛い、痛い」と叫び、その翌日、死んでしまった。

慢性飢餓状態におかれていると、一日じゅう食い物のことが頭から離れない。キノコを食って死んだもの、炒り豆が腹の中でふくれて命を落としたもの、いずれも他人ごとではないのである。

私も我慢して自制し、命拾いをしたことがあった。

将校宿舎当番の帰り、東二等兵と河端を歩いていたところ、河の浅瀬で大きな魚が飛びはねている。海の引き潮、上げ潮と関係があるらしく、この河も、水が少なくなったり、満ちたりした。このときは水が引いたばかりのときらしく、浅瀬の小石がまだ濡れていた。

河岸で餌を探しているとき、急に水が引いてしまったらしい。ひどく暴れて、飛びはねるから、東と二人がかり、大汗かいて捕まえたら、体長一メートルぐらい、鮭に似た魚であった。

嬉しかった。旧制高校にパスしたときの喜び、十数倍の難関を突破して角帽を頭に乗せたときの感激。あのときは地上最高の幸せ者とうけとめたが、極限状態の中で大魚を得た嬉しさにくらべたら、たわいない屁みたいな喜びだ。

内地で腹いっぱい食っているときなら、隣り近所にお裾分けを最初に考えるが、そのときは、どうやって仲間にかくれて食うかが頭に浮かんだ。

木立《こだち》にかくれて火を炊き、あぶり焼きしながらほおばった。塩や調味料があるわけではないけれど、こんな旨い物があっただろうか。そんな思いであった。夢中で半身を食ったところで、われに返った。

「東よ。俺たちの胃袋、うんと小さくなってるはずだ。これ以上つめこんだら、パンクするぜ。半分はあしたに回そうや」

「そうですかあ……」

東二等兵は農家出身で大食漢だから、私にストップをかけられてうらめしそうだった。それでも上官の命令だから渋々、食うのをやめた。

さて、残り半身をどこにかくそうか。それが問題であった。ラーゲリに持ち帰るのが、もっとも順当だが、焼魚の匂いは、どんなに隠してもかくしおおせるものではない。

見つかったら万事休すだ。たちまち食い荒らされてしまう。この世でもっとも大切な貴重品を、むざむざ他人に渡してたまるか。そのときは、二人ともそんなミミッチイことばかり考えていた。

〝恒産なき者は恒心なし〟――これは古い諺だが、真理である。最高学府に学んだ私と、社会生活に馴れた東と二人合わせても、このていたらくである。まさに貧乏は人生の敵であった。

それはともかく、獲物を狼に見つからぬよう土中ふかくかくした。明日のためである。そして、その翌日、当番勤務の帰り、例の場所に寄った。この日はあらかじめ将校婦人にゴマをすって、食塩を少しばかり手に入れた。

土中に埋めた魚を掘り出し、もう一度あぶりなおして、はらわたまで食った。私が心配した通り、その夜、二人とも腹がぐずり出し、幾度も便所に通った。

前にも書いたが、このラーゲリの場合、トイレが離れている。宿舎から庭を横切って、集会所の横にあるトイレまで約百メートル。腹がぐずり出してから駆けつけるのはひどく骨が折れる。

はらわたまで己れの腹に入れてしまうというのが、そもそも間違いのもと。それに、食いつけないものをつめこまれた胃の腑《ふ》もびっくり仰天するはずだ。もし一尾まるごと最初の日に平らげていたら、どういう結果を招いたか。

毒キノコを食ってアワを吹いたやつ、炒り豆で昇天した連中とちっとも変わらないのである。わずかに残る私の自制心で、死だけはまぬがれた。

貨車転覆の波紋

私は、犬クギ打ちでハンマーを三回ぶんまわし、最後の一回は犬クギの頭をチョンと叩くだけ。ラーゲリ最高の技法を修得し、それが後日、大いに役立ったと書いたが、そのチャンスが訪れた。

私のゴマ化しのない仕事ぶりがソ連将校に認められたのか、レールの修正係に抜擢《ばってき》されたのである。

軌道間は一定の間隔を保持していないと列車通過のさい危険である。ソ連側の説明によると、脱線転覆の原因になる。したがって、修正係の仕事はきわめて重要な任務であるから、心して励むよう、と注意された。

私は線路工事のプロではないから、重要な任務かどうかは理屈だけではわからないが、ハラショーラボータということだけは理解できた。

まず、いちばん気に入ったことは、マンドリンを抱えたソルダートの「ビストリダワイ」がないこと。捕虜の骨まで削るようなノルマがないこと。就労時間、休憩時間など修正係の自由にまかせ、規制しないなど、人間らしい扱いが気に入ったのである。

もっとも、いいことずくめではなくて、受け持ち区域約一キロの間のレール間隔の狂いを、責任をもって修正しなければならない。狭くても広すぎてもダメだ。まず犬クギをバールで抜いてレールを適正間隔になおし、そして犬クギを打ちなおすのである。

それまでの仕事にくらべ、重労働ではなかったが、空洞化した頭脳では、いささか気骨の折れるラボータではあった。

そのラボータにもようやく馴れたころ、列車運転の話があった。

各ラーゲリの担当区域がそれぞれ完成し、レールが連結できたのでとりあえず試運転を実施するというのである。

シベリア鉄道の本線は以前から運転されているが、捕虜が敷設し、開通までこぎつけた区間はシベリア鉄道の支線とみられる。終点にテルママイスクという町があるというが、それだって本当か、どうかわからない。

在満召集の兵隊は、隣のシベリアについて多少の知識があるようで、寄るとさわると、現在地がどのあたりにあるのか鳩首談合するのだが、肝心の地図がないから探索《たんさく》は空回り。結局、「シベリアは広いからな……」という嘆息で終わるのがいつものことだった。

生きてさえいたら、いつかは帰れる、と心の中でいつも念じているが、さていくら生命長らえても、帰れるという具体的条件がつゆほどもないのである。いつかは帰れる、と念じながらも、やっぱりシベリアで野垂れ死に、という暗い孤独感に襲われる。それならば、せめて己れの死に場所ぐらいは確かめておきたい。魂が日本へ帰るとき、日本の方角がわからなければ困るじゃないか。みんなそんな気持だった。だから汽車が通るということは嬉しかった。飛び上がって喜んだ。日本が近くなったような気がするのである。

だが、落ち着いて考えれば、支線が開通したって日本は同じ距離だ。おそらく、ナホトカまで数千キロはあるはずだ。そこからまた船に乗って……やっぱり遠いのである。しかし、おれの魂はこの支線列車に乗って、シベリア本線に乗り換えてナホトカまで行けば、とバカなことを真剣に考えたものである。

いよいよ試運転。材木炊きの機関車は気笛をひっきりなしに鳴らし、河べりの鉄道を奥地に向かって走り去った。

それから小一時間、機関車は相変わらず気笛を鳴らし、来たときと反対の、東へ走って行く。あの機関車に乗ればいつかは日本へ帰れる。そんな思いとダブって、故郷の中央線が目に浮かぶ。

私の生家から西の方角をながめると、日本アルプスが聳え、その手前に桔梗ヶ原の古戦場がひろがっていた。その真ん中を、中央線の列車がいつも白い煙を吐いて走っていた。塩尻をへて東へ向かう列車は、新宿行き。

私は中学を出ると東京の学校に入るつもりだったから、いつも東へ向かう汽車に熱い視線を送っていた。

そのころは成績がよくて財産があっても、中学を出ればおんの字、その上の学校に進む者など滅多になかった。それに汽車は各駅停車の鈍行で、新宿まで八時間余。東京遊学は高嶺の花だけに、憧れもひとしおだった。なにもかも事情は異なるけれど、少年のころ、東京に憧れた気持と、いま、日本を恋う慕情とが似通っている、と私は思い、涙が流れた。

いずれにしても開通した。これでノルマも果たせた、と安堵の胸を撫でおろしたのに、その翌日、とんでもない椿事が勃発した。

前日に機関車だけ走らせたのは、あくまで試運転であって、今度は五両編成の貨車を走らせるというのだ。

その時刻、私は受け持ち区域のレール修正作業に汗を流していた。そのあたりは、なぜか軌道開隔が広すぎるのである。

作業する者も鉄道工事に馴れてきて、カンで仕事をするようになっていた。ゲージを使わず犬クギを打ってしまうから、広かったり、狭かったり、規定どおりの間隔にならないのは当然である。

昼食をとろうとラーゲリに向かって歩きはじめたら、突然、物凄い大音響が聞こえた。振り返ると、数百メートルの地点で土煙りが上がり、地震のような地響きが伝わってきた。

夢中で駆け出した。なんということだ。貨車が十メートル下の河に転落し、腹を空に向けている。ソ連人が一人、河を泳いで岸に這い上がった。貨車が脱線したあたりの路盤が、がっくり沈下している。

レールの状況、路盤のようすなどから素人目にも原因の見当はつく。冬期間の工事は気をつけていても、砂利に氷が混じる。ノルマがきついから、砂利に氷が混じってもはねよけようとしない。氷を手で拾っても時間を食う。冬の氷は固いから砂利の代わりにもなる。

そういう目先のことでしか考えなかったが、レールの下に氷があったことは疑う余地もない。それが夏になって溶けてしまい、空洞の上に枕木が乗っかっているような按配で、多少の重さならどうということもないが、貨車五両も乗れば、ひとたまりもないのである。

おそらく氷が原因だろう、と落ち着かない気持でコーリャンがゆをすすり、現場にもどってみると、貨車に搭載した大きなクレーンで、貨車を引き上げていた。濡れた衣服のまま一人の男が貨車引揚作業を見ていた。さっき岸に這い上がった男だ。機関士らしい。

そして、その翌日、ソ連軍の発表があった。私の推察どおり、枕木の下に氷が多量にあって、それが夏場に入って溶けだしたためであった。

それまでは予想通りだったが、その後がいけなかった。当該区域の工事責任者を出せ、という要求である。

土砂を運搬する班、ならす班、枕木を路盤まで運ぶ者など入り組んでいて、責任者といえば担当班長が全員、当てはまる。

班長たちは顔を見合わせるだけで、お互いに相手の出方を待っているらしく、いっこうにラチがあかない。しかしどの道、ほおかむりして通せるものではない。この問題は解決しないのである。

そう見てとった私は、

「自分が責任者です。どうぞ御処罰を……」と、名乗り出た。

衛兵所に出頭すると、いつも見る将校のほか違った顔が二つ並んでいた。軍服を着ていないところを見ると、ゲ・ペ・ウか、あるいは調査機関の人間らしい。

ファミーリヤ（氏名）からはじまってヴォーズラスト（年齢）、アチェーツ（父親）、アーチ（母）、ブラート（兄弟）と型どおり調査が進んで、職業を聞かれた。

職業になって一瞬、戸惑った。ソ連人は最高学府を出た者、憲兵、ジャーナリストを嫌う傾向がある。

私は新聞記者だから、正直にそれをいえば彼らの感情を逆なでするようなものだ。災いをみずから招くこともあるまい、と思ったが、嘘をつけないタチだから正直に、「カリェスポジェント（新聞記者）」と答えた。私が明解に答えたためか、ソ連人は気を飲まれたようで、顔を見合わせていた。

わずかに間をおいて、軍服でない年かさの男が、

「お前は正直者だ。それがヤポンの武士道ね」という。

「ダーダー」

一度いえば、「はい」という意味が充分に伝わるはずだが、私は念押しするように、「ダー」を二回にいうと、みんな笑いながら専門を聞く。

主として事件などの社会現象を書く社会部記者だ、とわかって、安心したような表情をする。ありきたりの日常会話ならどうにか話せるが、専門用語が必要になると、

私はしどろ、もどろ。それでも三十分くらい調べられて調査は終了した。彼らは小声で相談した結果、

「調査の結論を伝える。お前らの行為は過失であって故意は認められなかった。したがって、お前の責任を追及しないことに決定した。幸い、乗務中の機関士はぶじであることも、お前の責任を追及しない理由になっている」

調査官のしゃべる速さが、仲間同士のときとたいして変わらないスピードだったから、わからない箇所もあった。衛兵所を出てから、思い返してみて、彼の言葉の内容がわかったものである。

さっきは、なんとかして責任をまぬがれようとあせった各班長も、私の帰りを待っていた。

「小松班長、さっきは悪かった」

「どうだった？」

班長たちも、小松班全員も、駆け寄って手を握る。

「心配かけたな。正直に話したんだ。砂利採掘のとき、雪や氷の混じるのは、避け難い。その混じった氷を手で除去すればトラブルは起こらないと思って、つとめて除去するよう指示してあるが、小さなものまで拾っていてはノルマの半分もできない。あ

る程度は除去してあるので、安心だと思って枕木をおいた。作業したヤポンスキーはみんな、専門家ではない。素人である。したがって、あのような事故を起こして申しわけない。責任はこの小松にあるからして、どのような処罰も甘受する。と、誠意を尽くして答弁したよ。そうしたら、今回は処罰しない。今後のラボータに期待する、なんて逆に激励されたよ」

「よかった、よかった」

「どうなるか。心配で、心配で……」

「俺、玉っころ、あがりっ放しさ」

私が責任を全部ひっかぶると出頭したが、私一人で作業ができるわけでもなし、当時、あの作業に従事した者の連帯責任の線が出てくるのは必至とみられるわけで、彼らの心配するのは無理からぬところであった。

しかし、これは日本的な解釈であって、ソ連流の解決法はまったく別であることが後になってわかった。あのときは、ソ連側の温情、胸の広さに感激したものであるが、じつはまったく別の視点で事件をとらえていることが、幾つもの出来事を通してはっきりした。

事件が発生するための原因に、時を異にして幾人もの人間が関与した場合、事件発生時に担当していた者が責任を負う、という慣習があるようなのだ。それはその後、私が材木集積場の責任者、カンボーイに任命されたときに発生した事件で、いやというほど経験したものである。

第四章　嵐は吹き荒れて

活動家登場

二年目の九月、民主化運動のアクチブ（活動家）と称する男が現われた。

服装はソルダートにそっくり。日本の軍服は上衣の襟の部分は、ホックでとめるように仕立ててあるが、ソ連の場合、中心からわきに三センチほどずれていて、ボタンでとめるようになっている。ズボンは乗馬ズボンのように、尻の回りから股にかけてゆったりしていて、膝から下がきっちりしている。上下とも濃いグレー。腰はベルトで締めている。帽子はひさしのないやつで、靴は長靴だ。

そのアクチブと称する男、まったくソルダート風だが、ズングリムックリで、服装はソルダートでも、中身はまごうことなくヤポンスキーであった。

最初のラーゲリから、いまのラーゲリに移されるとき、姿を消した山田軍曹だった。転送のあわただしさと、環境の変化で、彼が姿を消したことは、たいして話題にはならなかった。それが赤化運動の尖兵となって、昔の戦友の前に現われたのである。民主化運動という名のもとに、嗜虐《しぎやく》的な手段で、片っぱしから戦友の殺戮《さつりく》を開始してきた。彼は九州の貧しい農家の生まれ。徴兵検査で甲種合格となって満州牡丹江の電信隊に入隊し、下士官候補生を志願して軍曹にまでなった男である。

貧農の二男坊だから、近在のあちこちを手間賃仕事をあさって歩いていた。そんな頼りない暮らしにくらべれば、三食、手当つきの軍隊生活は天国である。それに古年次の下士官となれば、足軽が殿様に、小作人が大地主になったような気分である。

当時、小学校六年の義務教育だけで社会におっぽり出されて、夢も希望も持てなかったものは、競ってこの下士候を志願した。

山田もそうした下級職業軍人であった。彼ら現役の下級職業軍人の多くは、ソ連の満州侵入前後、いち早く戦線を離脱し、姿を消したが、山田はなぜかシベリアに送られ、今度はソ連の雇兵みたいな立場で、ヒートリ（狡猾）の限りを尽くしてきた。

彼はまず昔の戦友、いまは赤化と嗜虐の対象を全員、ラーゲリの中庭に整列させた。自分は一メートルほどの壇上に立った。ちょうど、旧軍隊の部隊長のようなポーズでうであった。

ある。彼の得意や推して知るべし。〃いまに見ておれ〃と彼は舌なめずりしているよ

「祖国ソ同盟の厚意により、自分はハバロフスクで勉強することができた。ソ同盟の優れた思想、生産力、軍事力をこの目で実際に見聞し、指導者の崇高な精神に触れることができた。身にあまる光栄と思っている。自分はこの国の思想を諸君に伝える任務を帯びている。そのように理解されたい」

赤化教育機関から渡されたものであろう。メモを見ながら、よどみなく大演説を展開した。いけしゃあしゃあと、照れもせず、そんなことを口走る山田軍曹の顔を、私はあらためて見なおした。

どこから伝わってくるのか、アクチブの噂はチラホラ流れていた。その噂によると、生死のわからぬまま捕虜が姿を消し、数ヵ月するとその男がアクチブに変身し、昔の戦友の前に現われるというものだった。そして、アクチブは申し合わせたように下士候あがりの下士官だそうである。

その噂と、山田の変身と変心を合わせ考えると、ソ連側の深遠な策謀が、おのずと解明されてくる。

職場で幹部を抜擢する場合、できうる限り、より高い教育をうけた者を物色するも

のである。諸外国の例は知らないが、日本ではそうだった。ところが、ソ連はアクチブ選抜にさいして、義務教育だけの者を選んだ。じつは、そこがミソである。彼らが信奉しているマルクス・レーニン主義を、批判なしで信じさせるには、高等教育をうけていない者に限る。白紙に赤インキを落とせば、みるみるうちにひろがってゆく。それと同じである。

ソ連首脳は、そう考え、そこに着目したものだろう。事実、革命服で現われた山田の所信の披瀝を聞いたかぎりでは、洗脳の効果は充分であった、と認められる。

それはともかく、ソ連将校の締めつけが少なくなった代わり、山田アクチブが表面に立つことが多くなった。

まず最初に、ノルマがきつくなった。そして作業現場の往復に歌う歌曲の変更を厳命された。革命歌を歌えというのである。赤化のスケジュールはまず歌から。日本訳の革命歌を、アクチブの先導で歌うわけだ。

そのころ捕虜たちは、内地で流行していた歌を歌って故郷を偲んでいた。なんの娯楽もないシベリアでは、歌が唯一の慰めであった。

作業場の行き帰りのほか、宿舎でも盛んに歌われた歌はディック・ミネの「人生の並木路」をはじめとして数曲あった。

〽泣くな妹よ　妹よ泣くな……

この歌がつくられたころ、若者の間には都会志向が芽生えた。だから、若者の夢を、この歌はくすぐっていたようだ。

別れのブルースも盛んに歌われた。淡谷のり子の大ヒットで、私には忘れられぬ思い出があった。

昭和十二年の春休みであった。東京から故郷の山村に帰った翌日、松本市へバスで遊びに行った。なんの目的もあったわけではないが、松本は懐かしい街である。

中学を出た年、松本の会社へ勤めながら旧制高校の受験勉強をしていた。苦しかったけれど楽しくもあった一年であり、街である。そんな思い出にひたっていたら、突然、バスの車掌が立ち上がって、

「これから別れのブルースを歌います。淡谷のり子さんが歌ってヒットしております」

そんな意味の口上を述べてから歌い出した。

〽窓を開ければ　港が見える……

観光バスではない。そのころ開通したばかりの、ただの路線バスである。路線バスの車掌が歌を歌って聞かせるなんて話は聞いたことがないので、しばし呆然。彼女が

歌い終わると、少し間をおいて拍手が湧き起こり、

「もう一度……」

「ねえさ（ねえさんの意）歌ってくりゃ」

アンコールである。二十四、五歳、やや肥り気味の彼女は、ふたたび歌い出した。マイクなんか、もちろんあるわけはないから、声を張りあげて歌う。うまいかヘタか知らないけれど心に沁みた。

昭和十二年。この年に日中戦争が勃発《ぼっぱつ》し、日本軍が南京を占領した。女性たちは布切れを持って街頭に立ち、道行く人に一針ずつ縫ってもらう。千人になると、それが千人針。それを愛する夫や恋人に持たせた。いわゆる護符である。慰問袋も頻繁に戦地へ送られた。

「麦と兵隊」も盛んに歌われた。直立不動で歌う東海林太郎も、私の記憶にあった。

〽徐州　徐州と人馬は進む……

捕虜たちは、あの満州での戦闘とダブルのか、この「麦と兵隊」を歌ったものである。これは、たしか昭和十四年の製作。国家総動員法が公布された年だ。

そして、その翌年に東京でダンスホールが閉鎖されたのを私は記憶している。米、味噌、醤油、砂糖、マッチなど生活必需品が切符制になった。つまり、国民は食うも

のも自由に買えなくなったのである。

そういう世相になって国民の心も暗くなっていったが、それに「活」でも入れるように、軽快な歌「月月火水木金金」が流行した。

〽朝だ夜明けだ 潮のいぶき……

いささか歌にこだわりすぎたが、唯一の慰めであった、それら日本の歌を取り上げて、革命歌を歌えというのである。捕虜たちは、吐け口のない怒りのやり場に困った。「祖国ソ同盟のため頑張れ」だの「千万人が待っている」なんてものは心に沁みないのだ。あれは歌じゃない。お題目だ。

そのうえ、声が小さいと、この世の極悪人だとばかり罵倒する。

「われわれの祖国ソ同盟に弓引くのか」といわれるだけなら痛くも痒くもないが、ラボータやノルマにはね返るから恐ろしい。

山田は一週間ほどで恐ろしい組織をつくり上げた。彼と同じように義務教育修了程度で軍隊に志願した者、現役入隊の後、下士候になった連中を十人ほど集めて、「民主化グループ」を組織し、彼らのいう「民主化運動」という怪しげな行動をはじめた。

山田が集めたのか、特別待遇をうけたいために山田にゴマをすったのか、とにかくそのグループは山田のイヌ、たれ込み屋であった。各小隊に一名ずつ配属されて、情報を集めるわけである。

　その情報は、反ソの行動というより、山田の地位をおびやかすような発言を逐一、山田に報告する仕組みである。もちろん、この連中は、それぞれ所属小隊のラボータに同行する。

　いわば山田の私兵で、正式なアクチブではないから、ラボータもしなければならぬし、ノルマルもある。しかし、そんなもの、山田のサジ加減でどうにでもなるらしく、いつもぶらぶらして、仲間のアラ探しばかりしていた。


『暁に祈る』


　ラボータの帰途、例のごとく、革命歌の合唱を強請されて、みんな、やけのやんぱち、声をふりしぼって唱うなかで、古賀のおっちゃんだけが歌わない。

「そら、古賀、なぜ歌わんか」

　民主グループの佐々木が飛んで来て、老兵に往復ビンタを見舞った。佐々木は現役志願の上等兵で、まだほんの駆け出しのチンピラである。それが関特演の兵長を殴り飛ばしたのである。

　関特演兵士は昭和十六年に関東軍特種演習の名目で召集をうけ、解除もされずに、終戦まで部隊にとめおかれた。だから、その怒りを新兵いびりでまぎらわそうとしていた。と前に書いたが、佐々木が新兵のとき、関特演兵士にいびられたことがあって、その私怨を合唱問題にすりかえたと容易に想像される。

しかし、古賀は五十近くの老兵で、新兵いびりをするような男ではない。それどころか、いつも初年兵をかばっていたらしい。

原隊が違うから満州時代のことはわからないが、シベリアでは若い者をかばっていた。農家の出身だから力仕事は得意だ。ノルマのできない若い者を手伝っているのを、私は幾度も見ている。

「おれの倅も、あの連中とおなじ年ごろだ。十九年に召集で南方へ連れて行かれたらしいが、いまごろどうしているか」

そんなことをいいながら、倅を案じているようだった。ただ、彼は自分が音痴だということをひどくはずかしがっており、日本の歌すら歌わなかった。いつか雪解けのころ作業場で、たった一度だけ、彼のハナ歌を聞いたことがあった。

私も決してうまい方ではない。音痴すれすれだが、その私すら、ひどいな、と思ったくらいだ。音がてんではずれている。音痴以前だ。あの古賀に、革命歌を歌えという方が理不尽というものだ。

しかし、佐々木にそんな理屈は通らない。古賀をやっつける糸口を探していただけだ。そんなときちょうど、革命歌を歌わない現場を発見したまでである。

服部が私に話しかけてきた。

「ねえ小隊長殿、こんな歌で民主化の効果が上がるもんでしょうか？」

「さあな。ソ連の狙いはそうだろうと思うよ。大衆を同じ方向に向かせ、自分たちの手の中に握る。時間をかけて知らず、知らずのうちに、掌中に入れてしまおうって戦術だと思うよ。しかし、山田たち民主グループの考えていることはそれとは違う。彼らにとって、革命歌は民主グループの象徴であると同時に〝踏み絵〟でもあるわけだ。別な表現をすれば、革命歌を歌わないということは、ソ同盟つまり、民主グループに反抗するものである。そういう不逞分子には制裁を加える。それでも自己批判しないやつはソ同盟の敵、すなわち自分たち民主グループの敵であるからして抹殺せねばならぬ、という短絡的な思考だ。要するに、山田を中心とする民主グループの自己防衛策だ」

「革命歌が、民主グループ保全の戦術ってわけですね」

「将来はどうなるかわからんが、いまのところそうだと思うよ」

「これからどうなるんでしょうね？」

「さあ、ノルマの上昇、つまり、いまよりもっと苛酷なノルマにならなければいいが……」

「みんな死んじゃうよ。いやだな……」

「彼らの考えることは悪代官と同じよ。われわれとしては気をゆるめちゃいかん。気をゆるめると、がっくりいくからな。ダモイはないというが、おれはかならずしもそうではない、と思っている。そんなはずはない。きっとある。全員ダモイできるか、どうかそれはわからん。落ちこぼれが出るかも知れん。その落ちこぼれにならないことだ。頑張れよ。死んじゃったらおしまいだ」

「このごろ、変な夢を見るんですよ」

「どんな夢だ?」

「自分が死んで、林の中に埋まっている夢です。悲しかったな……」

「このアホ。恋人の夢でも見てろ」

貨車が白い煙を吐いて東の方へ走って行く。私も服部もじっと貨車を目で追っていた。貨車の走って行く、ずっとずっと東の方に日本がある。

二人の話が終わるころ、また「革命歌合唱」の号令がかかった。

〽ギリシャの同志を救えと立ち上がる……

革命歌の一節に、そんな文句があるけれど、よその国の心配などしなくていいのだ。おれたちはそんな身分じゃない。救って欲しいのは、革命歌をがなっているおれたちの方だ。

私の胸の中で、また怒りが燃え上がる。だが、それは所詮ゴマメの歯ぎしり、蟷螂《とうろう》の斧である。そんな気持も、佐々木の怒声でふっ飛んだ。

行進の中ほどにいた佐々木が、後尾の方へ飛んで行く。

「また古賀か、ふてえ野郎だ」

前と同じように、また往復ビンタだ。古賀を狙っているくせに、「だれだ」なんてとぼけちゃって、いい加減にしろ。

その夜、就寝のちょっと前、佐々木が古賀を呼び出しに来た。集会所の一隅をカーテンで仕切って、彼ら民主グループのアジトにしてあるので、そこへ連れて行かれたのだと思っていた。

カーテンで仕切って、といったが、捕虜がカーテンを持っているわけはないので、麻袋の代用品だ。山田がここで起居し、他のグループ員、じつはスパイどもが食事をしたり、ラーゲリの主導権を握るべく謀議をこらしている場所だ。いわば悪魔の代貸しの部屋である。

古賀はこの部屋に呼び出され、いじめっこの山田からこづきまわされて放免というストーリーかと、私はタカをくっていたが、これは大甘の見通しだった。

夜中、トイレに行った服部が妙なものを発見した。なにげなく衛兵所の方を見ると、「点呼の鐘」の下で動物らしいものがうごめいていた。

太い丸太にレールの切れっ端をぶら下げて、全員招集のときなど、ハンマーでこいつをぶっ叩いている。音色は冴えないが、結構、役に立っている。

服部は耐えに耐えていたときだから、まず用を足し、さっぱりしてから点呼の鐘の下へ行ってみた。

丸たん棒に後ろ手をくくられて、男が震えている。がっくり前に傾いた顔を覗いてみると、なんと古賀のおっちゃんだった。肩に手をかけてゆすりながら服部は、

「古賀さん、古賀さん」

耳に口をつけるほどにして呼んでみた。

「う、う……」古賀のおっちゃんは、やっと気がついたようである。

「古賀さん、眠っちゃダメだ。死んじゃうぞ。寒いから眠ると、こごえ死ぬ……」

「うん……」

そういう古賀の語尾は、もう消えかかる。

「古賀さん、古賀さん……」

服部は頬をひっぱたいた。

「いてえな――」やっと正気にもどった。

「古賀さん、眠らずに待ってろや。なんとかする……」

服部は走り出した。なんとかするから、といっても、自分がひとりだけでなんとかできるわけではない。

「小隊長殿、大変であります」

もうそのころはみんな地方言葉を使っていたが、緊急時には軍隊言葉に変わってしまう。

「あわてるんじゃない。どうした」

私は起き上がって作業衣に腕を通した。

「古賀さんが、点呼の鐘の柱に、縛られているのであります。さっき発見したとき、眠っていました」

「そりゃー危ない。凍死するぞ」

夜間は、零下四十五度になるという。「衛兵所の寒暖計が、ゆうべはマイナス四十五度を示していた」と、カンボーイが話しているのを小耳にはさんだ。

「おれは山田にかけ合ってくる。お前は古賀のところへもどれ。眠らせるんじゃないぞ」

私は集会所へ駆けつけ、山田の枕もとに立った。山田は当番兵をおいていたから、ペーチカが真っ赤に燃え、部屋の内部は汗ばむほど暖かい。

「アクチブ殿。お願いがあります」

軍隊の位でいえば、自分の方がぐんと偉いのだが、このさいだから一丁下手に出てやろうという私の読みである。案の定、部隊長のように尊大にかまえている山田が、寝ぼけまなこをこすりながら、ベッドの上であぐらを組み、

「夜の夜中に、いったいなんですか」

彼の心がこっちへ向いたぞ。その調子だ。

「じつは古賀の件でありますが、本人が重々悪かった、と自己批判をしておりますので、まげてお許し願いたいのであります。今後は、自分が責任をもって教育するでありますから」

自己批判とか教育とかは、彼らが好んで使う言葉だ。だから私は、彼の自尊心をくすぐるつもりで、使い馴れない言葉を無理して真似ただけだが、山田は日ごろの教育の成果と勘違いしたらしく、すこぶる機嫌がいい。

「一時しのぎじゃないだろうね」

「はい。誓います」

「革命歌合唱は民主化運動の原点である。部下をしっかり教育してくれたまえ」

革命とか民主化が出てくると、態度がコロッと変わる。妙な男だ。

「はい、お言葉どおり実行いたします。古賀のいましめを解きたいのであります。凍死寸前であります」

「あなたの言葉を信じて、今回だけは許可しよう」

「有難くあります」

私は深く頭を下げながら、いろんな諺を考えていた。虎穴に入らずんば虎児を得ず。韓信の股くぐり。艱難汝を玉にす。臥薪嘗胆《がしんしょうたん》。隗《かい》より始めよ。

あの点呼の鐘の下まで行く間に、まだたくさんの諺が浮かんだ。頭に浮かんだ古い諺はみんな、私が子供のころ母から教わったものだ。たいして学問のある女ではなかったけれど、子供に生きる道を教えようと一途になっていた。くり返し、くり返し教えられているうち、おびただしい数の諺をおぼえていた。

「古賀さん頑張れや。きっと、小隊長殿が助けてくれるからな……」

服部は、さかんに古賀の身体をこづいた。

「うん、うん……」わずかではあるが、古賀の意識はもどってきた。後ろ手の縄をほどき、二段ベッドにかつぎこんだ。白くなっている顔に、ボロ切れを乗せてごしごしこする。あのままに放置すると、凍傷にかかって無惨な顔になってしまう。

「山田のやつ、許したんですか?」

「うん」

「あいつにもまだ、温かい血が残っていたのかな」

古賀を助けたい一念で、山田ごときに心ならずも「ヨイショ」式の言辞を弄したが、

自慢できることではないし、他人に話せるわけもない。顔をこすっているうち、赤味

がさしてきたから、凍傷の危険はまずあるまい。

「自分は生命びろいしたようですね。小隊長殿、ほんとに有難うございました」

「お互いさまだ。気に病むことはない」

「服部にも世話になった。有難う」

「いや、なに。だけど、ちょいちょい眠るのには参りましたよ。夢でも見たんじゃな

いの」

「うん、コマ切れだけど夢を見た」

「カアちゃんに逢ったの？」

「ちょうど穫り入れの最中で、女房のやつ、おれが帰ったら喜んでな。赤飯炊いて祝ってくれた。庭の柿が真っ赤だった。そこで、あんたにぶん殴られて目がさめた」

零下四十五度から五十五度にもなる屋外に、人間を縛って放り出すという残忍な私刑は、その後もしばしば行なわれたが、私が昭和二十三年の冬、帰国してみると、この種の私刑が内地で『暁に祈る』などと名づけられているのには驚かされた。あの残忍な私刑は、暁に祈るという文学的な表現では現わせられないものだ。意識が薄らいでゆくなかで、必死に妻や子の名前を呼びながら死んでいった人々の怨みを、『暁に祈る』などという軽薄な名称で片づけてもらいたくない、と私は思った。

シベリアではそんな呼び名はなかったから、おそらく内地の人たちがつけた名前に違いない。そのとき私は、シベリアの実情と内地の人々の想像の間に、ひどいずれがあるのを思い知らされたのである。

仮面をかぶった悪魔

さて、それから数日後、私がレール間隔を修正しているとき、わめくような大声がした。声がする方へ走って行くと、五十メートルほど離れた採石場で、民主グループの一人が、杖で若い捕虜を殴っていた。

山田が少し離れた場所で石に腰かけて、薄ら笑いを浮かべて見ている。

「貴様、なぜ山田アクチブに敬礼せんか。欠礼の罪は重いぞ」

ビシッ、ビシッと、杖の折れるほど力まかせに、打っている。どうやら、その若い捕虜は仕事に夢中で、二人が通るのに気づかなかったらしい。

私は呆然と見ていた。捕虜同士で欠礼の罪なんか、あるはずがない。被害者はうずくまってしまった。

「金井、この男に出頭を命ずるんだ」

山田は、いまいましそうに表情をゆがめ、うずくまった男に刺すような目を向ける。

「はいわかりました。アクチブ殿」

金井と呼ばれた若い男は、軍隊式の敬礼をした。私とは原隊が違うので知らなかったが、山田と同じ部隊で、しかも部下だったのではないか。さもなければ、あんなに呼吸が合うわけはない。

山田は悠然とその場を立ち去った。新品とも見れるシューバとカートンキ。ソ連将校も顔負けの服装である。馬子にも衣装というが、山田も、こんな格好が板についてきたから不思議である。

そのときの被害者は小隊が違うので、私は口出しをひかえていたが、先夜、古賀がやられたと同じように、「点呼の鐘」の下に縛られて、翌朝、冷たくなっていた。その男の死体に雪が積もっていた。

朝食前に例の鐘が乱打された。非常呼集である。壇の上で尊大にかまえた山田は、

「ゆうべ一人の男が死んだ。民主化運動と、われら民主化グループに抵抗した結果、みずから招いた死である。諸君はこのようなことの起こらぬよう、くれぐれも注意すべきである」

仕事に熱中していたため、通りかかったことすら気づかなかったのだから、むしろ賞讃していいはずだ。欠礼を理由に死刑を断行するというのは、民主化運動を阻害されたためではなくて、自分たちの権力の誇示と、将来への布石であることはもう疑う余地はない。

「小隊長殿……」

服部が朝食後、小声で話しはじめた。どこにスパイがいるかも知れず、だれも囁くのがクセになってしまった。

「なんだ……」

「自分たちはこんなひどい目にあっても、黙っているんですか？」

「どうした。急に……」

「自分たちは、いままでいろんな不合理に悩まされてきました。じっと我慢してきましたが、たかが捕虜同士の欠礼で殺されるなんて、納得できません」

「お前のいう通りだ」

「捕虜同士が欠礼したって、どうってことないでしょう。それも故意どころか、ラボータに熱中していたためなんですよ」

「その通りさ」

「小隊長殿、われわれ捕虜には、違法を拒否できないんですか。民主主義の国だからこそ、捕虜を平等に扱い、だれの意見も聞き、違法を排除すべきではないんですか」

「注意してしゃべれよ」

私は服部のいう通りだと思っている。しかし、民主化グループが、各班にまた、スパイ網をひろげたらしい。

暴力団の総長の下に組長がいて、そこには構成員、準構成員が……というやくざ組織にそっくりのものを、着々とつくり上げているようだった。曖昧《あいまい》な言いまわしになってしまうが、民主化グループのやり口は、きわめて隠密裡に事を運ぶので、当人以外はまるで知らない。

正々堂々とやれないのは、この国のスパイ組織の指導をうけているのか、または、民主グループが、やはり後ろめたさを感じているせいだろうか。それと民主化グループに吸収され、またはみずから売りこんでゆく連中は、身の安全を図るという私利私欲だけであるのは間違いない。だからこの連中も、己れの行動に、やはり後ろめたさを感じているのであろう。

ともあれ、だれが民主グループの手先であるか、はっきりしないが、周囲にうごめいているのは確かである。

ソ連の労働者や、いつも顔を合わせるソルダートと、この国の政治や経済、教育などについて話すとき、彼らはかならず周囲を見まわし、聞かれていないのを確認してから口をひらいたものだ。

ソ連の人たちが、生活全般にわたって秘密主義かというと、かならずしもそうではない。将校宿舎の当番のとき、ドアを開けたら、夫婦同衾中だったなんて経験は再々あった。

関東軍将校宿舎は部屋が幾つもあって、家具調度がととのい、専属当番が二名はザラで、殿様暮らしであったが、ソ連将校はまったく質素だった。ほとんど一ＤＫだからドアを開ければ、目と鼻の先で夫婦が抱き合っているといった光景に出くわすのは仕方ないことだが、そんな場合、当番兵としては、ドアを閉めて逃げ出すのも失礼だし、それに幾分、好奇心もあるから、さりげなく、

「ズドラースヴィチエ（こんにちは）」

敵サンは抱き合ったまま。あるいは上下の姿勢で、

「ズドラースヴィチエ」

当番のヤポンは、目のやり場に困りながらも、チラチラと視線を送りつつ、

「イズヴィラーチエ（失礼しました）」

敵サンは行動を続行しながら、

「パジァールスタ　ニェ　ビェスパコーイチェン（ご心配なく。いいんですよ）」と、いたって明るい。

捕虜の生活はまったく乾いているから、こうした生《なま》臭い生活に触れたいという欲望は旺盛である。さりげなくそのまま踏みとどまっていると、やがて彼らは祭事《まつりごと》を終えると立ち上がって肩をすぼめ、両手をやや前に出すポーズをとる。羞恥の表情であるが暗くない。

これは極端な例をあげたまでだが、生活全般がすべて秘密主義とは思えない。この国の指導者や指導方針とは、まったく異質の人種と思えて仕方ないのである。

話は回り道したが、ともかく、他人に聞かれないのが安全である。聞かれたら最後、恐ろしい落とし穴が待っているのだ。

「思ったことをいったまでです。小隊長殿、そう思いませんか」

「思うさ。前からそう思っている」

「だったら、山田アクチブの非日本的な行為を糺《ただ》すべきだと思いませんか。捕虜が捕虜を罰するなんて、聞いたこともありません」

「山田は、とっくに日本人であることを忘れているかも知れないよ。人間という生き物は、緊張が長くつづいた後は権力者のいうがままになる厄介な代物だ。とくに、単純なやつに限って、難解な理論に手もなくやられるもんだ。彼もそんなところさ。それにしてもお前、思いきったことをいうようになったもんだ」

「我慢できなくなったからです。山田というやつは、もう人間ではありません。人間の姿をした悪魔です。もし人間の心が少しでも残っているなら、ソ連側が処罰するといっても、かばうのが本当でしょう。処罰の私物化です」

「そうだ。お前のいう通りさ」

「本当にそう思いますか」

「思うよ」

「自分は大きなことを言える立場じゃないから、我慢していましたが、山田ってやつは、人間の屑です。チリ、アクタ同然です。小隊長殿、そうでしょう」

「そうだな……」

「山田自身はラボータなし、あの手先のやつらだって、このごろなんにもしていない。服装は上等で、寒さ知らず。特別室つくって、護衛兵やら当番兵までつけて、メシは特別給与、腹一杯食って、暖かい部屋でのんびりと寝る。やつは自分の家に帰っても、こんな上等な生活はできっこありません。それに引き換え、自分たちの哀れな姿。おんボロまとってカンカン腰にぶら下げて、どう見たってルンペンです。ノルマができなきゃ絶食、とくる」

小声でしゃべるように私が注意するのだが、服部は激怒するにしたがって声が大きくなる。それを聞きつけたらしく、隣の吉村がにじり寄ってきた。

「まるで、病人のフトンひっぺがすようなことをしてるそうです」

「ほう。そりゃまた、どんな……」

吉村は私の耳に口をつけて、まったく意外なことをささやいた。

「もう、とうに黒パンの配給がなくなってるでしょう。不思議だと思いませんか」

今度は、私が吉村の耳もとでささやく番だ。

「ソ連がよこさないんだろ」

「とんでもない」

「じゃあなんだ」

「民主グループの横流しです」

「だが、相当な量だぜ。どうするんだ」

「エサです。エサ」

はて、不思議なことをいう。ラーゲリには、鯉を飼う池なんかないではないか。

「なんのエサだ」

「人間ですよ。人間を釣るんです」

「わかった。手先集めのエサだろ」

「御名答。そいつにつられてバカどもが、手先になるようです。社会主義も民主主義も、てんでわからんやつらも、満腹感はわかるんですね」

みんなそんなことまで知ってたのか。私もなにやらキナ臭いとは思っていたが、それほどの公私混同は聞いたことがない。

病人のフトンをはぐどころの話ではない。そのフトンを金に代え、手先を雇って、またその病人をいじめるようなものだ。仮面をかぶった悪魔どころか、仮面をかなぐり捨て、本性むき出しの悪魔ではないか。

「小隊長殿。自分たちが怒るの、わかるでしょう」

吉村も服部も、日ごろの怒りをすべて吐き出すように民主グループの悪事を攻撃する。

「ところで話は変わりますが、ドイツの捕虜は、したたかだそうですね」

ドイツの捕虜を持ち出したのは吉村である。

「どう、したたかなんだ」

「アクチブになり手がなかったし、民主運動の宣伝も、てんで効果がないそうです」

私はゲージをかついで線路をうろつく修理係だから、単独行動だ。したがって、仲間との接触が少なく、なんの情報も入らない。ドイツ軍捕虜が近くにいるということも、彼らの性根のすわっている話も、まるで初耳だった。

「シベリアにドイツ軍がいるのか」

「いるようです。自分もよくは知りませんが、鉄道工事でこの奥へ行ったとき、そのラーゲリを見ました」

この先、われわれは、鉄道工事が延びる方角を「奥」といっているが、実際の地形で奥かどうかはわからない。

「ここから奥へどのくらい行くんだ」

「そうですね。およそ六キロぐらいでしょうか」

私は幾度もその近くまで行ったことはあるが、注意していないせいか、そんな建物を見た記憶がない。

あの河の橋梁工事があって、その橋の上に鉄道を通すわけで、レール修正に幾度か通った。橋梁工事には、ラーゲリのほとんどが動員され、四ヵ月におよぶ大工事だった。

金属は少しの金具だけで、ほかはほとんど木材である。橋脚も桁も木材。原生林を伐採して直径一メートル以上もある大木を運び、脚にした。毎日、捕虜たちは蟻のように這い回って、とにかく貨車を通すだけの橋を完成した。

指導者も技術者もいるわけではない。ろくな図面すらなかった。乱暴な話だけれど、鉄道工事をはじめとして、橋梁工事、家屋建築など、どれを見ても似たり寄ったりだ。未経験だからといって尻ごみできない仕組みだから、ズブの素人が考え、考え、失敗してはやり直し、曲がりなりにも仕上げなければならない。

橋梁工事でも、木材の下敷きになったり、栄養失調と、ニーハラショウなラボータで幾人も死んだ。

カンボーイは一人減り、二人減り、つぎつぎにどこかへ行ってしまって、そのころマンドリンを抱えたソルダートはたった二人。それだけでは大勢の捕虜の監視に手が回らない。半ば放り出した格好で、鉄砲玉は飛んで来なくなった。その代わり、あの山田をカマンジェル(親分)と仰ぐ民主グループの絞めつけが一段と厳しくなっている。

私のラボータは、レール敷設が完成した区域に移動するので、そのときは例の橋梁の先まで延びていた。

ラボータの合間に、吉村から聞いたドイツ軍捕虜のラーゲリがあるという方向まで足を伸ばしてみた。前に来たときは気づかなかったが、橋梁から三キロほど先にあった。前が原っぱで後に原生林をひかえ、ちょっとした別荘の感じ。建物は私たちの住んでいるラーゲリと同じで殺風景、一棟だけぽつんと建っていて、柵も破損が目立っている。

カンボーイは問答無用で発砲してくるから、あまりラーゲリに近づくと危険だ。数十メートルの距離をおき、クボ地に身をかくして見ていると、三十名前後の人間が表に出て整列した。

ドイツ人がどんな顔をしているか知らないけれど、出て来た人間が白人だから、吉村の話していたドイツ人に違いない。整列した三十名ほどは、右向け右で二列になって駆け出した。

日本人捕虜が、背を曲げてよろよろと歩く姿は、まさに気息えんえん、幽鬼が裟婆にさまよい出たようでいかにも哀れだ。それにひきかえ、ドイツ人捕虜の堂々たる容姿。鳥ガラやむくみは一人もいない。背筋を延ばし、いくらかの準備体操の後、掛け声をかけて走り出したが、まったく軍隊調で、おどおどしたり、卑屈なところはみじんも感じられない。

ラーゲリを一周して原生林の小道を駆け去った姿が、じつに堂々としている。食事も満足にしている証拠だろう。

吉村がいったように、彼らはソ連側の要求を堂々とはね飛ばし、給与や自由をかち取ったものだろう。それが証拠に、日本捕虜がすきっ腹かかえてラボータで油汗を流しているのに、彼らは体力増強で心地よい汗を流している。私はカンボーイを気づかったが、それが見えないのである。

あるいは、ドイツの外交政策の結果とも私は考えてみたが、ドイツ本国の目のとどかないシベリアの奥地のこと、やはり現地捕虜の抵抗の成果だと考えるのが妥当ではないか。私の考えはどうしてもそこにたどりつく。

私はその帰り、急に墓参を思い立った。苛酷なラボータで生命を失った鈴木の霊を慰めなければならない。いつもそう思っていたが、機会がなかった。ラーゲリのそばまできて、原生林に通ずる道に曲がろうとしたら、同じ原隊だった杉本上等兵がやってきた。将校宿舎の当番だったという。

「ここで一服しませんか。見習士官殿」

彼は将校の女房から、刻み煙草を、わずかだがもらってきたらしい。

「うん、有難いが、ちょっと……」

「どこかへ行くんですか？」

「墓参りしようと思ってね」

「ほう、墓参りですか？」

「気になっていたが、暇がなくて……」

「鈴木ですね。あなたを慕っていたようですね」

「そうなんだ。おれも弟ができたような気分になっていたんだが。けど、死んじゃった」

「山田の犠牲になったんですね」

「そうだ。彼のくやしさわかるだろ」

「わかります。わかります」

「自分も墓参におともします。一服やりながら、行きませんか」

杉本は小さな包みを差し出した。

「あ、紙もありませんな」

彼は、ポケットからハナ紙のようなザラザラした紙を取りだした。それに巻いて、巻口を唾液でとめて点火する。ソルダートと物々交換の物資も切れて、もうずうっとタバコから遠ざかっていた。最初の煙を残さず吸いこんだら、くらくらっと目まいがして倒れそうだった。意識が遠くなり甘美な気分だ。

「たまらんですね。この気持……」

「長いこと吸ってないからきくな」

私たちは歩きながら吸うのがもったいなくて、立ったまま吸ってしまった。

ラーゲリの西側を連れ立って山に向かった。雪が積もっている。場所によっては三メートルほどにもなっていた。山に入って少し行くとクボ地がある。そこに戦友たちが眠っているのだ。

こんもりと雪をかぶった墓がいくつもある。足跡がついて小道のようになっているところをたどっていったら、鈴木を埋めた場所に出た。もう二度も三度も来た、と思われる足跡と雪の具合だった。

黒パンが三切れ供えてある。表面の変色具合がそれぞれ違うから、三度、訪ねたものだろう。鈴木の墓を訪れる者は、私のほか、あの娘しかいないはずだ。してみると、彼女は雪が降り出してから、もう三度も訪れているわけだ。

私は鈴木を埋めた後、河端であの娘に逢って、「鈴木はあなたと同じくこの土地の者になった。だから墓参をしてやって欲しい」と頼んだが、あの娘は、そのときの約束を忘れずに、この場所を訪れている。

私の約束はもちろんだが、やはり、彼女は本気で鈴木を愛していたのではないか。そうでなければ他国人の墓へ、しかも雪の道を何回も行けるものではない。

シベリアの天皇

私がシベリアに抑留されて満一年。そのころから、日本新聞は編集発行の趣旨に向かってまっしぐら、いよいよ天皇制打破、資本主義の粉砕を、くり返し掲載するようになった。しかし、内容はいたってチャチで、日本の全国紙の記者をしていた私にしてみれば、ひどくコッケイな紙面に思えてならなかった。

紙面づくりにはおのずとルールがあり、文章は簡潔で、しかも要を得ていなければならない。これは新聞作成上の最低限の要求でもあるが、日本新聞は、そんなルールをまったく無視した編集で、東京の下町や地方の小都市でたまに見かけるタブロイド版のミニコミ紙によく似ていた。

日本新聞なんて題字を用いることすら許せない、と私は思っているほどだ。おそらくソ連の政治局員が仕事の片手間に指示し、バカな日本人が編集している、と想像されるが、それまで「日本が引揚船をよこさないからダモイできない。それに日本には、捕虜の引き揚げを喜ばない大きな理由がある。それは、日本がアメリカに占領されてしまって、捕虜の住む場所がないためである」と毎号、稚拙な文章で日本とアメリカを糾弾《きゅうだん》しつづけていたのに、それが天皇制打破、資本主義の粉砕にうつったのは、なにか思惑がありそうだ。

本当に捕虜が日本に帰れないなら、日本の政治や経済がどうあろうと関係ないはずだ。それが、日本の天皇制を打破し、資本主義から共産主義にうつらなければならない、というのは、捕虜を全員、共産主義者にして日本へ送り帰し、共産主義国とするため働かせようという狙いではないか。だとすれば、ダモイはあるわけだ。と私の心の中に、「もしや」の希望が湧いてきた。

その日本新聞について、私はずっと後になって知ったのであるが、――創刊は、終戦直後の一九四五年九月十五日のようである。それから満四ヵ年の間、週二、三回、定期的に発行され、シベリア民主運動の先達の任務を果たし、一九四九年十一月七日、第六百五十号をもって終刊となるまで、つねに民主運動をリードしてきたのである。

編集責任者は、元タス通信社日本特派員として在日八年の日本通であり、大場三平のペンネームを持つコバレンコフ中佐（モスクワ大学東洋語科卒）らしい。このコバレンコフ中佐の名は、日本新聞にロシア語で、「ソ軍が日本人捕虜に与える新聞」と書かれたあとに明記されていたそうだ。

日本新聞の親新聞というべきテイオチャンスカヤデウイヨースダ（太平洋の星）社は、ハバロフスク市マルクス街にあったようだ。日本新聞社はレーニン街にあって、二階建てで、印刷の輪転機がガラス戸越しに通りから見られたらしい。

入口の衛兵所には衛兵が立っていて、出入りには赤軍などの証明書が必要だったという。スタッフはコバレンコフ中佐、ツリロコフ大尉、上級中尉四名、印刷係大尉ら、六十三名のソ連人が働いていたようだ。

日本人側の編集責任者、諸戸文夫（本名浅原正基）、記者には新聞行政責任者で日本経済事情、日本共産党に関する記事を書いた相川春喜（矢浪久雄）、天皇制打倒のスローガンをかかげるのに反対しプチブルと非難され、のちに帰国した小針延次郎、論説の宗像肇、袴田陸奥夫、高山秀夫、吉良金之助、井上某のほか、印刷、植字、文選工もいて合計七十名の日本人がいたらしい。

初期の日本新聞は題字がタテ書きで、内容はソ連の軍事力、生産力を誇るものが多かった。第一号は、旅順港黄金台上でマンドリンを抱え、ソ連旗を持ったソルダートの写真が載っていた。その横には、「精鋭を誇る関東軍壊滅せり」と大見出しがつけられていた。のち、満州日日新聞の活字を使ってやや新聞らしくなった。

一九四八年に題字が横書きとなり、日本新聞友の会が各所で結成されたというが、私の流れ歩いた五つのラーゲリでは、そんな動きはなかった。

さて、捕虜の間では、日本新聞が果たしてソ連人のものなのか、日本人のものなのか不明とされていたと文献は書いているが、前にも書いたように、細部にわたっては わからないにしても、ソ連側の企画に従い、日本人スタッフが編集している程度の想像は抑留中、私でなくてもあった。

ふたたび文献から拾うと、日本新聞にコバレンコフの署名があり、「ソ軍が日本人捕虜に与える新聞」と明記されていたが、日本新聞社に集まった、自称「共産主義団」という編集者たちが、民主運動に対して権力的に臨んでいたため、コバレンコフの宣言がのせられたようである。

しかし、いろいろ問題があって、「日本新聞はソ連人によって編集される新聞であり、日本新聞の方針に対して批判は許されない」と、ソ連政治部員が言明したことによって、共産主義者団たる日本人編集陣は、単に、ソ連に利用されているにすぎないことを、多くの日本人捕虜は知ったのである。

編集陣の移り変わりなども、ソ連によっていかに共産主義者が利用されたかを見きわめないと、日本新聞の本質はつかめないようだ。

日本新聞を握っているかのごとく振舞い、「シベリアの天皇」といわれた浅原正基氏（諸戸文夫）が、やがて吊るし上げられ、処罰されたのも、このソ連の「日本新聞」に対する考え方の推移によるものにすぎない。

はじめソ連によって利用された日本人側指導者は、宗像肇であった。宗像によって、「友の会」運動を推進しようとソ連は考えたようだ。そして、その考えは、入ソ後一年をすぎ、反軍、反帝運動がようやく盛んになった四六年末に実を結びかけてきた。

そして、反軍闘争が「友の会」の実践活動において重要な位置を占めるようになると、旧日本軍の将校である宗像氏では、都合が悪くなってきた。そこでハバロフスク地区において、「民主主義擁護連盟」というグループを指揮していた浅原正基が、宗像と交替するのであった。

浅原は昭和十五年、東大卒の転向者で上等兵。コバレンコフの手足となって反軍、反帝闘争やナホトカにおける民主グループを指導し、ソ連、共産主義国にとって好ましからざる日本人は、「反動」として帰国を差し止め、刑を課し、また各収容所を回って会議指導と講義を行ない、「シベリアの天皇」といわれる独裁者となった。まさに捕虜でありながら捕虜の敵であった。彼の悪魔の所業は、永久に許されるべきではない。

そこで、とりあえず、いささかのつぐないをする事態となり、日本軍のハルピン保護院における虐殺《ぎゃくさつ》事件をソ連側に捏造《ねつぞう》され、吊るし上げをくって追放された。ソ連側にやられたところは気になるが、ともあれ、因果報応により神に罰せられたと思えば、少しは気が休まるのである。

吊るし上げは、民主運動を展開するのに自分たちにとって好ましくない人物を傷つけ、あるいは失脚させるための手段であったが、浅原がいかに横暴であったにしても、彼に対して日本人捕虜は手も足も出ない。まして、吊るし上げなど想像外である。

その浅原が吊るし上げられ、追放されたのである。この裏には、ソ連の力が動いていたのは当然であるし、また彼を吊るし上げるには、ソ連の力でなければどうにもならないのであった。

ソ連が浅原を吊るし上げたころには、もはや英雄的指導者を必要としなくなっていた。独裁者的性格を有する指導者の存在は、かえって有害になっていたのである。

浅原追放のあと、日本新聞の共産主義者団のなかには、いわゆる指導者はいなかった。集団指導のような形式がとられたのである。そして、そのころには日本新聞社も、すべての民主グループも、ソ連政治部員によって直接に指導をうけていた。

ソ連の指導者は、はじめ日本の共産主義者を利用し、それを十分に利用しきったとき、はじめて、彼ら本来の立場で、日本捕虜を直接に指導し、煽動したのであった。外形は下から盛り上がったごとく見えても、じつは上からの指導によって、すべて動かされていたのである——。

以上は、私が帰国してしばらくたってから、今立鉄雄氏の『日本新聞——日本人捕虜に対するソ連の政策——』を見て、それをここで引用したものであるが、私の抑留されていた場所は前にも書いたが、ハバロフスクから貨車で五昼夜、名も知らぬ奥地であったせいか、浅原とか宗像とかいう仲間いじめの悪ガキどもの名前を知らなかった。

背後でソ連があやつりながら日本新聞ができあがっていることは、バカでもチョンでもわかっていたが、その親分がコバレンコフ中佐で、六十三名ものソ連人が、その下で働いているなんてこともまるで知らない。ただただ、この紙ツブテをよけ切れずにうろうろし、大勢がこれに引きずりまわされていたのである。

しかし、現象としては、今立氏の編著と同じようなものが、私の抑留された五つのラーゲリであったことは事実である。

ただ、この本には日本新聞を日本で入手したとあるが、ダモイのさいの中継地でも、ナホトカでも、身体検査が厳しく、とくにピシピシ（書いたもの）には神経をとがらしていた。衣服にも荷物にも、それらしきものが隠されていないかどうか、衣服に縫いこむとか、荷物に二重底がないかなど、いらいらするほど時間をかけて調べられた。ひどく厳しい検査の目をごまかしても、日本へ持ち帰ろうと思うほど捕虜の心に余裕はない。素っ裸になってふんどし一つでも帰りたい気持であった。目の前に港があるのだ。そして、祖国日本はあの海の向こうに……と思うと、ソルダートの目をゴマ化して、なにか持ち帰ろうなどと思うやつはいない。

それと、この本の末尾に載っている日本新聞の縮小版と私が現地で見た現物とが、すこし違うように思えてならないのだ。現物はだれにでもわかるようにとの配慮からか、もっと平易で、ところどころどぎつくて心臓に食いこむような表現があったことを覚えている。

そこで思うに、日本の党関係機関が、帰国した共産主義団の記憶を頼りに、日本新聞を再現したのではないか。

ついでだから、この本に書かれている民主グループの権限の項にある箇所を掲げてみよう。

――酷寒のシベリアにあって、捕虜のすべてが栄養失調の肉体に鞭打って強制労働に堪え、精神的絶望感と闘い、ただ一筋に生きる望みを捨てなかったのは、いつの日にか来るであろう「日本へ帰る日」のためであった。

そこで、その帰国を許す、許さないの権限を反ファシスト委員会が握ったとなると、これは捕虜の生殺与奪の権限を握ったことになる。捕虜は帰国を望む以上、委員会に対して忠誠を誓わなければならない。ラボータにおいて良い成績をあげ、かつ自分が日本に帰国したときは共産主義運動の戦士となって闘うことを誓約することである。そのように誓約する人だけが、委員会によって帰国者名簿に書き込まれるからである。反ファシスト委員会は、捕虜の送還に備えてアクチブを督励し、帰国させ得る捕虜と、ダメな捕虜との思想的、政治的な色別けに狂奔したのである。かくして帰国不可と判定された人は、人民裁判にかけられ、ゲ・ペ・ウに引き渡され、獄舎の人となった。

そのころ、民主グループ員の合言葉は、つぎの二つであった。
一、代々木へ、代々木へ！
二、ソ同盟の真実を伝えよ！
「代々木へ、代々木へ」は、日本共産党本部への直結である。

「代々木の日共本部へ、百万の進軍」と呼号した通り、帰国者集団は、取りすがる家族すら冷たくあしらって代々木に行進、集団入党した事実もある。

つぎに「ソ同盟の真実を伝えよ」だが、すきっ腹をかかえ、マンドリンに脅かされながら、ノルマを強いられた捕虜たちにとって一見、不可解であるが、これは公式的に宣伝され、教えこまれた通りの「偉大なる国、ソ連」を伝えろ、という意味であって、この言葉の裏面には、ソ連にとって不利なことは絶対語るなという強制が含まれているのである――。

また、文献の引用が長くなってしまったが、私にも特異な経験がある。

私は吊るし上げられながら「祖国日本を愛している」と叫んだほどで、ソ連指導部および民主グループの狂奔をひややかに見ていた人間だから、帰国しても、代々木にはもちろん行かなかった。

郷里に直行し、母と二日間をすごし、上京して帰還の挨拶と復社の手続きに日比谷の新聞社へ行った。ところがどうだろう。みんな、私に対し、まるでこわれ物にでもさわるように、おっかなびっくりなのだ。遠巻きにして、珍しいけれど、危険な動物を見るような雰囲気だった。編集局長に呼び出され、別室で懇談の後、

「赤旗だけは振らないでくれよ。君がそんなことをすれば俺が困るからな」といった。半ば懇願するような出方だった。

私が大学を出てすぐ入社した新聞社は、違う社だった。半年後、引き抜きの形でその社にうつったが、偶然、編集局長が私の遠縁だった。その関係から身元保証人になっているので、私が赤旗を振れば、モロに火の粉が降りかかるというわけだ。

それはともかく、当時、シベリア帰還者は、いちように危険視されていた。

また、ドイツ人捕虜のラーゲリを見、彼らが毅然としているのに驚いた私が、私なりの判断を下したことを書いたが、この箇所を書き終えて、どうにも釈然としない部分が残るので、あわてて文献を調べたら、日本人捕虜についてつぎのようなことが書かれていた。

——舞鶴に上陸した帰還兵は、何年か前、新しい軍服を着て祖国の港を出て行ったときの兵隊とはまったく異質のものであった。

今では、彼らの祖国はソ同盟であり、逆に祖国であるべき日本は敵地なのであった。

そのうえ忠誠を誓ったのはスターリン大元帥であり、かつて生命を捧げたはずの天皇は、いまではもう、彼らにとって、敵の象徴なのである。

このような人間変革は、同じシベリアに捕虜となったドイツ人などにはまったく見られない現象である、といわれている。——

そこで文献は、「日本人捕虜だけが、このように人間変革が行なわれたのだろうか」という疑問に答えて、シベリアから帰還した学者の西本宗助氏の意見を掲載している。

「日本人捕虜のように、きわめて強引に抑留させられ、しかも長期にわたって無法に酷使されながら、これを恨みとしないだけでなく、かえって相当数の者が、ソ連を祖国と考えて少しも不思議と思わないのは、古今東西、歴史に例を見ない。ソ連に抑留されたドイツ捕虜には、このような現象は見られなかった。

その原因として、内的には国民教育および軍隊教育の貧困、とくにその形式化、画一性、思想訓練の欠如、大衆、特に労働者、農民に対する国家的配慮の不十分、西洋崇拝性、特権階級とくに関東軍々閥の横暴と腐敗、根本的反省の欠除、敗戦と俘虜生活による精神的動揺、日本人の事大主義、日本人のあきらめ等々。

外的にはボルシェビィキ的戦術の成功。初期一九四五、六年は自由主義的インテリを利用して兵を啓蒙、友の会を結成し、漸次、兵の政治主義昂揚とともにこれを経済闘争と反軍闘争に誘導、民主グループを組織させ、かくて一般兵大衆を将校の権力と支配から脱却せしめることにより、政治闘争の段階に移り、他面アクチブ教育の成果と相まって、完全な兵のアクチブ独裁を実現させ、これによって収容所全体の政治教育を徹底的に推し進めた。

反ファシスト委員会とソ連政治部将校の真剣な、しかも卓越した指導と、スパイ政策ならびに帰還問題をたくみに利用して、日本人の弱点をつき操縦し、日本新聞を共産主義教育の有力な武器とし、またスターリン主義の思想的謀略性、とくに民族意識よりも階級意識がより根本的であるとして、国民意識の払拭を図った。かくて枯野に火を放ったように、日本人捕虜は一九四八年から四九年にかけて赤化していった。

そして、鉄の規律と一種のシベリア的性格（単純素朴で心身ともに逞しく、しかし、情操面では比較的貧困）を持ち、社会主義理論は理解というよりは信奉し、階級主義が鋭敏であり、佐倉宗五郎的感情と青年特有の感激性とが融合した自己陶酔に傾いた日本人捕虜が帰還したのである」

とあり、また昭和二十五年四月、衆議院考査特別委員会の『日本共産党の在外同胞引揚妨害問題調査報告書』でもこれにふれている。その内容はつぎの通りである。

「本問題を調査している間に、つねに考えさせられたことは、島国日本人の国民的欠陥であった。この点の反省なくしては、日本民族がその欠陥ゆえに永遠に世界の水準以上には達し得られない。

天皇制護持論者が急進分子に早変わりし、尖鋭のアクチブが反動の陣営に馳せ参ずるという現象は、時計の振子のごとく、極端から極端へただちに変化する国民性の現われであるとともに、将校たちを天皇制軍隊機構の上にあぐらをかいたとして排斥して代わったものは、スパイ網で固められた民主運動の堅固な組織の上にあぐらをかいたアクチブにほかならなかった。

それは、天皇制を心の支柱とした日本人は、天皇に代えるのに、スターリン元帥を讃仰する姿に見られないだろうか。

社会主義の未熟は民主運動の展開中に、他人より先に、他人におくれずに帰国しようという心理に駆られて、つねに自己防衛と他人の誹謗とに腐心し、これが陰惨なる吊るし上げを発明するにいたった。

およそこれらの現象は、シベリア抑留生活という特異な環境におかれて露呈した日本民族の悲しむべき欠陥であるから、決してわれわれはシベリア抑留者を指弾するものではない。いな、むしろ心からなる同情と慰労とをもって、これら異境の地に数年にわたって苦難の生活を余儀なくされた同胞に接するものであることは言をまたない」

「日本新聞」から

さて、日本新聞が衆知という前提に立って話を進めてきたが、考えてみると、シベリア抑留の経験がない一般の人々が、日本新聞の内容を知っているはずはない。だから、その一端を知ってもらうため、一九四七年三月六日付の同紙の一部を書いてみようと思う。

編集ルール無視のひどいもので、文章も新聞記事とはほど遠いものであるが、それだけに真実性もある。おそらく編集関係者が帰国後、思い出して書いたものではないか。この原稿は、シベリア抑留経験者なら読んだ記憶があるはずである。以下は今立氏編著『日本しんぶん』の戦犯追求カンパから引用した。

◇闘い抜かん前進の月
　もえる勇気と確信をもって
　戦犯追求カンパを展開しよう

恨みの日三・一五はせまる
全人民大衆の忘れえぬ〝恨みの日〟
三・一五記念日はせまる
犠牲者の遺志を生かし、われらは大きく前進しよう……そして全収容所とも、いっせいに戦犯人追求カンパを展開しよう。
一、永い永い冬も去り、春が訪れようとしている。ものみないきづく早春の息吹きが春の奔流の前触れのように、生きとし生けるすべての心をときめかす。
春だ。われら若人の血と、心も、たぎる情熱にもえたつのだ。

三月こそ、われらの闘いの月だ。鬱積した情熱を何ものにもさえぎられず、故郷の空に向けて人民解放の雄たけびをあげよう。

そうだ、この三月こそ闘いの月、歴史の月なのだ。日本人民として決して忘れえぬ〝恨みの日〟――三月十五日をはじめ、三月五日、白色テロに仆れたわれらの前衛代議士山宣デー。永い獄中生活の疲労をものともせず、敗戦後の苦悩にあえぐ人民のため日夜を忘れて闘い、選挙戦の壇上に、天皇制打倒をさけびつつ脳貧血に仆れた黒木中央委員の一周年も三月十六日のことだ。さらにさらに三月八日、婦人解放の叫び、国際婦人デー、フランス・プロレタリアートの輝やく歴史的勝利の日、パリー・コンミューン設立の日も一八七一年の三月十八日、そしてまた第三インターナショナル第一回大会は一九一九年三月。

こうして三月は、いまも昔も、奔流の如く流れでる人民の闘いの月として、歴史の月であり、前進の月である。

二、だが、この三月の中にも最大の歴史的一日。天皇制政府が治安維持法によって、わが日本共産党に対し、未曾有の大弾圧を下した三・一五、われらの最高指導者同志徳田、志賀が十有八年の不屈の牢獄生活を開始した三・一五――わが国人民大衆が忘れようとしても忘れられない恨みの日――三・一五記念日が近づく。

日本共産党は、一九二八年、わが国最初の普選による総選挙戦において、大衆の前に公然と、その巨大な姿を現わし、人民に深い感動を与えたのであった。

ところが、日本共産党の影響、ふかく人民の間にゆきわたることを恐れた天皇制政府は、特高警察と司法権力とを総動員して三月十五日、日本共産党の活動分子を、全国各地で大量に検挙し、鬼畜にもまさる拷問と暴行を加えたうえ牢獄に放り込んだのだ。

そして、この三・一五の弾圧が口火となり、戦闘的労働者、農民団体が解散を命ぜられ、無実の罪によって、数限りない人民大衆とその前衛とが血の犠牲となり、人民の自由と生活に対する支配階級の圧迫がしだいに強まっていったのだった。

天皇制支配階級は、このように日本共産党をはじめ、強盗戦争に反対する諸勢力を圧迫しながら、侵略戦争の準備をおし進め、満州事変、上海事変、支那事変をつうじ、わが国人民のすべての民主主義的運動をおしつぶし、ついに太平洋戦争までもってゆき、わが国人民の生活を完全に破壊してしまったのである。

じつに三・一五こそ独占資本、大地主、天皇制官僚の人民に対する攻勢、帝国主義戦争の開始点であり、また同時にわれわれが三・一五に反撃し、天皇制政府を打倒できなかったからこそ、今次戦争による人民生活の破壊がもたらされたのだ。

日本の軍事的、警察的権力が世界の民主主義勢力によって打ちのめされ、人民の人民革命がかつてなかったような有利な条件のもとに闘われている現在、われわれは二度とふたたび三・一五の打撃によって後退することのないようわれわれの力を、いちだんと強めねばならない。

三、こうした意味において、われわれは三・一五事件の記念のために三・一五以来、血まみれた天皇制の手に仆れた人民の前衛、輝ける日本共産党の最高指導者、同志市川正一、渡辺政之輔、国領伍一郎、岩田義道、野呂栄太郎、小林多喜二、その他の数限りなき犠牲者追悼のために、われらはここに決意を一段とあらたにし、戦争犯罪人、反動分子、反動的幹部など一切の収容所内の人民の敵を、わが収容所内から徹底的にハタきだすために、全収容所いっせいにたって、一大闘争を展開すべきことをよびかける。

四、この戦犯追及カンパニアは、すでに昨年末十二月八日を期して展開されたものであるが、そこでわれわれはさらに一段と前進し、強化した大衆的地盤の上に立って、つぎのような具体的計画の下に共同闘争を提案する。

1、期間は三月十五日より来るべき四・一六、すなわち四月十六日までの約一ヵ月間とする。

2、民主グループはこの期間、適宜、具体的計画を決定し、分隊グループよりの小集会より、漸次つみ重ねて闘争を拡大し、大衆的集会へと導く。

3、三・一五のための特別の宣伝資料は、本紙三・一五記念特集号その他に発表する。

4、戦犯追求、反動分子一掃の、具体的闘争方法としては、一般に反動分子の追放運動を起こし、具体的な反動事件を詳細にバクロした追放決議文を作成し、ソ側にも所内大衆の決議をもって善処を嘆願す。

5、この際、反動分子はできるだけ具体的かつ詳細でなければならず、大衆の完全な同意の下に行なわれねばならぬ。
6、さらにこの記念カンパニアが一部不純分子の内紛に利用されぬよう、最大の注意と警戒とが必要である。
7、これとともに、われわれ民主グループは分隊グループにいたるまでの全機能をあげて民主主義的啓蒙宣伝のために、あらゆる機会を利用し、所内を徹底的に民主化せねばならない。
五、三・一五の恨みの日が近づく。さらにさらにもえる勇気と確信とをもって勝利への道を進もう。

日本新聞編集委員会

◇水原茂事件（一九四九年八月四日付）
――民族の敵の腰巾着、傭兵どもを粉砕せよ――

七月灼熱の太陽のもと、徳田書記長襲撃事件抗議一周年記念カンパがもえあがっている。

シベリア大地の青空たかく、売国ファッショ打倒せよ。

紅の文字が炎の如き平塚運動者の戦列の先頭を進む。

各地区党創立二十七周年記念集会の大衆決議は、先峰的同志の敢闘に闘魂を激励せしめつつ、わが在ソ最後の一大カンパの火蓋を、抗議一周年記念カンパの戦闘的大昂揚をもってやれと檄している。

○○地区では三十一日、平塚運動代表者会議を開催。生産闘争の激化の中に、一周年記念カンパを進撃の月々として闘いぬく。

第○地区ではその火蓋をきった「売国ファッショ打倒総蹶起大会」の日、あたかも帰還同志闘争レポ第六号がもたらされ、米日反動の「上陸禁止」をけって敢然闘う五船同志に焔の挨拶をおくった。

さらにその席上、これに輝ける英雄的闘争の詳細とともに、わが感謝文運動の聖なる感銘に許しがたい汚点をあびせた売国ファッショの手先、醜悪なるアメリカ強奪者のスパイ、○地区より帰った「水原茂」のデマ中傷に、まさに全員怒りにわきあがった。激昂は地区全員を捉えている。

くちびるをかみ、怒りにもえた同志たちは余りにもはなはだしい唾棄すべきこの虚偽に、かかる米日反動の傭兵を一人のこさず、最後の一員にいたるまで容赦なくタタきのめせと、抗議運動展開の檄をよびかけている。闘魂にもえた檄はつぎのごとくよびかけた。

檄　文（要旨）

売国ファッショの傭兵どもは、日本人民の戦列のみでなく、いまこの先頭に立たんとするわが帰還同志にこそ、あくなき暴虐を加えている。

京都事件いらい、日本国内の、階級的戦闘の激化とともに、帰還戦列への襲撃は、隠然公然、ますます許しがたき規模に達している。

水原なる民族の敵の腰巾着の出現は、決して偶然ではない。

滅亡にあえぐ米日反動は、かくのごとく手段をえらばぬ狂乱をつづけている。しかもそのデマ中傷の犯罪は、まさに未聞の醜悪に達している。われわれの生命かけた署名運動に浴びせたこの決定こそ、わが人民を植民地奴隷につきおとさんとする敵の、四九年帰還者への挑戦なのだ。

聖なる怒りにもえ、鉄腕をもってこれら腰巾着どもを、わが帰還戦列からタタキだせ！

何びとといえど真面目な勤労者は、かくも卑劣なる中傷にかぎりなき憤怒にかられざるをえない。

アメリカの犬の遠吠えに、わが戦列のたくましき抗議の巨波をもっておおい去れ！

わが生命にもひとしい、感謝文運動をけがさんとする一切の輩らに、彼らがいかなる応報をうるかを、思いしらしめよ！

われわれは水原のごとき不逞の輩らをだした地区同志の奮起をのぞむとともに、抗議カンパ一ヵ年のきょう、あらゆる色合いの売国ファッショ打倒へ、焔の進撃をまき起こせと檄するものである。

（反ファシスト委員会）

〔注〕「水原茂事件」とは元巨人軍監督水原内裕氏（帰国後改名）が昭和二十四年夏、シベリアより帰国。舞鶴において、ソ連地区の政治教育について、語ったことにはじまる。七月十八日付の読売新聞は「ソ連抑留生活の実相」として水原茂氏の談話を載せているが、それは、「私たちがいたタイセットの奥地でも、ソ連の命令でぞくぞくと政治学校に入れられ、三ヵ月間共産教育を受けた。そしてソ連のいう立派なリーダーとなって帰ってきた。その結果、見違えるようにアジ演説がうまくなり、共産思想を強引に押し通し、それに反対するものは敵として懲罰隊に送られるようになった。（中略）ところが、ナホトカにおいてはなおひどかった。ここの指導者は、われわれが鬼とまでののしった部隊の指導者たちに輪をかけたような連中であった。営門を、デモの歌とスクラムを組んで入らなかった、といって、『このダラカンど

も』と猛烈なアジを浴びせかけるのが手初めだった。ここの指導者は、ソ連政治部と直結しているので、部隊の指導者もおどおどしていた。〝反動日本〟〝天皇制打倒〟のアジが耳にこびりついて、誇張でなく本当に気が狂いそうであった。（後略）」という意味のものであった。

この記事は、シベリアの民主運動の指導者を刺激した。一人前の共産主義者に育てあげて帰国させたら、舞鶴上陸と同時に、ソ連ならびに民主運動を裏切った、というものであろう。

各区の収容所で、水原茂氏に対する激しい非難が、まき起こった。こうして水原茂氏のまったく知らないうちに、「民族の敵の腰巾着、傭兵どもを粉砕せよ」というスローガンは、シベリアで一つの叫びとなり、水原的存在は一切帰国させるなと、「鉄腕をもって、これら腰巾着どもをわが帰還戦列からタタキ出せ」というところまで発展していったのである。日本に帰国してまでも、その動向に注意していた一つの例であるとともに、それをただちに教訓として爾後、帰国するものに対する警告とした例でもある。

昭和二十五年四月、「反動は返すな」と日共徳田球一書記長が要請したという、いわゆる徳田要請事件が起きた。

このさい、衆議院考査特別委員会の証人に、水原氏を喚問しようとしたことがあった。予定された尋問書は、つぎの通りである。

一、証人の履歴及び入ソ後の経歴を述べよ
二、証人は在ソ中、アクチブであったか
三、証人はスターリンへの誓いに署名したことがあるか
四、もし署名したならば、そのときの心理状態を述べよ
五、証人は帰還後、転向声明を発表したといわれるが、そのときの心境を述べよ
六、証人は「日本新聞」によれば、「米、日反動の手先である腰巾着」であるといわれているが、それをどう考えるか。また日本新聞は、スターリンへの誓いを、「生命かけた署名運動」といっているが、「生命かけた」とはどういう意味であるか
七、日本新聞の第四面は指令とされていたか

この水原氏の喚問は四月十一日と予定されていたが、読売新聞社の内部事情、プロ野球がセ・パに分裂したことなどにより、ついに喚問は取り止めとなった。——なお、帰国関係では、諸戸文夫の集結地報告が『日本しんぶん』に載っている。つぎはその一部である。

――「私が集結地においてこの目で見た事実は、目下、内地よりの回船数があまりにも少ないため、帰国が遅々としてはかどっていないという事実である。ソ同盟側の鉄道輸送は順調に進行し、集結地にはぞくぞくと数万の仲間が送られてくるが、しかし、船舶がこれに応じていないのである。この結果、集結地は、まさにいる場所のないほどの超満員になり、その整理に集結地民主グループは汗だくの始末だった。

日本よりの情報では、米占領軍が多数の船舶を提供するにもかかわらず、帰国がはかどらないのは鉄道輸送にあるかのごとき逆宣伝が行なわれている。しかし、事実はまったく逆であって、集結地は充満しきっているのである。

この状態は漸次、改善されるべきものと考えるが、同じく悪質なる虚構宣伝につき書きとめておきたい」

〔注〕帰国については問題がある。諸戸文夫の前掲「集結地より帰って」が発表された後、七月二十六日付「日本新聞」第二百八十九号には「帰国遅らす者は誰か」が載っている。それによれば、

「帰国を遅らす者は誰か！　一部の新聞記者、とくに駐日アメリカの特派員たちは、ソ同盟が日本軍捕虜の帰国を妨げているかのように書きたて、逆宣伝を行なっている。ところが、実際に起こっている事実は、まったくこれと相反する。ソ同盟は輸送を

超遂行している。すなわち同志諸君の集結地から帰っての報告にもあったように、帰国がはかどらぬのは、ソ同盟の鉄道輸送にあるのではない。ソ同盟はマッカーサー司令部と協定を結んだときから、われわれの帰国に関する義務を超遂行しており、事実、集結地は超満員になって、内地からの船を首を長くして待っている有様だ」といっている。

一日でも早く帰国したいと熱望する捕虜にとって、このような帰国に関する「情報」は何よりも刺戟的なアジテーションであった。

彼らはこの日本新聞の情報を信じて、日本政府ならびに米占領軍に対して激しい憤懣を感じた。しかし、事実はまったく逆である。当時、わが国には配船に事欠くような事情は何も存在しなかった。

それどころか、占領軍総司令部は、「日本人送還に関する米ソ協定」によって、毎月五万人輸送の計画を樹て、その配船を用意したのである。しかるにソ連は既述の通り、この約束を実行しなかった。

これに対する総司令部の数次にわたる折衝において、ソ側の回答はいつも、「鉄道輸送に困難がある」と称していたことも明白な事実である。

われわれは、ソ連側の帰国処理を一つ謀略とみるのである。つまり、奥地から相当多数の捕虜をナホトカまで連れて来て、「帰国を目の前にぶら下げて」待機させる。そして、「日本政府はアメリカといっしょになって迎えの船をよこさない。たまに来ても食糧を十分に積んで来ない」などとアクチブをして反覆強調させる。

捕虜たちは、この煽動によって、もはや理論的にではなく、感情的にいわゆる「米、日の反動性」なるものを体得する。しかもこの長期間を利用して「反動カンパ」が寧日なく行なわれる。「反動」視され、吊るし上げられた連中は、対岸に祖国がある日本海をいったん見せられながら、ふたたび奥地へ逆送されるという悲劇がくり返された。

逆送をまぬがれて乗船できた捕虜たちも、舞鶴に着いてみると、港には大きな船が何隻も碇泊している。これを見て帰還者たちはいっそう憤激する。こんなに船があるのに米、日反動勢力は、故意に船をよこさなかったのだ、とアジられるからである。その噴激の感情も手伝って、かねて教育されていた通りの天皇島敵前上陸が実行されたのである。そして、日本共産党へ集団入党したのである。――

以上は、今立氏の『日本しんぶん』による「日本新聞」の抜粋であるが、奥地における捕虜は、こうした系統的なことは知らず、ただ「日本が船をよこさないから、帰れない。かりに船をよこしても、日本には捕虜を受け入れる余地はない」と、くり返しいわれていた。

不思議なもので、同じお題目を聞かされていると、それは呪詛《じゅそ》と同じ効果があるらしい。次第にソ連側、民主グループの主張が真実のように思えてくる。

カンボーイとして

雪が降っている。十月初めの寒い日だった。久しぶりにバーニャ（入浴）の日である。おかげで午後は休み、みんながうきうきと浴場へ急いだ。

このラーゲリにうつって間もなく、衛兵所の裏に浴場と乾燥所が建てられたが、最初のころは手桶三杯のお湯で、身体を洗い、洗濯をしろという命令であった。

まず最初、一杯の湯で身体を洗う。きわめて粗悪でアワが立たない石鹸らしきものが、ほんの少しずつ支給されるから、とにかくそいつをこすりつけて身体を洗った気分にひたる。前にも書いたが、最初のラーゲリでは河の水を汲みあげていたから、とても風呂水までは手が回らない。だから、捕虜の身体はアカに埋もれている。この程度のお湯では、皮膚のホコリを落とすのが精一杯だ。

それはともかく、二杯目のお湯で石鹸を落とす。三杯目で下着を洗って乾燥場につるす。ずっと入浴も洗濯もできず、シラミが発生した。だから、この乾燥室を高温にしてシラミを殺そうという発想だ。シラミを殺すのにどれほどの温度が必要か。そんなむずかしい学問的なことは知らないが、大きなバラックでペーチカを燃やしたくらいではシラミは死なないから、限りなく蔓延していた。

それになにを勘違いしたのか、陰毛までそることになった。軍隊は職業の見本市みたいなところで、各小隊とも召集前、床屋だった男が一名や二名かならずいて、彼らが昔とった杵柄《きねづか》で、捕虜床屋になった。

風呂で身体を洗った順に並ばせ、ケガをしないように、先端をつまんで横に片づけ、剃るわけで、幼児のように丸坊主にさせられる。剃られてしまった当人としては、はなはだ頼りない風景である。

衣服にシラミがわいても、陰毛にうつるものではない。毛ジラミは交接によって、うつったりうつされたりするもので、女性と接触するチャンスに恵まれない捕虜には、願っても毛ジラミなんか発生しないし、うつる機会もないのである。それなのにラーゲリのソ連人の発想は、意外な方向に飛ぶことがしばしばだった。

「陰毛を剃って毛ジラミ退治に効果をあげた」

などと、ハナ高々で、点呼のとき、研究成果を発表したものだ。

前のラーゲリと違って井戸はあるけれど、地下水が低いため、ツルベ式井戸の深さは約三十メートル、それも湧水量が少ないから、炊事に使うと、バーニャに回す水量がきわめて少量になる。だから手桶三杯というわけだったが、手桶三杯のお湯を捨てるのはいかにも惜しい。

捨てない方法はないだろうかと、ソ連人はずいぶん悩んだそうだ。その結果、考えたのが五右衛門風呂であった。ドラム罐に中ブタを置いて入浴する方法である。日本でもこの入浴方法はあったが徳川時代までで、人里はなれた山奥でも明治、大正までだった。日本の五右衛門風呂は洗湯、あがり湯をたっぷり使えたが、シベリアの五右衛門風呂は洗湯、あがり湯で計一杯、入浴時間は一人五分。ひどくしみったれたバーニャだが、それでも日本の風呂を思い出すのに充分で、捕虜たちは、十日に一度ぐらいめぐり来るバーニャの日は、朝から心ウキウキであった。

私は剃られて幼児そっくりになった己れの下腹部を眺めて、大切なものを奪われたときと同じ気分でラーゲリにもどると、ソ連側で用事があるという。

衛兵所に出頭すると、ソ連人三人が待ちうけている。将校とサージャン（軍曹）はいつも見ているラーゲリつき、他の一人は軍服と同じ服装だが、階級章がないから身分がわからない。いかめしい容貌だが、無理してそうしているという感じだった。特殊任務についているソ連人は、おしなべてそんな雰囲気をもっている。

「ソ連当局は、慎重協議の結果、ヤポンスキーの中から、若干、カンボーイを選任することになった。当ラーゲリではコマツ、お前を任命する。名誉と心得てラボータに専念するよう」

正体不明のその男は、要約すると、前記のような口上を厳《おご》かに伝え、つづいて制服が守則を説明した。

朝は点呼の鐘と同時に衛兵所に出勤し、作業に出動する捕虜を整列させて員数点検を行なう。それが終わると、現場に引率して作業を監視する。

帰りも引率して員数点検、消燈まで衛兵所につめているので、勤務時間は長いが、ラボータはなし。

就寝だけは従来どおりの宿舎でするが、他の生活は全般にわたって衛兵所が基礎となる。食事については、いろんな言いまわしをしていたが、せんじつめれば、なんのことはない。食いたいだけ食え、ということらしい。

私は捕虜になって、ぎょっとするような体験ばかり重ねてきたけれど、この命令は、しばらく唖然とするほど突拍子もないことだった。

捕虜の生活守則からすれば、まったく常識はずれのことだ。だから、制服が妙な表現をせざるを得なかった点であり、また私も釈然としない点でもあった。

「バチェムー？」

制服はまた、言葉を探していたようだった。難解な問題を、ロシア語がまだ未熟な私に理解させるのはらくなことではない。制服と正体不明の男が耳打ちしていたが、

「なんとなれば、お前は、ソ連の軍籍に、編入されたのである」

とんでもない、一方的にそんなことを決められては困るのだ。二十五年抑留とか、死ぬまで日本へ帰さないといわれれば、捕われの身だからあきらめもしようが、おれは日本の軍人だ。ソ連のソルダートにされてたまるか。先祖になんと説明するのだ。おれの先祖は壇の浦の合戦で敗けはしたが、源氏に尾っぽは振らなかった。冗談も休み休みいえ。私の怒りは爆発寸前だ。ふたたび、

「バチェムー！」

三人とも肩をすぼめて、「やりきれんな」という風情である。また、ややこしい説明があって、結局、私の軍籍編入は臨時だというのである。

「ヴイ　メニャー　パニマーエチェ？（わかったか？）」

「ハラショー　パニマーエチェ（わかった。わかった）」

捕虜の身分で捕虜の逃亡を見張るというのは、精神的に苦痛を感じるであろうから、一時的にではあるが、ソ連軍人の立場で……。

なにやらもやもやと、釈然としない気分は残るが、説明としては先のより数倍も上等であったし、ヤセ我慢はしているが、好きなだけ食っていいという台詞が気に入った。

しかし、またヤセ我慢がでる。おれはエサに吊られたんじゃないぞ、と胸を張り、カラ元気を出して、

「カーク？　カキム　オーグラゾム？（どんなふうにしてだ？）」

正体不明男が身を乗り出してきた。この国も食糧は配給制で、異常と思えるほどの関心事だ。

「かくかく、しかじかと具体的に説明するべき性質のものではないが、強いて解答を必要とするならば、説明しなければなるまい」

またもや、三人が鳩首談合する。

「ハンゴウを持って炊事へ行き、好きなだけ持って来い。炊事班には伝えておく」

そんなにタクサン持ってきて、どこで食えばいいんだ。腹をすかしてる連中の前で食えというのか。そんな非情なことができるもんか。それより、なにより、袋叩きにされてしまう。ところが、正体不明男が厳然という。

「生活は衛兵所でしろ、といったではないか。食事もむろん、衛兵所である」

たかがコーリャンがゆ、されどコーリャンがゆ。捕虜にとって、コーリャンは生死を決する問題である。

いささか戦友に対して後ろめたい気分は残る。が、寿命は少しは延びるだろう。私は三人に気づかれぬよう、上衣の裾を手で押さえた。

「五五五の認識番号よ、お袋のくれた、ダイヤの指輪よ、しばらく、生命がもちそうだ。有難う」

お袋の顔が目の先にちらついた。

「スパシーボ」

私は立ち上がって、挙手の礼をした。

終戦このかた忘れていた挙手の礼である。外に出たらサージャンが、追いかけるようにして小走りについてくる。

「明朝から勤務につくように」という。いつも顔を合わせているので、気安く聞いてみた。

「なんでおれが、カンボーイなんかになったんだ?」

「お前は計算が早いからな」

「カンボーイに、計算なんか必要ないだろう?」

「とんでもない、それが重要なんだ」

「計算係でもないのに、計算が重要か？」

「そうだ、カンボーイはそれで参ってるんだ。お前、知ってるくせに……」

「知らないよ」

「とぼけるんじゃない。毎日、見てるくせに……」

「とぼけてなんかいないさ。けど、なんだろう？」

「朝、晩、営門で」

　そこまでいわれて気がついた。彼らは毎朝、毎夕、捕虜の出入りには五列に並ばせて、計算するのだが、いつもトチッてばかりいる。羽子板みたいに切った大きな板を左手に持って、一、二、三、四、五と指折り数え、羽子板に書くのだが、加え算専門で間違えばかり。途中まで数えてはなんどでもやりなおす。往復の時間より、点呼の時間の方がぐっとかかる。

　いつかカンボーイに頼まれて人員計算をしたが、彼らにすれば、目にもとまらぬ早業で御明算。一回でぴたり正確な員数計算ができて神業に見えたという。

　横が五名でタテ十名ならば掛け算で五十名。もし半端が残れば五十名に加えればいい。こんな計算、私でなくても義務教育をうけた日本人なら、だれだってできるが、そういうことを知らないカンボーイには、神秘的にすら映ったらしい。その話が流れてわりと評判になっていた、というのだ。

最初、五名ほどいたカンボーイが、なぜか一人減り、二人減り、そのときにはサージャン一名になってしまった。たった一名では、点呼の人数計算すら充分にできなくなったので、それで計算に強い私が選任された、とサージャンはいう。

「でも、なんでお前、しぶったんだ?」

「捕虜が捕虜を見張るなんて、おかしい」

「そんなこと心配するな。ソ連で決めたことじゃないか。堂々とやれよ」

「うん、それに特別給与ってのも気にかかる」

「格好つけるんじゃないよ。メシ食って、力つけておくことだ。身体がもとだ」

彼にそういわれるまでもなく、カッコウつけていた。もっと単純素朴に考えよう、と私は思った。

このサージャンは面白い男で、並んで用を足したとき、ひょいとなにげなしに彼の股間を見ると、日本人の三倍もありそうなやつが天を向いている。

彼の身長は、五尺二寸五分の私とほぼ同じ。私だって小男の部類だから、大男揃いのソ連人の中では、ひどいチビだ。その男の所持品が、それだけあるということは、

なんとも異常というか、珍しいというか。すっかり衝撃をうけた私が、なおも見ていると、これ見よがしに、

「どうだ立派だろ。おれ、からだが小さいからこれで埋め合わせしてたんだ」と、ひどく楽しそうに笑う。

「どうだ、おれのカミさん、美人だろ」

いつもにが虫かみつぶしたような顔をしているのに、このときは全身で笑っているような感じだった。彼のカミさんは衛兵所へ電話番に来ている。背丈は五尺七、八寸（約百七十二センチ）はありそうで、ソ連女性の中でも小さい方じゃない。日本流にいえば、ノミの夫婦だ。

日、ソそれぞれ美人判定のメジャーが違うから、なんともいえないが、私は、可愛い女だな、と思っていた。

おれは小男だけれど、美人の女房がいるわけは……、といいたかったようで、それは彼自慢の逸物だったらしい。

入ソ以来一年、そういうことは忘れて、禅僧のような生活をしている私も、そのとき、サージャンから生ぐさい話を聞いて、妙にくすぐったい気分になった。

「あんたの持ち物がいくら上等でも、子供が生まれなきゃどうしようもないな」

　このサージャン、衛兵所では、にこりともせず格好つけているが、ほんとは気さくな男で、私とは友だちのようにザックバランな話もする。

「うん、カミさん持って、かれこれ十年になるからね。シベリアの山ん中じゃ、子供でもいないと、淋しくてやりきれないよ。だから、もう楽しみはあれだけで……」

「わかった。子供の生まれない理由、あれの回数が多すぎるんだ……」

「おれ、ほんとはハバロフスクで生まれて育ったんだよな。だからこんなとこ、なじめないのさ。カミさんだってそうなんだ」

「淋しいからあれに精を出す。多すぎるから生まれない。悪循環だよ」

「うん、早くこんなとこ抜け出さなきゃ」

サージャンと捕虜とでは、原因も現状もすべて、大違いだが、望郷の念はひとつのようだ。

　どんな種類の話題でも、最後は故郷恋しに落ち着く。彼らだってシベリアにいる限り、因果な身の上、といえそうだ。

「お互い生まれ故郷に帰るまでは、身体に気をつけることだ」

「そりゃあんたは、いつかはハバロフスクへもどれるさ。その日が遅いか、早いかの心配だけだ。それにくらべればおれたち、哀れなもんだ。帰れそうもないもんな」

サージャンは周囲を見わたし、それから「点呼の鐘」の近くにある道具置場のかげに私を連れて行き、

「希望を捨てちゃいかんよ」

「だって日本が引揚船をよこさないから捕虜は帰れない。この国を祖国と思え、なんていってるだろ。帰れっこないよ」

「おれはモスクワの偉い人じゃないから、えらそうなことはいえないが、政治にも外交にも、裏と表があるだろ。お前、日本で新聞記者、やってたそうじゃないか、それくらいわからんでどうする。帰れるさ。きっと帰れる」

「慰めてくれるのは有難いが、具体的にはなんにも……」

いくら「新聞記者だろ」といわれても、日本新聞だけの情報源では、正確な見通しなんか、立てられるはずはなかった。

応召前、日本の軍事および戦争に関する一切の情報、主なる政治、経済に関する情報は、情報局によって統制されていた。つまり、検閲によってGOサインの出たものだけを発表することができた。

だから言い方を変えれば、戦果にしても、事実とは相反するものがしばしば発表され、国民は誤った情報を信ずる結果になったわけである。新聞記者だってカヤの外に

おかれていたのだ。

サージャンは、しばらく思案しているようすだったが、思い切ったように話しだした。

雪が降った、河で魚を釣った、なんてたわいない話題を除いて、ちょっとでも政治や軍事に関係あるときは、ささやくような声に変わる。そのときもサージャンは、あたりをキョロキョロ見まわしながら、私の耳に唇をかぶせるような按配だった。

「いいか、これからおれが話すこと、だれにもいうんじゃないぞ」

「うん、わかってる」

「ここから東の方に約五百キロ、ちょっと大きな町があるんだ。お前たちが、こっちへ来るとき、その町で小休止したはずだ。十日ほど前その町へ行ってきたんだ。私用だ。カミさんと二人でな。用事で行った場所の近くに大きな倉庫があるけれど、おんぼろになったから取りこわすって話だった。半年ほど前に行ったときに、そんな噂を聞いたんだ。ところが、今度行ったときは手を入れて見違えるようになっているので、知り合いのサージャンに聞いたら、ダモイの中継地点になるそうだ、その町が。それで、その倉庫がダモイの宿舎になるって話だ。お前が知りたい具体的な証拠ってやつ、これでどうだ」

「ほんとうならハラショー。オーチンハラショーってもんよ」

「お前にうそ教えたって、一文の得にもならん。話したやつが民間人なら信用できねえが、サージャンのおれがいうんだから大丈夫だ」

「よし、信用しよう」

「さっきもいった通り、話すの、お前だけだからな。黙ってろよ。そうでないと……」

胸に手を当ててから、首を切られる真似をした。お前の胸にしまっておけ、そうでないとおれの首が飛ぶ、というわけだ。こちとら、無駄口は叩いても、重要なことは口にチャックの習性だ。新聞記者をしていると、そういうくせが身についてしまう。

「バリショエ　スパシーバ（有難う）」といいながら、私は胸を叩いた。誓って、しゃべらないよ、という身振りである。

「ところでお前、カーシャの件で心配してたようだな」

「うん……」

「おれ、これから炊事場へ行って説明してくるよ。炊事班長は、なんてったっけ？」

「コンゴウジ」

「コンゴ……もう一度いってくれ」

「コンゴウジ」

「コ・ン・ゴ・ウ・ジか。へんな名前だな。はじめて聞く名前だ」

「日本だって少ない名前だ」

「ハンゴウ持って、食いたいだけ入れてくればいいが、炊事から持って来るとき、あんまりおおっぴらじゃない方がいいな。やつら騒ぎ出すと、説明せにゃならんからな」

「わかった。できるだけそうする」

ダモイの中継宿舎といい、特別給与といい、捕虜にとって世界最高の情報だ。特別給与は、もちろん内緒にしなければならないが、せめて中継宿舎の件だけでも、服部や私を隊長と仰ぐ小隊の者たちに教えてやりたい。だが、サージャンとの約束が優先する。

サージャンとの約束を守り、かつ服部たちに教えるにはどうしたらいいのか。サージャンから聞いた話ではなくて、あくまで自分の考えであるとして、「引き揚げはかならずあるはずだ」といえば、彼らは信じるだろう。

それとあわせ、日本新聞の伝える情報の裏を見破り、いかにその記事がでたらめで、われわれ捕虜の目を眩惑しているかを説明してやれば、納得するはずだ。

革命歌の隊列

ともあれ、暗い日々に、明るい光がさし込んできたのである。シベリアの貨車輸送、日本の引揚船対策などいろいろ、かみ合わない問題もあろうが、引き揚げが開始されれば、いつかは日本へ帰れる。生きていなければならない。カンボーイはいつまでやるのかわからないが、カンボーイ勤務中に体力をつけておこう。そんなことを考えながら宿舎にもどった。

その翌朝、点呼のときに、ソ連将校が、

「本日からコマツがカンボーイに就任する。これはソ連の命令であるからして、ソ連のカンボーイと同等の資格を持つことになる。衛門における員数点検、作業現場における監督など、すべていままでのカンボーイと同様の任務である。したがって、コマツの命令に違反する者は、規則に照らして処罰せねばならぬ」

こういう難しい内容になると、臨時通訳の手を借りる。関東軍でもロシア語の通訳をたまにしたことがあるという中年の曹長だ。この男は妙にぶきっちょで、「とてもじゃないが、やつらの御機嫌を取るなんて真っ平」と、いつもいっていたが、ロシア語がペラペラなのはこの男をおいてほかにいないから、ソ連側も一目おいているらしい。

「そんなわけで小松見習士官がカンボーイになったが、これは自分から売りこんだわけじゃない。向こうさんの命令だから、彼は仕方なく引きうけたまでだ。仕事を除けば、彼はいままでと変わりない。仲よくやってくれや」

ソ連側のいわないことを、臨時通訳は、勝手にしゃべった。それにつづいて、ソ連将校が念を押す。

「ヴィ　メニヤー　パニマーエチェ？」

みんな口をそろえて、

「ダー　ダー」という声に、不平や不満はないようだ。むしろ、カンボーイも仲間うちという気安さのふくまれた反応、と私はうけ取った。

さて、それから衛兵所前に並ばせて員数点検。ソ連カンボーイは五列縦隊に並ばせて計算していたが、私は四列縦隊の日本式である。朝の点検とラボータカンチャイ（作業終了）で帰営したときの員数がぴったり一致すれば逃亡がなかった証明だ。逃げたって、見つかればマンドリンの標的になるか、終身労働だ。見つからなくったって、所詮は野垂れ死に。いままで逃げたやつは、みんなそうだったから、このごろ、逃亡はあとを絶った。

もっとも作業中の逃亡はもとより、事故が起きてもカンボーイの責任となるから気は休まらない。そのほか後ろめたさやこだわりはあるにしても、ラボータなしのカーシャ（めし）充分は、なんとしてもハラショーである。

すっかり参ってしまった体力を回復するには、まったく有難い任務だった。一ヵ月たち、二ヵ月目が終わるころには身体のむくみもひけて、現場への往復もらくになった。それに、衛兵所には女性もいるからなごやかである。

ソ連は〝働かざる者食うべからず〟が徹底している国だから、女性といえども、身体の動く者はすべて職を持っていた。

大尉の女房とサージャンのカミさん、中尉の娘が、三交替で衛兵所の電話当番に来ていた。営外居住の将校でも、電話などというゼイタクな物は設置していない。ラーゲリあての連絡のほか、将校と下士官の宿舎あての連絡も、すべてこの一台だから、結構いそがしいようだ。

手のすいたときは「コマッ」と手招きして。パピローズをくれるのだ。ソルダート（兵）は大抵、手巻き用の刻みタバコだが、将校や下士官は、紙巻き煙草のパピローズを吸っていた。全長の半分ほどもありそうな吸口がついている。したがってタバコの量はいたって少ない。いかにもソ連流のタバコだが、新聞紙に巻いて吸う刻みタバコより、味は上等であった。

タバコも配給だから、彼女たちも気前よく一箱というわけにはいかない。せいぜい一本か二本が関の山。でもその思いやりが、ずっしり胸にこたえて味も格別である。

私はそんなくすぐったいような日を送っていたが、一般捕虜の受難はますます激しさをくわえていった。

カンボーイは、一般捕虜と数メートルの間隔をおいて後方から、行進部隊全体を見張りながら歩く。雪の積もった道を、革命歌を合唱しながら、捕虜たちは行進しなければならない。もちろん、カンボーイは例外だ。だから私はブラブラと歩いていたら、突然、騒ぎが起こった。

事故だと大変だから、騒ぎのもち上がった隊列の中ほどに駆けつけると、事故ではなかった。高橋という初老の男が、「別れのブルース」を歌っていた、というのである。革命歌と別れのブルースはリズムが違うから、革命歌の合唱中ではなくて、革命歌の途切れたときではないか。

それはともかく、高橋は民主グループに殴られ、小突きまわされていた。資本主義の残滓濃厚である、というわけだが、そういう批判が出たとき、もっともいきり立って批判の言葉を投げつけ、揚句に、暴力におよぶような男が、有能な民主グループ員として尊敬されるという風潮になっていた。

そのまま放っておけば、高橋が殺されるのは必至とみて私が割って入り、その場は一件落着したが、その後、グループ員たちは、高橋を自殺にまで追いこんだ。

まず、民主グループ員は高橋と顔を合わせると、「反動はうんと働け」、食事になると、「反動でもメシを食うのか」などと、心理作戦からはじめ、三日目になると、減食の罰だ。一日一食である。減食になって三日目、高橋は道具置場で首吊り自殺した。

彼の自殺死体が発見されたその朝、点呼後、アクチブは彼の自殺をとり上げ、「民主化の勝利である」といい、全員に革命歌の合唱を命じた。民主化どころか、日に日に権力指向に傾いてゆく。

暮れも押し迫ったある日、また事件が起きた。阿部という男が盗み食いをしたというのである。夕飯のとき、食事当番が炊事場から、例のコーリャンがゆを食罐に入れて運搬し、ヒシャク一杯ずつ配っているとき、当番がほんのわずかよそ見をしたすきに、ヒシャクのコーリャンがゆを自分の空罐に入れてしまったらしい。

阿部という男は両国の角力取りで、私の倍もありそうな体格をしていた。マゲはもちろん切っているし、番付表もないから格はわからないが、体格や物腰から、十両かあるいは前頭ぐらいになっているのではないか。大きな図体して、雀の涙ほどのコーリャンでは辛かったろう。つい手を出したところを、運悪く、民主グループに見つかってしまったものだ。

その翌日の夕方から、〝いびり〟がはじまった。作業から帰ると、衛兵所の横に立たされ、全員帰着するまで出迎えるのである。初めから終わりまで一時間はかかる。厳寒の夕方、長時間立ちつくすのは極刑だ。それがすむと、宿舎の入口に立たされる。民主グループの全員に、「おい、反動、今日の作業はどうした」といわせ、「はい、自分は本日、ノルマに達しませんでした。作業サボタージュであります」と阿部に答えさせる。

食事はみんながすんでから。食事がすむと、各小隊をタライまわしで自己批判させられる。ちょうど関東軍の内務班回りと同じである。旧軍隊で、天皇陛下の命といつわって初年兵いびりをしていた下士官、古年次兵が、そっくりそのままシベリアで、スターリンをバックに弱い者をいじめしているわけだ。

身体は雲突くほど大きくても、連続五日もいじめられてはたまらない。たった一杯のコーリャンがゆすらノドを通らなくなり、「千寿子、千寿子」といいながら息を引き取った。千寿子というのは、きっと女房の名前だろう。あの阿部は、ダモイできたら角界に復帰し、両国をわかせたかも知れない。悪魔は、大きく伸びるはずの芽をまた枯らしてしまった。

毎日のようにいろんな事件が起きて、捕虜はニトログリセリンを抱えているような気分であった。いつ爆発するかも知れない不安。望郷の思い――。いらだちがラーゲリにあふれていた。

第五章　望郷の思いの中で

認識番号五五五

五月の上旬であった。内地では初夏だというのに、シベリアは雪が降りしきってている。私が衛兵所に出勤して点呼の準備をしていると、炊事の柴田兵長があらわれた。「ちょっとクリーニング屋へ行ってくるから、パスポートを貸してくれ」という。レール修正作業、将校宿舎当番などの特殊任務を除いて、一般捕虜は自由行動を禁止されていたが、カンボーイには単独行動を許可するパスポートがあたえられていた。ソ連領内ならどこでも行けるパスポートだそうだが、金も車もない身の上では〝猫に小判〟。なんの役にも立たないから、ポケットに入れたままだ。

特別給与でいつもお世話になっているから、その恩返しに、とばかり気安く貸してしまったのが〝千慮の一失〟、とてつもない災いの種をまいてしまった。後になって考えてみると、つじつまの合わないことばかり。ラーゲリ付近には将校宿舎、サージャン宿舎、現場係ソ連人たちの宿舎があるだけで、クリーニング屋なんかあるわけない。にもかかわらず、柴田兵長が「クリーニング屋……」といったのは、よほど緊張するか、気が動転していたからだろう。

また私にしても、前記の宿舎のほか、視野の中には大河と原生林と広野があるだけ。とてもじゃないがそんなものあるわけないのに、柴田の言葉を鵜呑みにしたのは、よっぽど寝ぼけていたのか、ラボータネート（作業なし）とカーシャムノーゴ（メシ食い放題）で、うきうきしてたせいか。ともあれ、起こるはずのない事件が起きてしまった。

柴田にパスポートを渡して間もなく、その矛盾に気づいて東の方に駆け出した。西の方は奥地だから、反対方向へ走ったわけだ。東の方へ数キロの地点に小集落があると聞いていたから、柴田が行くとすれば、その方向と見当をつけたものである。

雪の道に足跡が残っていた。柴田のものに違いないが、小集落に彼の姿はなかった。衛兵所を留守にできないので駆けもどって二時間後、「逃亡者を捕えた」と町の警備隊から連絡があった。

その日の夕方、トラックで護送されてきたのは柴田兵長である。すっかり憔悴《しょうすい》していた。彼はゲ・ペ・ウへ駆け込み訴えをしたというのである。その訴えの内容は、「炊事勤務者の労働時間の改善要求」というものらしいが、捕虜の要求、それも捕虜一名の発想によるもので、申請手順を踏んでいないから取り上げるわけにはいかない、という理由で、もちろん却下。ラーゲリ外に出た、という点だけがクローズ・アップされ、逃亡の罪に問われるという。

重ければ銃殺、軽くても二十五年の刑、人跡未踏のラーゲリで重労働だ。己れのまいた種だから、刈るのは当然だが、それにしてもむごい話だ。ところが、柴田に同情している私にも、大きな火の粉が降りかかってきた。

ゲ・ペ・ウに身体検査されたとき、私のパスポートが発見され、問いつめられて柴田は、「カンボーイのコマツから借りた」と正直に答えてしまった、というのである。

承知して貸した、ということは、駆け込み訴えの共謀者であり、そのうえ、他人に貸与厳禁のソ連軍規則を破ったものであるから処罰はまぬがれない。臨時であっても、身分はソ連軍に編入されているから、ソ連の軍法会議にかけるという命令であった。

民主グループは好機いたれり、とばかり、柴田の身柄をソ連から借りうけて、夕方の点呼のさい、捕虜全員の前に引きずり出し、

「反動柴田をやっつけろ！」

「天皇の手先を殺せ！」

「捕虜のピンパネしている柴田炊事をやっつけろ！」

民主グループににらまれては損、と捕虜は心にもない罵声を浴びせかける。

最後に、雪の降りしきる中、柴田に土下座させて、「反動的な行動をとっていました。申しわけありません」と自己批判を強要する。民主グループは闘争を勝ちとった、と意義づけ、革命歌の合唱にうつる。一時間余もかかって、民主グループのいう反帝闘争はようやく終わった。

私はソ連軍籍のカンボーイということで、さすがの民主グループも遠慮したらしく、晒《さら》し物はまぬがれたが、柴田とともに営倉に放りこまれた。

営倉は衛兵所と壁を隔てているだけ。同じ建物だから、私には住み馴れた場所だ。だが、監視する立場と捕われの身ではひどく違う。〝月とスッポン〟である。天国から一瞬にして地獄へ突き落とされたようなものである。

営倉に放りこまれた柴田は、もう涙も枯れ果てていた。営倉の隅にうずくまっていた彼は、しばらくして私の前へにじり寄ってきて、

「見習士官殿、申しわけありません」と首をうなだれる。

「いまさらそんなこといったって、仕方ないだろ」

「自分の道づれにしてしまって……」

聞きとれないほど細い声で謝罪の言葉がつづく。

「わかった。もういい……」

「いえ、よかないんです」

彼は、不安と焦燥を、しゃべることでまぎらわせようとしているらしかった。

「なんで……」

「あいつらのいうことさえ聞かなければ、こんなことにならなかったんです」

「いま、なんていった。確か、あいつらっていったようだが？……」

「そうです。あいつらです」

「そのあいつらがどうしたんだ？」

しばらく間をおいて彼が語り出したところによると、一昨夜、柴田が民主グループの本拠へ食事を持って行くと、山田アクチブが、

「おい、柴田、お前の仕事も大変だな」と、ひどくやさしく語りかけてきたそうだ。

いつもと違って、山田が仲間のように気安く話しかけてきたため、柴田はつい、気を許して、余計なことをしゃべってしまった。

「はい、ご承知の通り夜なべがあるので、しんどいです」

コーリャンがゆをつくるには、夜の八時から九時までの間に火にかけ、十二時ごろいったん火を落とし、翌朝五時にまた火にかけるそうだ。だから睡眠時間が五時間ほど。班長と交替だから、一日おきに睡眠不足になる。

「眠くて、眠くて……」とこぼしてしまった。それをひきとるように山田が、

「ここの将校に具申したところで、わが身可愛さで取り合わないだろう。町のゲ・ペ・ウへ駆け込み、人員増加を頼むんだ」とそそのかした。

「でも、途中で見つかったら……」

「カンボーイの小松からパスポートを借りて行けよ。隣の町といわず、どこへでも行けるぞ」

「へえ、小松さん、そんな御利益のあるもの、持ってるんですか？」

「これが目に入らぬかって、くらいなもんよ」

「でも、自分は日本人の捕虜だから……」

「我らの祖国ソ同盟は人種、階級を問わず、すべて平等。そこが民主主義、共産主義のいいところだ。いつもおれがいってるだろ。そこが、天皇制の日本とは大いに違うところだ、ってな……」

いつもの通り、ソ連同盟礼賛の大演説がしばらくつづいた後で、

「いいか、念を押しとくが、小松のパスポート借りることを決して忘れるなよ」

本当は、炊事の人員増加の申し立てぐらいラーゲリの将校で間に合うのに、ことさらゲ・ペ・ウを持ち出すのが怪しい。そのうえパスポートをくれぐれも忘れるな、と念を押すあたり不審な点が多すぎる。いままで山田は、他人の痛みなど、少しもわかるような人間ではなかった。

それが、「炊事はいそがしくて気の毒だ」みたいなことをいったなど考えられない。いままでなら、「貴様、まだ資本主義の残滓をケツにくっつけおって、しっかりはたらかんか」と脅し、悪くすれば人民裁判で吊るし上げ。「眠い」のひと言が、「反動」「反共」にエスカレートする。

彼らは理論がなくてすぐ結論に飛ぶ。考え方が凄く短絡的だから、恐ろしい。そんなわけで私は、「裏になにかある」と直感し、さらに突っ込んで聞いてみた。

「その夜の前に、なにかあったと思うが、どうだ思い出せないか?」

「さあ……」

柴田兵長は、床に視線を落としたまま、

「たいしたことじゃないが、思い出した」

ぽつり、とつぶやいた。

「なんでもいいから話してくれ」

「たしか、あの前の晩だ。自分があの麻袋のカーテンを開けようとしたら、中で山田がわめいているんだ。なんか、こう、えらく興奮しているようで、言葉がもつれたりしちゃってよくわからなかったが、なんでも、いまに見てろ、きっと思い知らせてやるっていってた。自分は食器を下げに行ったが、あぶないと思って、そのまま帰ったんだ」

「それだけか。まだなにか……」

「それで、三十分ほどたってまた行ったら、民主グループ全員で、〝祖国ソ同盟のために、血祭りに上げよう〟とわめいていたよ」

「だれを、血祭りに上げるんだ。コマツっていわなかったか?」

「そういわれれば、そんな気もする。なんせ、あんとき、自分はびっくりして……」

これで、今度の逃亡にまつわるいろんなことが、全部はっきりした。いまさらはっきりしても、どうにもならないけれど……。

彼らは、「銃殺されてから気がついたっておそいんだ。あのインテリづら……」ともいったそうだが、そのわめいていたときの少し前、私は柵内を巡回していた。なんのために巡回するのかよくわからないが、カンボーイ守則の中に、巡回がふくまれているそうだから、就寝前に二、三回ほど回ることにしていた。

その夜、二回目の巡回のとき、民主グループの部屋近くに行くと、部屋の中が明るくて騒々しい。麻袋カーテンのすき間から覗くと、パーティーの真っ最中だった。テーブルにロウソクを二本も立てて、黒パンが山盛り。ビンも立っている。ヴォートカに違いない。十名ほどの民主グループの顔がほんのりと赤い。

ノルマを完遂すると、黒パンが支給された。一週間か十日に一回の割だ。拳ほどの小さな黒パンだったが、コーリャンがゆ定量外の報奨物だから、有難い。

コーリャンと同じように座って食っては、ノドから胃、腸、そして外へ……。消化がよすぎてもったいない、と上向きに寝て食べた。一口一口よくかんで、時間をかけて楽しんで食ったものだ。

その黒パンも、前年のうちに、支給がストップされていた。あのころみんな、この世の苦労を全部背負いこんだように暗い顔になってしまった。骨身を削って働いても、なんの対価もないのだから、気落ちするのは当たり前。それがなんと、宝物にも等しい黒パンを、彼らが横取りしてしまっていたわけだ。

民主グループ全員がコーリャンを食わず、三度、三度、黒パン食っていては配給できないはずだ。前に古村が黒パンを横取りされてる、といったがその通りだった。私はいまでこそ、ひもじい思いはしないでもすむが、一般捕虜にとって唯一の楽しみだった黒パンを奪うとは、なんたることだ。ようし見てろ。

私は便所小屋の陰にひそんで待った。ヴォートカやお茶でトイレが近くなっているせいか、間もなく、二人が現われ、用を足して帰っていった。三人目が憎き山田アクチブだ。仲間が現われるから、その場で手出しは禁物である。

「衛兵所で用があるそうだ……」

ソ連側で用事、と思わせて、衛兵所脇のクボ地までおびき出した。

「こんなところで……」

「おれが用事なんだ」

「だましたな」

「便所の脇じゃ人目につくからな。ここでじっくり話し合おうぜ……」

「おれは話なんかねえ」

「そっちになくても、おれにはおおありだ。腹んなか、ぶち破れるほどたまっているんだ。山田よ。貴様、なんで仲間を、いじめたり殺したりする?」

「われらの祖国ソ同盟のためだ。民主化のためだ」

「バカの一つ覚えを、聞いてるんじゃない。お前に殺された兵隊の故郷じゃ、きょう帰るか、あす帰るかって親、兄弟、女房、子供が待ってるんだぞ」

「民主化のためだ。多少の犠牲は仕方ない」

「多少の犠牲? なんてことをいう、人の生命を奪っておいて。それだけじゃない、みんな腹すかしてるのに、黒パン、ごまかしやがって。みんな黒パンだけが楽しみだったのに。それをてめえら……」

「指導者は、それぐらいやってもバチは当たるまい。余計な口出しするな。ひっこんでろ」

もはや問答無用である。指導者の特権を振り回すのは、手に負えぬ軍国主義だ。国家権力のかたまりだ。いうのもムダである。私は両足ふん張って、山田に殴りかかった。往復ビンタである。

「この野郎。アクチブに刃向かうのか」

山田も拳をふるう。しかし、私の機先が利いて効果はない。

私は山田のボディーをしたたか打ってから、襟首をつかまえて股間をけり上げた。急所のダメージで、山田はその場にうずくまった。

「これに懲りたら悪事をやめるんだな。お前らスターリン万歳なんてアホなことぬかしてるが、ソ連に利用されているだけだ。いい加減で目をさませ。おれたちの祖国は日本だ。たとえこの地で生命果てても日本が祖国だ。日本には可愛い女房、子供がいるだろうが。わかったな」

念を押したが、山田にはわかっていなかった。したたかに打ちのめされたのを根に持って仕組んだストーリーだ。

私はカンボーイだったから、直接、手を下すことはできない。だから、ゲ・ペ・ウが捕虜の申し立てを取り上げるはずもないのに、山田がアクチブだから、ソ連の内部事情に詳しいように思い込ませて駆け込み訴えをそそのかす。だが、それだけでは意味がないので、私のパスポートをかならず借りるよう念を押したのだ。

パスポートがあれば怪しまれない。〝このパスポートが目に入らぬか〟式に、パスポートさえ持っていれば、なんでもできる、と柴田に吹き込んだわけだ。まったく手がこんでいる。

手を出したのは私だが、紛争の原因はすべて山田アクチブだ。まったくの逆恨《さかうら》みである。私が報復されるのは仕方ないとしても、報復手段に柴田炊事係を巻き込むのは卑怯である。その手口は民主グループが出現した当初からで、いまさら驚くことでもない。しかし、これまでは対岸の火事みたいなところもあったが、その魔手が自分に伸びてくると、恐ろしさが実感として湧き上がる。

上衣の裾をまさぐって〝お守り〟をおさえた。認識番号五五五の認識票と、お袋のくれたダイヤの指輪は、ソ連側や民主グループに摘発されないように注意してきた。

〝お袋〟とつぶやき、〈どんなことがあっても頑張るぞ。守ってくれよ〉と、胸のうちで祈った。

死刑をまぬかれて

その翌朝、柴田は真っ赤な眼をして三人のソルダートに引き立てられていった。

その日も、つぎの日も、食事時間になると、衛兵所勤務の婦人連中がパンを差し入れてくれる。白パンのときもあった。たまさか将校に配給されるやつだ。それだけではない。ロートル中尉の娘が、十本入りのパピローズを二箱もくれた。衛兵所と営倉の間の壁をぶち破って二部屋兼用のペーチカがあり、そのペーチカの上に十五センチほど空間がある。彼女はそこから手を差し入れて、

「カーク　ヴィ　セビャー　チューストヴェチェ？（元気ですか？）」といい、パピローズを差し出した。

「スパシーバ　ハラショー（元気です。ありがとう）」

受け取るとき、手がふれた。柔らかくて温かかった。パンとタバコ。彼女たちがペーチカに薪をムノーゴ（たくさん）放りこむから、春のように暖かい。これなら、ずっとここにいてもいいみたいな思いが浮かぶ。極限状態が長くつづくと、不思議に順応性が生まれてくる。

「五年後でもいい、十年たってもかまわない。かならず日本へ帰るぞ」と心に誓っているのに、「三食昼寝つきの営倉も悪くない」なんて思うのは凄い矛盾だが、どうジタバタしたって、なるようにしかならない、という諦観みたいなものが、胸のうちにあるせいだろうか。

三日目、大尉がドアの鍵を開けて入ってきた。いよいよ軍法会議か。身体の中を戦慄が走る。大尉は一語、一語ゆっくりと話し出した。

「五日後にここを出発して、ある大きな町でひらかれる軍法会議で裁きをうけることになっていた。すでに承知のことと思うが、裁判をうければ死刑、運がよくても二十五年の重労働は避けられない。われわれ、当ラーゲリ勤務の軍人は、今回の事件についていろいろ考えさせられるところもあり、また事件の犠牲者たる君らに深く同情しているものである。

ところが、急に事情が変わって、君は軍法会議免除だ。代わりに重営倉五日を命ぜられた。事件発生の翌日から通算五日である。その後については追って沙汰する」

案ずるより産むが易し、というか、タナからボタモチ、といえばいいのか。そのとき、適当な言葉が浮かんでこなかったが、私は心の中でなん度もなん度も〝バンザイ〟と叫んでいた。だが、解せないのは、事情の変更という事実だ。それが気にかかる。

「パチェムー？（どういう理由で？）」

大尉は笑いながら、自分の首に手を当てて横に引き、

「ニェート」

「もう軍法会議も死刑もない。それでいいではないか」というのだ。肩をすぼめて両手をわずかに前に出した。彼ら特有のポーズだが、私はその手を握って、

「ありがとう。ありがとう」

そのときは、いつものヘタクソなロシア語ではなくて、自然に日本語が飛び出した。その後でそれから、

「ありがとう、ダンケ、メルシー、グラシャス、サンキュー、シャシャ、スパシーボ……」

知っている限りの感謝の言葉をつぶやいた。

あのロートル大尉は、いつの間にか姿を消していたが、私はいつまでも、

「ありがとう、ダンケ、メルシー、グラシャス、サンキュー、シャシャ、スパシーボ……」

そして東を向き、お守りをおさえながら、

「おかげで死線を突破した。難関を突破できた。待っててくれ」

これからまだ難関は幾つもあるだろう。それなら、これが第一の難関というわけだ。あと二日たてば自由の身となる。営倉を出たからといって、捕虜の身の上に変化はないが、鍵つきの営倉よりマシだ。自由である。

その日の夕方、大尉のかみさんがペーチカの上からパンを差し入れてくれた。受け取りながら聞いてみた。

「今日、あなたの御主人から軍法会議を免除された話を聞きました。なんでそうなったか、御存知ですか？」

この手のむずかしい話になると、単語も動詞もすぐには浮かんでこない。

「コ　サーマム　ジェリェ（じつは）」「ナプリミエール（たとえば）」「パエータムウ（ですから）」「イーミエンナ（つまり）」「パエータムウ（それで）」「チェピエーリイタ－ク（さて）」などの言葉をつなぎ、時間もかかる。ひどく難儀である。いつも

なら単語を並べて手振り身振りでまにあうが、この件だけはそうはいかない。

営倉の鍵を開けてかみさんが入ってきた。外聞をはばかることらしい。

「大尉から聞かなかったの？」

「カマンジェル（偉い人の意）、なんともいいませんでした」

「やっぱりね」

「よかったら、話してくれませんか」

「軍の機密に属することだと主人がいってました。だから私はくわしいことは……」

「話せるだけでいいからお願いします」

「私たち女性ばかり三人で相談したの。コマッが気の毒だってね。コマッがここに入れられた日よ。あの晩、私の家に集まって、あれこれ対策を考えたの。結局、私たち三人では弱いから、男性三人を味方にして、その翌日、陳情書をつくって、上層部に提出したわけ。それからは、どういう経路で話がまとまったか知らないけれど、とにかく、今朝、主人の話したような連絡があったの」

「よく、そんなに早く結論が出ましたね」

「ええ、私たちの陳情書ができると、すぐ主人が車で町へ行き、今朝は町の軍部駐在員が、馬で駆けつけて来てくれたの。なにしろ裁判にかかったら、なにもかも終わりだからね。私たち心配で、心配で……」

私がパンとパピローズにありついてハラショウ、オーチンハラショウと太平楽きめこんでいるとき、この連中は、コマツかわいそう、と一生懸命、走り回っていたわけだ。

「だれが発起人ですか？」

大尉夫人はまた思案する。なにしろこの国では、秘密を守らなければ一日たりと生きてゆけない。

「さあ食べなさい」と彼女はいいながら、隣の衛兵所からコーフェ（コーヒー）を持ってきた。サーハル（砂糖）も適当に入っていた。温かい液体は身体に泌みるようだった。

彼女たちの温かい心づかいも、私の胸のうちにひろがっていった。捕虜が歌う革命歌に、「……我が愛するクレムリンよ我が愛する同志《はらから》よ……」という一節がある。クレムリンの連中はなにを考えているかわからない。油断のできないカマンジェルばかりだが、シベリアにはときたま、驚くほど素朴な人たちもいる。

私は幸運にも、その、素朴な人たちにめぐり合うことができたわけだ。

彼女はポケットからパピローズを出し、私にすすめ、自分も火をつけてから、

「アンなのよ。あのコ、いつも無口だけれど、しゃべり出すと大変。私たちと男性を説得するのに夢中だったわ。もしかしたらあのコ、コマツに……」

「とんでもない。衛兵所で顔を合わせるだけですよ。奥さんのいう通り無口でしょ。話らしい話もしたことありません。まして自分とアンが、なんて、絶対にあり得べからざることです」

「それにしても夢中だったわ。変ね……」といいながら、クスッ、と笑う。

「アンとそんな仲なら自分は嬉しいけれど、彼女は怒るかも知れないな。なにしろ自分は捕虜だし、民主グループにもにらまれている。虫けらみたいな存在です……」

「それがどうしたっていうの。捕虜のどこが悪い、っていうの。人間同士じゃないの。アンが生まれてはじめて接した若い男が、あんたなのよ。アンはなんにもいわないけれど、私はそう思うよ。いいじゃないか、若いんだもの。私だって若かったら、そうしたかもね。後でいいから、アンにお礼をいうのよ」

「うん、ありがとう。そうする……」

くり返すが、この国は秘密厳守である。話はまだうんと残っているようだったが、大尉夫人は、コーヒー茶わんを持って衛兵所に引き上げた。

大尉夫人の話ではっきりしたが、陳情の火付役はアンだった。アンという名はロシア名にしてはいささか妙で、きっと愛称ではないかと思う。それはともかく、アンは中尉の娘だ。

大尉夫人との話に出たように、彼女はおしゃべりではない。衛兵所の電話番をしていて私と顔を合わせても、こみ入った話をしたこともない。いつも暗い表情だった。シベリアの冬と同じで暗いな、と私は思っていた。十八、九だろうか。暗いけれど美しい娘だ。

つぎの朝、パンを差し入れてくれたのはアンだった。

「話したいが……」と私がいったら、鍵を開けて営倉に入ってきた。

「どうして助けてくれたの？」

「それ、だれから聞いた？」

「大尉の奥さんに」

「困るわ、そんな……」

「ほんとにありがとう。自分はこれからどうなるかわからんが、生きてる限り、忘れちゃならないことだから……」

「あそこへ行きましょう。話すわ」

営倉の奥へいって語り出した。営倉は畳の数にすれば十畳ぐらいで、奥といってもたいして距離はないが、営兵所からはもっとも遠い位置になる。彼女もやはりささやくような小さな声だった。

「今度の脱走事件について、父の中尉らが調査した結果、その全容がわかったの。それによると、悪いのは山田であって、むしろ被害者は脱走した柴田と小松なんだ、と。でも理由はどうであれ、柴田は捕虜の守則に反して脱走。脱走の理由もきわめて曖昧だわ。もし炊事要員増加の要求であるならば、ラーゲリ内でも十分処理できる問題でしょ。処罰はまぬかれ得ない。小松は、規則に反してパスポートを貸したけど、それは、だまされただけで、犯意はなかった。だれが、どう考えても、軍法会議にかける、というのは理不尽なことです」

そうアンは考えたのだ。しかし、どうしたらいいかわからないので、大尉夫人とサージャンの妻に相談したら、陳情しようということになったらしい。「大勢で渡ればこわくない」式の群集心理でワッと燃え上がり、男どもをたきつけて行動にまで持っていったという。

「当然でしょう」

アンは平然というが、それは男女同権のソ連の理屈だ。日本では私の知る限り女権はないに等しく、参政権もなかった。だから、アンを中心に女性が立ち上がったという話に、なにか釈然としない部分が残るのである。

「それに……」アンはそれだけで、そのあといいよどんでいた。

「それにって、なんですか？」

アンはペーチカの上の空間から衛兵所を見まわし、人間の存在をたしかめてから、

「私の父、ほんとはモスクワ近くの部隊に、いたんです。思想犯にされて、このシベリアへ送られたんです。おそらく、モスクワへはもう帰れないでしょう。私も父をおいてモスクワへは帰れません。多少の自由があるだけで、捕虜と同じような立場です。あなたも死刑をまぬかれたにしても、あのままだとシベリアに骨を埋めることになります。一生、この寒い、そして淋しいシベリアで暮らすなんて辛いことよ。だから私は……」

そのあとは言わなかった。いわなくてもいい。アンの思いがみんなわかった。

やはり、同じような犯罪者にされてシベリアに来た、という技術係の男から、それとなくアンの父親の過去について聞いた記憶があるが、その通りだった。

私の立場にアン自身の境遇をかさねてみて、私を救う気を起こしたのは間違いない。しかし、偏見かも知れないが、父やアンの運命を変えてしまったソ連首脳部に対する一種の抵抗もあったのではないか。私はそう思えてならないのである。

「アン、きみのことは一生忘れない……」といって、彼女の手を握ったら強く握り返し、衛兵所へ帰っていった。

それから、パンとパピローズに暖房、オーチンハラショーの二日がすぎ、重営倉五日間のお務めが終わって、娑婆の空気を吸った。

といっても、営倉とはお隣の衛兵所である。御赦免になったら、どこか遠くの懲罰ラーゲリへでも転送になるだろう、とあきらめていたら、いままでどおり衛兵所勤務、とのお達しであった。

私とソ連側の連中、とくにアンとの間にあった壁がとれて、衛兵所生活は、思いもよらぬ快適なものになった。寒さはまだ厳しいけれど、もうじき暖かくなる、という心のときめきもあった。服部もあらわれ、ダベってゆくようになった。

「よかったですね、隊長殿。一時はどうなるかと、心配で眠れませんでした」

「おかげで命拾いしたよ」

「軍法会議なんて、噂もチラホラあったが、どうなったんでしょうね」

「おれが知っているわけないだろ。なんせこちとら、ソ連の軍規を破った罪人だからな。お前、腹へってるだろ。ほら。内緒だよ」

アンたちのくれる白パンのお裾分けである。

「へえ、たまらねえな。何年ぶりだろう」

服部のやつ、白パンを握って、ゆっくり、ゆっくり食っている。黒パンのあったころの名残りだ。

「なんか、こう、力がもりもりつくような気がする」

「そりゃ、よかった。もう一つ食うか」

机の引き出しにストックしてあるなかから、厚目のやつを取り出した。

「隊長殿、いつもこんなハラショーなパンを食ってるんですか」

「いや、そうじゃない。将校に配給されるパンだ。奥さんたちの好意だから、あだやおろそかにはできんぞ。自分の食糧をツメたもんだからな」

「そんな大切なもの、どうして……」

「そりゃー知らん。わけを聞く筋のもんでもない。きっとおれが、コーリャンがゆで参ってると思ったんだろう」「コーリャンがゆで上等。腹いっぱい、食ってみたいですよ」

「生きてりゃ、銀シャリ食えるときがある」

「そうなるといいですね」

「だけど服部よ。おれたちの話は、つまるところ、食い物とダモイに落ちつくんだよな」

「淋しいですね。いい年かっぱらった男が」

「そうだな。本来なら、おれらの年になれば、天下国家を論じてるはずなのに。淋しいな。だがな、服部よ。いつかきっとダモイがあるって気がするんだ。きっとあるさ。それまでは参るんじゃないぞ」

「ほんとですか隊長殿。いつごろになるでしょうね」

「それはわからん。二年後だって、三年後だっていいじゃないか。日本の土を踏めりゃ、いつだっていいさ。日本はちょうど青葉の季節だ。おれの家は山の中腹にあってな。庭に立って西を見ると、桔梗ヶ原の古戦場は緑に萌え、その向こうに日本アルプスの連山が見えるんだ。山頂に雪が残っていて、そりゃ、美しい眺めだ。思い出すなあ」

「隊長殿、内地の話やめて下さい」

「なんで……」

「内地を思い出すと、泣けてくるんです」

そんなとき、アンが不意に衛兵所のドアを開けた。

「コマツ」

私がドアのところに行くと、一箱のタバコを私のポケットに落とし、帰っていった。

「いまごろ、なんです？」

「うん。ちょっとな、ところで一服やるか？」

私が差し出した箱から、服部は一本抜き取って、火をつけ、

「隊長殿、やっぱりパピローズはうまいですね」といいながら、煙を深く吸い込み、間をおいて上に吹きあげた。

「けど、このタバコ、彼女が……」

「うん、まあな……」

「お安くないですね。彼女、隊長殿に惚れてるんだ。きっと……」

「バカこけ。おれ捕虜なんだぞ。中尉の娘が捕虜に惚れるわけないだろう。かわいそうっていう同情心だ。見当違いするな」

「かわいそうな、は惚れたってことよっていうじゃないですか。同情が恋に……、シベリアの大ロマン」

「いつまでもバカなこと言って、夜が明けるぞ」

「ひとの恋路を邪魔するやつは、犬に食われて……」

服部はフシをつけて口ずさみながら立ち上がった。私はタバコの箱から三本取り出

して服部に握らせた。

「嬉しいな。大事に吸います」

もうずっとタバコは切れている。服部のやつ、一本を朝昼晩の食後に分けて吸えば、三本で三日は楽しめる。そのうち、また手に入るだろ。そうしたらまた分けてやろう。

それにしても、夜遅くわざわざラーゲリまで差し入れにきてくれるアンの心が、もうただ嬉しくて涙が出そうだった。シベリアに来てから、妙に涙もろくなっている。

それから数日たって、山田アクチブが二人の男につれられ、衛門を出ていった。男たちは将校服を着ているが、階級章がないから軍人ではない。おそらく情報局員だろう。

出勤してきたアンの父親に聞くと、彼は衛兵所の周囲を見まわしてから、口をとがらせ、「フッ」とチリでも吹き飛ばすような真似をした。

「脱走事件が発端で調査したところ、彼の民主運動は、思想も実践もきわめて偏見だった。民主運動の上にあぐらをかいて、己れの権力と私欲を肥やしていたわけで、彼を放逐することに決定した。彼の誤謬《ごびゅう》と偏向を是正しなければならないが、しばらく、ラーゲリ内の沈静を待って、新たなアクチブを派遣する。山田アクチブの強権発動で、日本人は表面上は、民主主義と共産主義を讃美しているごとく装っているが、心はまったく離れてしまった」

「こんど来る男、りっぱなやつならいいが……」

「りっぱなアクチブだろう……」

「日本人というより、こんな状況の中における捕虜の良し悪しが、ソ連人にわかるかな……」

「うん、まあな……」

暖昧な返事しかできないところをみると、彼も私と同じように疑念を持っているらしい。彼は毎日、捕虜と接しているから、日本人の長所も短所も、よくのみ込めているはずだ。

山田アクチブが放逐され、民主グループもひとまず解散して、ラーゲリは、束の間の平和を取りもどしたかに見えた。

百名ほど転送の噂がひろがった。関東軍の転属のときもそうだったが、捕虜の転送は、なおいっそう不安だ。

なにかいいことが待っていそうな気も、しないではないが。新しいラーゲリのラボータにカーシャ(食物)、それにもっとも気にかかるのが民主グループだ。間違えば殺されもする。

服部のやつ、出るにしても、残るにしても、おれといっしょならいいが、もし別れるようなことがあれば、もう一度、ダモイについて話さなければ、と私は思った。サージャンが、「町にダモイ中継所が設けられたくらいだから、かならずダモイがはじまる」と明るい話をしてくれたが、そのとき、「この話は決して漏らしてはいかん」と念を押された。だから服部には私個人の見通しとして、「ダモイはきっとあると思う」とほのめかしておいたが、果たしてあんな抽象的な表現を彼が理解したか、どうか、怪しいものだ。

発表があるまでに話さなければ、と思っているうち、転送の人名がわかった。そのなかには、私も服部も入っていた。そのつぎの日、六キロほど北のラーゲリに出発することになった。

私が衛兵所で出発の準備をしていると、アンが来て、

「これ、あちらの所長にあげて」といい、分厚い封筒を差し出した。

「だれが書いたの。アン?」

「いいえ、私じゃない。父が書いたの」

しばらく顔を見合わせたままだった。途中で気がついて手を握った。痛いほど強く握った。右手の上で、左手も握り合っていた。

「秘密」の習性

つぎのラーゲリ、つまり三番目のラーゲリは、原生林の中にあった。原生林の大木がラーゲリの軒先まで迫っている。大木を切って、原生林のすき間に家を建てた、というような感じだった。カンボーイと将校の住んでいる建物と捕虜二百名の入る建物。そして、炊事場に便所だけ。庭もなかったし、柵もない。人跡未踏の原生林だから、こんな施設でも平気らしい。

いままでの百名に新入りの百名が加わり、九月はじめまで伐採に全力を尽くすという。しばらくラボータから遠ざかっていた私は不安だった。

先住の民主グループは新入りに、力を誇示するかのように人民裁判をはじめた。庭がないから建物の中である。新入りは、身の回りの整理をよそおって見ないようにしているが、声は聞こえてくる。

吊るし上げを食っているのは相当な年輩者らしい。日本新聞の論読会で意見を求められたが、黙っていたという。アクチブは鋭い声で、

「意見を求められて黙っているのは、われわれの陣営に入ろうとしない大反動の証拠である。そう思わんか……」

賛成を強要されれば、アクチブににらまれては大変、わが身かわいい捕虜たちは、

「そうだ、そうだ」「反動はやっつけろ！」「殺してしまえ」

次第にエスカレートして、夜の原生林にこだまする。

「明日から向こう一週間、就寝前に各小隊回りをやって自己批判すること。異議ある者は申し出ろ」

異議があったって、申し出るバカはいない。手をあげたら間違いなく〝明日はわが身〟である。

「異議なし」「異議なし」

「よーしわかった。革命歌にうつろう」

それから、いつまでたってもなじめない革命歌を、やけくそのように、がなっていた。

「私は反動分子でありました。自己批判いたします」

内務班回りは、みじめな気持になって、みじめなことを哀願して各小隊を歩くわけだ。素直に放免してくれればいくらか救われるが、各小隊配置の民主グループと情報屋が、

「ほら、反動が、日の丸背負ってきたぞ！」「自己批判不足！」「やりなおし！」

気狂いじみた猿芝居が小一時間もつづいて、やっと静かになった。

そのころ民主グループは反ファッショ委員会とも呼ばれていたが、まったくファッショ的。この組織の中では、すべて指導者の命令が金科玉条である。つまり、関東軍の絶対服従とまったく同じなのである。アクチブが将校なら、一般捕虜は初年兵。グループ員は下士官。あのこすっ辛い情報屋は古年次兵というところか。初年兵と同じ一般捕虜は、右も左もわからずに、その命令どおり操縦され、動かされ、処罰されていたのである。

ここのラボータも、なかなかに民主運動も手ごわいぞ、と思いながら眠った。その翌朝、収容所長から出頭命令がかかった。将校宿舎の一室に設けられた事務室に出頭すると、小肥りで赤ら顔、五十すぎと思われる中尉が、

「きみがコマツか？」

「そうです」

「本日より材木集積場の検査係を命ずる」

「パチェムー？」

転送になったんだから、どうせ、ラボータ必至とあきらめていたのに、降ってわいたような、いい話だ。それがほんとなら、またまたハラショーラボータだが、半信半

疑だった。だから「なんでそうなったんですか」と、仲間に聞くような言葉が飛び出した。

「キミ、手紙持って来ただろう」

「持って来ました」

「あれに書いてあったのだ。キミは頭がよくて計算に強いから、きっとお役に立つと思う。いい仕事をあてがって欲しいと書いてあった」

「ほんとですか?」

「キミもえらく信用されたもんだな」

「ありがとうございます」

「作業係に案内させるからついていけ」

案内に立った作業係は、前のラーゲリの作業係と同じように、思想犯かなにかでシベリアに追われたクチだろう。長身で五十すぎ、人のよさそうな男だった。

「道が悪いから、気をつけろ」

その男がいう通り、山の中腹につけた道は、幅が九十センチあるかなしか。木の根がいたるところに飛び出していて、これにつまずいて、よろけたら最後だ。切りたったような山肌を転げ落ちる。草木がまるでなくて赤っぽい土ばかりだから、つかまる物も見つからない。ゾッとするほど不気味だ。そんな道を三キロほど行ったら、やっと集積場に辿り着いた。途中で、狼の遠吠えを幾度も聞いた。

「晩になって帰るときは、注意しなけりゃいかんよ。狼に襲われたら、イチコロだぞ。懐中電灯を見つけてやろう。野郎ども、赤い物が嫌いだからな」

将校には、いくらなんでも食糧のことや、行動についてあからさまに聞くことは、はばかったが、作業係のおっさんは、給与は一般捕虜と同じという。だが、「トラックのソ連人運転手の差し入れがあるかも知れない」といった。曖昧な表現だったから、おおっぴらにできないことかも知れない。怪し気だってかまわない。飢え死にしないなら、差し入れハラショーだ。

行動は一人歩きで差し支えないらしい。パスポートは支給されないが、どこを歩いても文句はないそうだ。もっとも盛り場があるわけではないから、材木集積場へ往復するだけ。しかし、それだけでも〝自由〟はなにものにも代えがたい。捕われの身を、しばしでも忘れることができる。

さて、職場である材木集積場は、山道の終点の広い原っぱであった。小屋が一つ建っていた。捕虜が材木を切り倒し、ソリで転がして、原っぱに積み上げ、トラックで運搬するというパターン。トラックで運ぶのはソ連人である。そのときも、大型のトラックが出発するところだった。

いままでソ連人が検査係をやっていたが、「リューベ計算や伝票作成に手間がかかって困っていた。コマツ、お前が来て、よかった、と所長も喜んでいる」と、作業係のおっさんはいうが、帳面代わりの羽子板を持って得意気な検査係が気の毒だ。おっさんから、さっき聞いた差し入れの話が本当なら、そのヨロクも失い、明日からきついラボータが待っているかも知れない。

いろんなことを考えていると、自然にアンの顔がチラつき、父親を説得して紹介状を書かせた彼女の温かい心が胸のうちにあまずっぱく、こみあげてきた。

下見の翌日から仕事がはじまった。三十分に一台平均でやって来るトラックが材木を積み込むと、リューベ計算をして伝票を書くだけのきわめて簡単な仕事だ。

ソ連人はメジャーで一立方メートルずつ測って、そのたびに羽子板に記入して最後に集計する。それも指折り数える式の計算だから時間がかかる。彼らにしては大変なラボータらしいが、私はトラックの背後に立って積み荷の横と縦を目測。横が三メートル、縦が二メートルなら三×二で六。つぎはトラックの横に立って材木の長さを目測。かりに四メートルとすれば六×四で二十四リューベ。ほんのわずかな時間で御明算。日に十数台だからメいっぱい働いても実働時間は一時間でカンチャイ（終了）である。それ以外は小屋で休憩だ。

その日からシャヒョール（運転手）が休憩小屋に押しかけて、ファミーリャ（氏名）だのヴォーズラスト（年齢）だの、余計なことを聞きはじめた。

「なにかあるな。名前や年齢はその糸口かも知れんぞ」と思っていると、案の定、おいでなすった。本題である。

「おれはノルマに苦しめられている。とてもじゃないが、できっこないノルマだ。そんな苛酷なノルマでも果たさなければ、食糧配給に響くのだ」

「フン、フン。ほんとならニーハラショー」

「本当なんだ。信用してくれ」

「それで……」

そこで例のごとく運転手は小屋の外に出て、すぐもどってきた。この野郎、また泥棒猫みたいに周囲を見回してきたのだ。

「他人に聞かれちゃまずいからな。ヘッヘッ……」とてれ笑いをみせる。

「重大な頼みがあるんだ。ぜひ聞いてもらいたい」

「早くいってみな」

「おこらないで聞いてもらいたい」

「さっきもいった通り、できっこないノルマを課せられている。かわいそうと思わないか」

「じれったいな……」

「本当ならかわいそうだ。だが、おれは捕虜なんだ。この国の政治を変える力などない。君のノルマを軽減する力もない。すまんな」

「それがあるんだな」

「バカいうんじゃない。くどいようだが、捕虜なんだ」

「それがカマンジェル（実力者、親方）の筆先一つでどうにでもなる……」

カマンジェルときた。カマンジェルは、一芸に秀でた力のある者に対する尊称だ。どうせ〝ヨイショ〟とわかっていても、捕虜にとっては嬉しいおだてである。

「どうすればいいんだ？」

「伝票にちょっとばかり手を加えてくれればハラショー」

「どう手を加える？」

「かりに二十四リューベ積んだら、二十八リューベにしてくれ。頼む。この通りだ」

やっこさん、日本流に最敬礼までするのだ。

「もし、そんな悪事、露見したら大変だろ」

「わからない。だからハラショー」

「荷降ろしするとき、測られるんじゃないの」

「そんな手間暇かけない。カマンジェルの書いた伝票を見るだけだ。集積場の検査係はカマンジェルだからな。信用が厚い」

「でも荷降ろししたところで、総量の検査でもされれば、当然、君たちも調べられるのではないか」

「そんなことはない。もし、かりにあっても、おれたちは関係ない。すべてそう。つまり材木の切り出し、運搬、荷受けと作業が別々のときは、最後の者がすべて責任を取ることになる」

「そんな、バカな……」

「でも、そうなっているから仕方ない」

「それじゃー、実際の生産量と数字上の生産量とははなはだしく違うことになる。そんな嘘が通ってたまるか」

「カマンジェルがいくら怒ったって、そうなんだ」

「怒ってるわけじゃないけど、おれの国では実質生産量だけだ。ゴマかしの生産量なんかない。じつにけしからん。ところでほかの作業は？」

「農業だって炭坑だって、みんなそうじゃないかな。おれ以前、レール運搬やってたけど、似たようなもんだった。生産工場から現場近くの集積場まで運搬したが、やっぱりノルマがきつかった」

「けど、そのノルマの話、もし本当だとしたら、君たち大変だな……」

そこでまた、シャヒョールは外に出て立ち聞きの有無を確かめてから、小さな声でささやくのだ。

「おれたち人民は、苦労しているぞ。圧政と権力。少ない食糧と生活必需品。自由の束縛。息がつまるようだ」

「だって、ソ連は共産主義の国じゃないか。国民みんなが平等に」

そこまでいったら、彼は私の話を手でさえ切るようにして、

「反ファッショだ。平等だなんてみんなお題目だ。建て前と本音は大違い」

「住みよくないか?」

「ニーハラショウ。地獄だよ……」

「そういわず頑張ってな。いいときも来るだろ」

「さあな。当てにはならねえ。おれたちには、先のことよりいまだよ、いま……」

そういいながら、伝票用紙を突きつける。

「頼みます。カマンジェル」

四リューベほどプラスしてくれという。私は一瞬ためらったが、思い切って彼の要求どおりの数字を書いた。

「スパシーボ。これで親子が助かります」

ふたたび最敬礼して、トラックにもどり、ひと握りほどの黒パンと刻みタバコ少々を持ち帰り、私のポケットにねじこんだ。

「すまんな」

「これからもよろしく頼みます」

彼は、ほっとした表情でトラックに飛び乗った。それから来るやつ、来るやつ、最初のシャヒョールと同じであった。ノルマの苦しいこと。そんなノルマ、しゃちほこ立ちしたってできっこないこと、食糧や日常の必需品が足りないことを訴えてから、ノルマの闇取り引きを頼む。それから外の気配をうかがってから、この国の政治批判とワンパターンだ。向こうの懇請どおりノルマの水増しをしてやれば、なにがしかの刻みタバコか黒パン。

今度のラーゲリではタバコは手に入らないだろうから、これを機会にひと思いにタバコと縁を切ろうと思っていたが、これでまたニコチンとの仲が復活してしまった。

喜んでいいのか、哀しむべきか、大いに悩むところだが、刻みタバコが手に入っただけで、豊かな気分になることだけは間違いない。

黒パンにしても、彼ら一家の決まった配給の上前をはねているはずだから知れたものだが、入れ代わり立ち代わりで、〝チリも積もれば山となる〟を絵に書いたようだ。おかげで私ばかりでなく、服部の生活までうるおった。そんなわけでラボータも食糧も、作業係のおっさんのいう通りだったが、往復の道路には音を上げた。どうしても帰りは夕方になってしまい、原生林の方からも崖下からも狼の遠吠えがひっきりなしに聞こえる。犬と習性が同じらしく〝一犬吠えれば万犬……〟式に、次第に騒がしくなる。作業係の貸してくれた懐中電灯の赤い灯が見えるせいか、そばには来ないが、気配はわかる。不気味だった。

そのうち馴れるだろう、とタカをくっていたが、やはりいつまでも、なじめなかった。

片道小一時間はかかるので、日本のことやシベリアの出来事を思い起こすのだが、あのシャヒョールたちのことになると、おかしさがこみ上げる。彼らは、私に不正な闇取り引きを頼んだのも、貢物を献上しているのも、自分だけだと、それぞれが考えているらしく、「ほかの者には絶対に内緒」と頼むのである。

各人が「ここだけの秘密の話」といって、仲間の前身などみんなぶちまけるので、私としては〝ホタルのケツに百目ロウソク〟。みんなのことを知っているのに、しゃべった本人は、自分だけは秘密を握られていないと思いこんでいる。その単純素朴なところがおかしい、「秘密」の習性がなんともバカらしい。

ラーゲリの悲劇

一方、ラーゲリの人民裁判は日に日に激化していった。私がその収容所へ入った当座は、一週間に一度ぐらいだったが、二月ほどたったころには、三日にあげず強引にひらかれるようになっていた。伐採でボロボロになった身体をベッドに投げ出しているやつまで、片っぱしから叩き起こし、人民裁判の傍聴者、ではなく、共産主義の共鳴者に見立てるのである。

満州の新聞社で編集委員をしていたという六十歳近い男は、三晩も台上に立たされ、「国家権力の手先!」「デマの張本人!」「反動を叩き直せ!」と吊るし上げられて、四度目に倒れ、末期の水をとる者もなく、地の果てで息を引きとった。また、かつて日本で警察官をしていたことのある二名が、「帝国主義の手先」「作業サボ」の理由で吊るし上げを食った後、十日間の各小隊回りを強要された。しかし、その二名は伐採に出たままラーゲリに帰らなかった。

このラーゲリでは、前のラーゲリと違って、たまに黒パンの配給があった。食事当番になった召集の老少尉が、炊事場から宿舎前まで運ぶ途中、ほんの少し失敬したらしい。運悪く情報屋みたいなやつに見られ、アクチブに連絡されたから、たまらない。さっそくその夜、人民裁判で吊るし上げられた。老少尉殿は、己れの行為をひどく気に病んで、ラーゲリを抜け出し、大木の枝で首をくくって死んだ。

こんな悲惨な出来事は、まだ数え切れないほどあって、捕虜たちは気も狂わんばかりだった。事実、気が狂って、大声でわめきながら、原生林に飛び込み、翌日、死体で発見されるという事件もあった。

冬が去って、春が来て、そして夏になるのが季節の移り変わりであるが、シベリアは冬から一足飛びに夏になる。日が長くなって午後の八時すぎでも明るかった。

そんなある日、仕事が終わって山道を歩いていると、谷底からなにやらわめく声がする。その声は原生林にこだましてワァン、ワァンとただ騒々しいだけ。それでもしばらく耳をすませて聞いていると、「アクチブの豊田だ。助けてくれ」といっているようだ。

豊田は、こだまの中の明瞭な部分だけつなぎ合わせると、そうなった。巧妙な仕掛けで意にそまぬやつを血祭りに上げ、その他の捕虜たちを恐怖のどん底に突き落としていたアクチブである。

ラーゲリから応援を求め、ロープを下げれば助かるだろうし、共産主義の理解者として、その行為は高く評価されるだろう。それとは別に、人命救助は道義的でもあるし、私の心も安まる。

しかし、いま、助ければラーゲリの悲劇はつづく。私は一瞬悩んで、そしてラーゲリの平和を選び、あの声を聞かないことにして帰りを急いだ。

豊田が帰らないので、夜中からラーゲリは大騒ぎになったが、ついに彼の姿は見つからなかった。民主グループや共鳴者は火の消えたようだった。その反対に、一般捕虜たちの顔に生気がもどり、革命歌の騒音もなくなった。

豊田の存命中は、その目をはばかって、服部とも私語すら交わさなかった。ときたま、パンやタバコを分けあたえるとき、「ほら」「いつもすみません」ぐらいの短い言葉だった。しかし、豊田が姿を消してからは、服部は毎夜、私をたずね、話しこむようになった。

「ラーゲリを変わるたびに、日本から遠ざかるような気がしてならないんです」

「至近距離でタライ回しされているだけだ。遠くなるってのはおかしいぜ」

「現実の距離じゃないんです。心の中で、つくった距離が遠くなるんです」

「お前、いつから詩人になった。希望を持てよ」

「希望を持てといわれても……。よく明日のことはわからないっていうでしょう。けど自分たち、一寸先も見えないんですよね」

「そいつが見えるようになるって。心配するな」

「なんの確証も、データもないんでしょう」

前のラーゲリでサージャンから聞いた話がノドまで出かかったが、かろうじて飲み込んだ。

「それはこっちへおいといて、とにかく希望を持て……」

「ダモイに関してだけだが、隊長殿、以前と違うような気がします」

「ストレートにいえる場合と、そうでない場合とあるだろうが……」

「状況はそんなに煮つまっているんですか？」

危ない、危ない。服部はあの手、この手で攻めてくる。

「この国では、うっかり正直にいってはいかん。ときにお前、恋人の話、くわしく聞かせろよ」

話題が核心にふれそうになったので、私は大急ぎで転換をこころみたのである。

前のラーゲリでサージャンから聞いた話が本当だとすれば、この場合、服部に話したっていいじゃないか、といわれるにきまっているが、サージャンの話が本当だから困るのだ。サージャンの見た、という建物は、古倉庫らしい大きなもので、数百名はらくに収容できるらしい。ということは、そうとう大掛かりなダモイがはじまるわけだ。

ところで、捕虜が栄養失調の身体にムチ打ってノルマにたえ、精神的には絶望感と闘い、ただ一筋に生きる望みを棄てなかったのは、いつの日にか来るであろう「祖国へ帰る」日のためである。が、その帰国を許す、許さないの権限を民主グループが握ったとなると、これは恐ろしいことに、捕虜の生殺与奪の権を握ったと同じことなのである。

捕虜は、帰国を欲するからこそ民主グループに対して忠誠を誓うのである。まずラボータの成績をあげ、そして日本に帰国したときは、共産主義運動の闘士となることを誓約しなければならない。そう誓約した者だけが、民主グループによって帰国者名簿に書き込まれるのである。

このようにして、ハバロフスクの上層部はアクチブを督励し、民主グループを動員して、帰国させる捕虜と、帰国させない捕虜との思想的な色別に狂奔している。帰国せしむべからずと判定された人々は、思想暴露の人民裁判にかけられ、ゲ・ペ・ウに引き渡されて、戦犯収容所に入れられるのだ。そういう込み入った組織については、一般捕虜は何も知らない。

前のラーゲリでアンが、そっと話してくれたことだ。もっとも、そのころから民主グループは、つぎの二つの合言葉を唱え、一般捕虜にも、朝の点呼、作業現場への往復、革命歌合唱の合間に唱えさせていた。私はいつも、お念仏のようだ、と苦笑していた。もっとも、こんなことを口には出せない。腹の中で苦笑するだけだ。

一、代々木へ、代々木へ！

二、ソ同盟の真実を伝えよ！

「代々木へ、代々木へ！」は、いうまでもなく代々木の日本共産党本部への直結を意味するものだ。いいかえれば、帰国したら真っすぐ代々木へ行って、日本共産党へ入党せよ、ということである。

つぎの「ソ同盟の真実を伝えよ！」であるが、家畜のエサを雀の涙ほど食わされ、捕虜に、ソルダートのマンドリンにいつも狙われているといった極限の生活を強いられているソ同盟の真実を伝えろということは、なんとも理解しかねるが、それは、公式的に教えこまれ、日本新聞に書かれた「偉大なる強国ソ同盟」を日本に伝えよ、ということであって、本当の姿、つまり、生産力をはじめとして国力を表現するすべてに水増しのあることと、一般国民は「ソ同盟をニーハラショウ」と考えている、など、ソ連にとって不利なことは一切語るな、との強制がふくまれている。

ともあれ、表面に出てきたいろんな現象とアンの話、サージャンの話を総合すると、相当量のダモイが、しかもこれからずっと行なわれるのではないかと想像できるわけだが、そうなると、各収容所の民主グループとしては、彼らの持つ権限の有難味がうすくなるというものだ。捕虜の身になれば、反動の烙印さえ押されなければ、ダモイにもぐり込もうという方向に傾いてゆく。そうなれば、グループの権限はうすくなり、脅しの効果も力を失うことになる。

民主グループにとってもいまが正念場だから、ダモイ、それも、相当数のダモイがはじまるなどという噂が流れれば、その火元をさぐり出すのは想像にかたくない。アンもサージャンも迷惑するのは必定だ。だから、服部にだけはダモイ開始の話を教えたくて、ノドまで出かかるのだが、どうにか理性で抑えている。

服部はもう、三十は目の前だから、子供が一人ぐらいいても不思議でないのに、彼は、独身。その因果関係を一度聞いておきたいと思っていたから、ダモイの話のすり換えに、彼の恋人を持ち出したのである。

「もう適齢期ですよ」

「君がか?」

「いえ」

「じゃだれが……」

「彼女です。彼女、初恋の相手なんです」

「なんで早いとこ、いっしょにならんのだ」

「そう思っていたんです。ちょうどその矢先に戦争が激しくなったもんだから……」

「戦争と直接、関係ないだろ」

「いや、あるんです。もしですね、自分に召集がきて戦地に行き、運悪く戦死すれば、彼女、若後家になりますよ。それに子供が生まれていれば、これもテテナシ子。かわいそうですよ。……」

「うん、それも一理ある。しかし、子供に召集が来そうだってんで、あわてて嫁探しする親もあるんだぜ。後継ぎを欲しいのと、せめて戦地へ赴く前に、女性を抱かせたいという親心らしい。女性にとっては有難迷惑な点がないではないが、なにしろ、あのころ内地では、すべて国のためという悲愴感におおわれていたからな。それはそれとして、彼女いまなにしてるんだ?」

「いま、アナウンサーしています。知り合ったのは、自分が高等学校の受験浪人、彼女が高等女学校四年生。二つ違いです。自分が、東京の高等学校に入ってまもなく、彼女も後を追うようにして上京しました。そしてその次の年、やはり女子大に入ったんです。自分は本郷の菊坂、彼女は湯島に住んでいて地理的にも至近距離だったから、しょっちゅう逢っていました。自分が放送局に入り、彼女も女子大を出ると、すぐアナウンサー試験をうけて合格、自分と同じ局の同じ部に入ったわけです。召集をうける前に、幾度もいっしょになろうという話はあったんですが、いまさっきいった通り、自分が踏み切れなかったんですよ。いまになってみれば、それは、それでよかった、と思っています。自分が帰れなければ、彼女、子供かかえた若後家ですよ。自分を真底愛してくれてましたから、再婚なんかするはずありませんしね」

「この野郎、シベリアくんだりまで来て、のろけるんじゃねえ……」

しめっぽい話になったため、私は、わざと乱暴な口調で服部の心を引き立たせようとしたものだ。

「美人か？」

「ええ、自分はこの世で一番、美人だと思っています。仲間うちでは、五十鈴ちゃんって呼ばれてます」

「五十鈴って名前か？」

「いいえ、ちがいます。五十鈴ちゃんってのは、山田五十鈴に似ているからです」

「ほう、女優の山田五十鈴か？」

「そうです。似ているんです。それが……」

「逢いたいだろう……」

「帰れるか、どうかわからんのだから、よけい思い出します」

「だから、いつもいってるだろ。身体に気をつけて生きているんだって……。生きてりゃ、いつかは逢える。きっと逢えるさ」

「そうなればいいですがね……」

私は意識して話題をすりかえたが、やっぱり元にもどってしまった。どんな話題でも、行きつくところはダモイである。捕虜の意識の中には、ダモイのほかなにもない。

世界一の美味

第三のラーゲリの滞在期間は短かった。四ヵ月ほどだった。二十二年の八月中旬、急な編成替えと、転送の話が出た。足もとから鳥が飛び立つように感じたのは一般捕虜だけであって、ソ連当局や民主グループは、スケジュールをそのままこなしているにすぎないのかも知れない。

こんど転出するのは、反動でなくても反動すれすれの者ばかりだ。正面きってアクチブに楯つくわけでもないが、さりとて、アクチブや民主グループに追随するわけでもなく、卑屈になるわけでもない。民主グループにとってもっとも難儀な存在である。そんな民主運動の「落ちこぼれ」みたいな連中ばかり約五十名の転送が決まった。もちろん私も服部もふくまれていた。

そのラーゲリは、アンの住むあの第二のラーゲリをはさんで南へ八キロの地点にあった。それまでのラーゲリは原生林のそばにあるか、それに囲まれていたけれど、第四のラーゲリは小高い丘の上にあって、前の広場には白樺が無数にあった。

シベリアの樹木は、直径一メートル以上の大木ばかりなのに、この白樺は、なぜか腕の太さぐらいだった。前に住んでいた四人たちが、苗木を植えたものかも知れない。

私は最初、この白樺林に立って不思議な錯覚にとらわれた。私の故郷の山にも、ちょうどこんな白樺林があった。その周囲の原っぱにカヤが生い茂っている風景も、妙に似ていた。

さて、そのラーゲリには先住者が百名ほどいたが、宿舎はひどいバラックだった。壁はそれまでのラーゲリと同じく丸太の横積みで変わらないが、その丸太がひどく細いのである。

太い丸太にくらべると工事はらくなのだが耐寒効果は薄い。早い話、壁がお粗末である。いってみれば手抜き工事だ。天井もひどい。屋根板にすき間があって、お星さまが見えるし、雨の日は、枕元が濡れてきた。

三度のめしは大豆である。来る日も来る日も大豆。水気の多いところだけは、コーリャンがゆと同じだった。多少の塩分があって、そのほかには副食物はない。はじめ珍しかったが、すぐ馴れてしまって、なんだか馬になったような気分だった。コーリャンにくらべたら、いくらか腹もちがいいのではないかと思ったが、案に相違して、コーリャンよりむしろ腹の減り具合は早い。この大豆もソ連産ではなくて、満州から、強奪、輸送したものらしい。

まさにエサつきの家畜に働かせているような按配だ。その家畜が衰弱して働けなくなったら屠場へ運ぶ。捕虜は牛や馬にそっくりだ。

さて、第四のラーゲリにおけるラボータは、草刈であった。鎌でカヤを刈るが、その鎌が大きい。刃の部分は約一メートル、それに二メートルほどの柄がついている。その鎌をぶんまわしてカヤを刈るわけだが、そのカヤがまた好き放題に伸びている。

ノルマはもちろんあるが、それまでのものとずいぶん中身が変わってきた。ノルマという表現は、生産競争という言葉におきかえられ、経済的な意義より政治的な意義が強く押し出されてきた。

それまではノルマを完遂することこそ「民主主義の城塞ソ同盟を強化するものである」と宣伝していたものだが、「民主主義の城塞ソ同盟を強化する」ことが、「日本を民主化する早道である」に変わってきた。

ソ同盟を強化すれば日本も早く民主化される、というわけだが、ひどく短絡的で納得いかない。しかし、ソ連のいうことはすべてスローガン的、標語的であり、国民が理解しようが、しまいが、そんなこと問題ではないようだ。クレムリンの決定事項は、ぜがひでもやり遂げないと、お仕置きが待っている。だから、国家も国民もそういうことには馴れっこなのだ。

かくして個々のノルマより、集団的にノルマを遂行しなければならなくなった。第四のラーゲリでは、一班十名とし、ノルマ遂行は連帯責任とした。これはきつい。自分個人のノルマなら、できてもできなくても、自分一人の責任で終わるが、班単位になるとそうはいかない。

そして、そのノルマの達成如何が「ソ連に対する忠誠」をはかる尺度となったのである。そして、ラボータは強制によるものでなく、捕虜たちの自発的な意志によるものである、と民主グループは強調していた。

捕虜の体力はとうに限界を越して、起きているのもやっとであるのに、自発的な意志で、集団的にノルマをあげているというのは、いかにも白々しい。ラーゲリへ昼食に帰っていては、「ソ連に対する忠誠」は果たせないと考えたらしくて、ラーゲリからわずか二、三百メートルの草刈場まで昼食が運ばれた。

食罐から、大豆のかゆが分配されると、その表面が真っ黒になる。ハエと蚊の大群だった。世界中のハエ、蚊が、この地に集まったと思うくらいだ。最初のうちは手で追い払えば、ほんのお義理でも、とにかく場所を移動するが、そのうち動かばこそ、いくら追っても、食器がわりの空き罐の大豆にしがみついて離れない。

そんなわけで、群がるハエや蚊と遊んでいては、食事はいつ果てるとも知れないので、そのまま食ってしまうようになった。

炭鉱やコルホーズで働かされている連中は、食糧に関してわりと恵まれているらしい、という噂を耳にするが、私の抑留されたラーゲリはいずれも、前に書いたように、コーリャンのおかゆ一本槍である。第四のラーゲリではコーリャンが大豆に変わっただけで、副食物も汁のないのも同じだった。水気が多いから箸では食えない。板を小割りしてスプーンをつくる。

このスプーンに凝りはじめた。握りの部分やサジの部分に細工をするわけで、器用なやつの指導で、みんな、いっぱしの民芸作家になったつもりだ。雨やひどい雪の日、宿舎の中は、さしづめ民芸工房のようである。

大豆がゆは、五、六回もすくえば空罐の底が見えるほど小量なのに、スプーンは何本も何十本も製作した。

さて、民主グループの活動だが、アクチブは元伍長とかで、演説を聞いたところでは限りなくバカに近い。それでいて、なんともずるそうだ。軍隊もラーゲリも、要領だけで乗りきってきた、という感じである。

〝類は友を呼ぶ〟というが、彼を取り巻く民主グループも一癖も二癖もありそうなツラがまえだ。アクチブがアピールするとき、彼を護衛するように半円をつくるグループ員は約二十名。そのほかスパイふうの「かくれグループ」はどれだけいるかわからない。

毎日、作業が終了した後、白樺の広場に捕虜を集め、例の要領アクチブが、一メートル高い演壇に立って、アジるのである。演説なんかできる器量はないから、もっぱらスローガンを唱えるだけだ。

それも日本新聞に掲載されたものばかり。捕虜も毎日、念仏を聞かされているようで、〝門前の小僧習わぬ経を読む〟の諺どおり、私もおびただしいスローガンをおぼ

えてしまった。このスローガンは、壁新聞にも書かれ、捕虜同志の合言葉にもなった。その一部を列記してみると、
▽反ソ・反共デマを粉砕せよ。▽五ヵ年計画を四ヵ年で超遂行せよ。▽ファシズムの残滓を一掃せよ。▽亡国内閣を打倒せよ。▽我々の帰国を遅らすのは日・米反動だ。▽革命的理論なくして革命なし。▽奇蹟とは、文明人の上に天皇が存在していることだ。▽赤軍こそ真に人民の軍隊だ。▽青年、労働者、農民こそ民主運動の推進力だ。▽反帝・反戦。▽天皇制打倒。▽反動分子を、ラーゲリより叩き出せ。▽ファシストとの闘争なくして勝利なし。▽真理に忠実ならんとするならば共産主義に進め。▽民主運動は働く者の生きんがための正義の闘争だ。▽闘争なくして発展なし。▽すべての道は共産主義に通ず。▽ソ同盟の五ヵ年計画に積極的に参加せよ。▽ダラ幹を吊し上げよ。▽ソ同盟の強化、すなわち日本民主化の早道。▽日ソ親善友好万歳。▽日本共産党領袖徳田球一万歳。▽米国は世界反動の巣窟なり。▽天皇は戦争犯罪人なり。▽ソ同盟は弱小国家の救護者なり。▽現在、世界の民主勢力は資本主義勢力より遥かに強大である。▽日米反動により第三次大戦を挑発せんとする者に対し、断乎闘争せよ。▽米の世界制覇野望を粉砕せよ。▽資本主義国家の終焉近し。▽天皇教、阿片患者の天皇は財閥である。▽天皇は帝国ホテルの番頭だ。▽スターリン憲法は世界最優

秀である。▽日本共産党こそ労働者農民唯一の味方だ。▽天皇制打倒なくして民主化なし。▽日米反動を叩き出せ。▽共産党こそ真の愛国者である。▽欧州をファシズムから開放したスターリン万歳。▽ソ同盟の対外政策は、民族独立と弱小国家の擁護に向けられているのだ。▽共産党の下に人民政府を樹立せよ。▽戦犯人を徹底追放せよ。▽在ソ民主運動の決定的勝利。▽死を商う者、それはアメリカである。▽反ソデマは意識的反動工作である。▽アメリカの四十九州になるな。▽ノルマを遂行せよ、毎日、毎週、毎月。▽日本は第二のフィリピンになるな。▽ソ同盟の復興は我等の手で。▽アメリカは日本を極東の憲（犬）兵化せんとしている。

このほかにもおびただしいスローガンがあり、捕虜は、この空虚な文字に取り囲まれ、がんじがらめにされているみたいだった。

肝心のソ連側であるが、このころになると、ときたま宿舎に将校がふらりと現われ、ほんのしばらく見まわる程度だ。捕虜の自治にまかせたように見える。しかし、ダモイがはじまるため、一見、民主グループを前面に押し出したわけだが、すべてソ連の遠隔操作である点は変わっていない。リモートコントロールである。

ダモイという餌を目の前にぶらさげて、生産の成果を高めようという狙いらしく、スローガンの中身も、ダモイに直結するものが増えてきた。

▽復員者よ！　ソ同盟の真実を伝えよ。▽日・米反動の嵐を突いて敵前上陸を敢行せよ。▽天皇島に敵前上陸せよ。▽天皇制打倒にわれらの闘争を展開せよ。▽メーデーは国際労働者闘争力閲兵の日なり。▽農民に土地をあたえよ。▽米は日本の植民地化を狙っているのだ。▽旧軍隊的残滓を徹底的に粉砕せよ。▽理論を実践に生かし、本土敵前上陸に備えよ。▽行け同胞よ、平和と民主々義の大道へ。

列記したようなスローガンを、ラーゲリのいたるところに掲示してから、各班生産競争の勝利班には、名誉をあらわす赤旗を授与するとの発表があった。

このラーゲリに私たちがうつってから、服部とは班が違ったので顔を合わせる機会がなかったが、雨の日、ひょっこり彼が訪ねてきた。

「どうだ、このごろ殺伐たる雰囲気だな」

「ほんとですね。いままでのラーゲリで一番ひどいじゃないですか」

「ところで服部よ。いつかダモイが、それも大幅なダモイがあるぞといったが、その通りになりそうな雲ゆきだな。気がつかないのか？」

「ええ……」

「困ったやっちゃ。いいか、このごろスローガンに新しい文句がくわわったろ……」

「そうですか？」

「お前、このごろ、ぼけたようだな。復員者よ、ソ同盟の真実を伝えよ。天皇島に敵前上陸せよ。なんて文句がいっぱいあるだろう」

「そういわれてみればそうですね。アナウンサーより、新聞記者の方が感覚がシャープなんだな」

「おだてるんじゃない。一生このシベリアにとじ込めとくなら、復員だ、敵前上陸だ、なんていうわけないだろ。いまだからいうが、ほんとはちゃんとしたデータがあったから、お前に確信を持っていったわけだ。いいか。身体に気をつけてな。それにアクチブにはにらまれぬようにしろ。彼らとは距離をおくんだぞ。なんせおれたち、新聞記者にアナウンサーだから、彼らの格好の餌じきさ。目立たんようにな。いつもいうことだが、生きてさえいたら、五十鈴ちゃんにもきっと逢える」

「ありがとうございます。隊長殿」

そのころはもうすっかり軍隊の階級、序列が姿を消していたけれど、彼は、いまもって「隊長殿」と私を尊称していた。律儀なやつである。

「おれとお前が、いつまでいっしょにいられるか、わからん。ましていっしょにダモイなんて、及ぶべくもない。だからいま、いっておくが、ダモイできたら、彼女といっしょになれよ。何年も待たせたんだ。大事にしてやれよ」

「わかりました。きっとそうします。ところで、隊長殿は奥さん……」

「まだ、しゃべらなかったかな。そんなもんねえよ」

「どうしてです？」

「話せばじつに長いことながらってやつだ。二時間や三時間かかっちまうから、はしょって要点だけを話すよ。親父は中学のとき死んじゃった。お袋が女手ひとつで学校出してくれたんだ。大学に入ってからは授業はほとんど出ず、働いて学資を稼ぎながら卒業した。その年に高等文官試験の司法科をうけて、合格した。長期戦を覚悟してたのに一発だろ。やれやれと思ったところが、とんだ障害が待ちうけていた。例の司法修習生を二年ほどやらにゃならん、その期間中はお手当がほんの小遣い程度。修習生は働きながらってわけにいかんのでやめちゃった。年とったお袋にそれ以上、金せびるの、かわいそうでな。

大学にくる求人表で調べたら、新聞社が一番待遇がいいんで新聞記者になっちゃった。そんなわけで恋人なんて気のきいたものはなかったよ。同じ会社の記者で、準恋人ってとこかな、気心の知れた女性がいるにはいた。おれが出征したから、それっきりさ。どうしているかな。きっと結婚したろう」

「悲恋物語ですね」

「どうも女運よくねえようだ」

彼と話しているうちに、幾人もの女性を、思い出していた。だから女運なんて、いってしまったのである。陸軍病院の看護婦、人事不省で倒れていたとき救ってくれた白系露人のマリヤ、飛行場で逢った男鹿半島出身のアナウンサー、それにソ連娘のアン。短い間だったが、それぞれ好意を持った娘たちだった。そんな娘たちの顔が一瞬、つぎつぎと浮かんで消えた。

服部とたわいない話で往事をしのんでいたら、須田が部屋の中央に立って、

「同志諸君、聞いて下さい。まもなく正月がやって参ります。その正月元旦、御馳走を食って、来年こそ理論を実践に生かし、本土敵前上陸に備えましょう」

「賛成、賛成……」

そして「ウオー」という喜びが部屋にこもる。彼の話はなおつづく。

「しかし、御馳走といっても、〝開いた口へ牡丹餅《ぼたもち》〟みたいなうまい話ではありません。努力しないのに、降って湧いたような幸運に恵まれることはないのです。それ相当の努力をしないことにはなにも手に入りません。われわれ自身の力で、御馳走のもとをつくろうではありませんか。私案を申し上げますと、われわれの配給食糧の中から、一日五グラムずつ蓄えるわけです。そうしますと、年末までに四百五十グラムほ

どたまります。配給量の中から五グラムずつ蓄えるのも、御馳走をつくるのも、すべて、炊事班に依頼すればいいわけです。じつは、すでにソ連当局、民主グループ、炊事には、それぞれ内諾を得てありますので、同志諸君の賛成を得られれば、さっそく実施にうつす考えであります」

「大賛成！」「いいぞ、いいぞ」「須田同志に一任」「須田同志万歳！」

しばらくざわめきがつづく。

「同志諸君のご賛成を得ましたので、早急に、実施いたします」

ひもじい思いをかさね、道に落ちている馬糞すら馬鈴薯と間違えるほどの生活だから、毎日五グラムでも減ることは身を切られるほど辛い。しかし、一度でいいから腹いっぱい食いたいという欲望には勝てないのである。それに内地のお正月の記憶が、甘ずっぱく思い出されるのである。

発起人の須田という男は、召集の二等兵である。いつも隅のうす暗いベッドで静かに寝ている男だ。なんでも四国で中学の教師をしていたらしい。〝同志諸君〟なんていっぱしの共産主義者みたいな冒頭挨拶をしたが、当人は、どうして、なかなか筋金入りの愛国主義者だ。しかし、大衆動員のような大掛かりなことになると、共産主義者ヅラをしないと、愛国主義がバレてしまう。

もっとも、須田はつねづね、愛国主義を標榜《ひょうぼう》しているわけではない。その日もぬけぬけと、同志諸君なんて呼びかけるくらいだから、表面は民主グループの同調者みたいによそおっているが、原っぱに寝転んで、渡り鳥を見ているときだった。

「小松さん、あの渡り鳥、東へ飛んで行きますね」

「うん、東へ行く。あれは春になると南方から飛び立って日本で羽を休め、それからシベリアにやって来る。そして寒くなる前にシベリアから日本に渡り、そして南方へ帰って行くんだ。そのパターンが毎年つづいているわけだ」

「小松さん、知識があるんですね。そういえば、いつも感心しているんですよ。あなたの博識……」

「博識なんてもんじゃない。おれ新聞記者だから、必要に迫られて勉強する。したがって広くても浅いのよ……」

「あの渡り鳥、日本へ行くんですね」

「うん、往復ともかならず日本へ寄るんだ」

「いいな、あの鳥。おれも鳥になりたい。鳥になって日本へ帰りたい」

「鳥にならなくったって、日本へ帰れるさ」

「帰れるでしょうか？」

「スローガンや、日本新聞の記事の移り変わりを見ていれば、自然にわかるよ」

「いつごろ帰れるでしょうか?」

「ダモイの期日まではわからんさ。なんせ在満の邦人に関東軍。おびただしい数字だ。それが帰るんだから手間、暇かかるさ。でも、いいじゃないか。帰れさえすれば、一年や二年、問題じゃない……」

「このシベリアには、どのくらいの人間が抑留されてるでしょうね?」

「さあ、はっきりわからんが、一説には百万ともいい、また百七万ともいわれている」

「しかし、この国の嘘はひどいもんですから……」と小声になって、クレムリソの批判めいたことと、天皇制擁護らしい意向を垣間見せたものである。彼の話は次第に熱を帯びてきたが、私はその腰を折るように、

「なにを聞いても、おれはこの胸にしまっておく。絶対に口外はしない。しかし、いまのような話が、あの彼らに聞こえてみろ。君は、ダモイを放棄したことになる。要領だぞ、要領……」

そのときを境に、須田は、まるで共産主義の同調者に一変したような言動になった。だからその日も、理論を実践に生かし、本土敵前上陸に備えましょうなどといけしゃ

あしゃあ、とブチ上げたが、彼の心のうちを知る者は私だけかも知れない。

理論を実践に生かし、というところは、ソ連は捕虜をダモイさせるというなら、実際に帰してみろ。そして本土敵前上陸に備えましょう、という箇所は、共産主義者のうじゃうじゃいる日本へ上陸して、日本本来の姿に返すため、御馳走食って頑張ろう、という思いがこめられていたのではないか。私はそう彼の言葉を理解した。

それからというもの、ラーゲリは目に見えてハリが出て来た。せっかくの楽しい正月だから、ただ御馳走食って寝てしまうのではもったいない。そんな意見を出す者たちの胸のうちには、故郷でやった正月の行事、村祭りの幻想が浮かんでいる。

数日のうちに芝居と歌の余興が決まり、さっそく準備に入ったようだ。旅芝居の役者、村芝居の主役がぞろっと揃ったらしい。公演当日まで演《だ》し物は秘密。その方が観る者にとって十倍楽しく観られるというのだ。だから、私たちは役者も演目も、まるで知らなかった。しかし、彼らの夢は一月ほどであえなく消えてしまった。

芝居の内容が、天皇制是認、封建性の色濃きもの、として、民主グループから横槍が入り、歌謡ショーの歌も、アクチブの逆鱗《げきりん》にふれたようだ。歌い手のなかに、アクチブの鼻息を気にするやつがいて革命歌にしようと提案したらしいが、いくらなんでもお祭りに革命歌はないだろう、と反論が出て、「なつかしのあの歌、この歌」ということになったらしい。だから藤山一郎の「影を慕いて」、東海林太郎の「赤城の子守歌」、「麦と兵隊」、ディック・ミネの「人生の並木路」、さらに、女性陣では、淡谷のり子の「別れのブルース」、渡辺はま子の「支那の夜」、などが選ばれたのである。

そんなわけで、芝居と歌はオジャンになったけれど、正月元旦は楽しい一日であった。捕虜たちの蓄えた食糧は、大豆四百五十グラムだったが、炊事係の奔走で、夢想もしなかった御馳走が運ばれた。小ぶりのぼた餅が各自五個。中身は大豆ではなかった。シベリアだからモチ米は高嶺の花、それでもオール銀シャリだ。おむすびのように握って表面にアンがついている。たしかに小豆だ。それにわずかではあるが甘かった。

想像の限界をはるかに越えた御馳走であった。それになんとタバコが二本ずつも配給された。タバコは、須田が炊事係とともにソ連将校に陳情した結果らしい。いずれにしても、座って食ったり吸ったりしては勿体ないと、上向きに寝て、少しずつ、少しずつ味わって、飲みこんだ。

元旦は休日である。急いで食うことはない。世界一の美味だ。ゆっくり食わにゃ損である。口には出さないが、だれも同じ思いだ。一つ食っては中休みして、タバコさえもスローに吸って、ほとんど半日がかりだった。

第六章　虜囚の終わりに

白樺の庭で

長い、長い冬が去って雪がとけ、七月になった。白樺の庭で人民裁判がはじまっている。アクチブが壇上に立ち、スローガンをただただつなぎ合わせただけの演説をぶち上げる。それを取り囲むように、円陣を敷いた日本人捕虜の中から、「反動を日本に返すな」「反動をやっつけろ」「反動は白樺の肥料にしろ」「そうだ、そうだ」「天皇制の番犬」「こんなやつが日本に帰ったら、われわれの祖国ソ同盟を攻撃する。生かして帰すな」

いろんな攻撃が、ガンガン耳をつんざくように、放たれる。捕虜の保身の叫びだ。仲間を売っても、ダモイ切符を手に入れようという哀れな叫びであった。

人民裁判がいよいよ盛り上がったところで、民主グループの一員が前に進み出てアジ演説をはじめた。どうせ、ハバロフスクあたりから流された原稿だが、わりとよどみなく、しかもまとまっている。ほかのアクチブと違って、多少〝学〟のある男らしい。

「同志諸君、われわれは自由と平和を愛する者だ。われわれの親愛なる兄弟を、可憐な妻子を、あるいは、父母を奪い、多数の仲間を死の戦争に駆りたて、あくなき貪慾の犠牲に供した帝国主義者どもに、かぎりなき憤怒を禁じ得ない。だからこそ、われわれは、このような狂暴な『ファシスト』どもに、自分たちの運命をまかせておくことはできないのである。そして、世界の平和を愛する民族と堅く手を組んで、徹底的に闘争し、その残滓の一片たりとも、地球上から完全に抹殺し去らねばやまぬ気概に燃えている。

さあ同志諸君、眼を大きく開いてみよう。戦いが終わってからここ三年近く、東南欧州にはすでにファシストの圧制を粉砕した諸国民が、働く者の人民政府を樹立し、自由な社会を建設して、ひたすら復興に邁進しているのに、日本は洪水のごとき失業と飢餓、インフレ、加うるに、アメリカ帝国主義に蹂躙《じゅうりん》され、国の独立さえも失われんとしているではないか。同志諸君、耳を傾けよう。永き搾取と屈辱から目ざめた日本の仲間たち、人民大衆の叫びが聞こえるではないか！

　こうした重大なるときに当たって、この収容所には、いまだ天皇制を護持したり、われわれの仲間をしぼりとろうとする反動はいないか。鞭《むち》と棍棒《こんぼう》の軍国主義の夢を追う輩はいないか。これらの者がいかにわれわれの仲間を、われわれの同胞を苦しめてきたことか……。われわれはみんな、身をもって体験してきたはずだ……。

　いまこそわれわれはファシズムとの闘争なくして民主主義なしとの合言葉で、肩を組み、われわれと日本を破滅のフチに突き落とした天皇制の支配者たち、財閥、地主、軍閥、官僚どもの戦犯的搾取者どもを、徹底的に叩き出さねばならぬ。すでにダモイしたわれわれの仲間たちは、いまや天皇制の牙城を破砕すべく、真剣に闘っているというではないか。さあ、同志諸君、手を組もう。勝利はわれらのものだ」

　それだけのアジをよどみなくブチ上げた。内容は支離滅裂、ひどく観念的だが、スピーチのテクニックは、彼らにしては上出来である。それが終わると、もう一人の民主グループがアクチブの傍らに立って叫ぶ。いままで、しばしば開かれた人民裁判より、ひどく念入りである。

「さて、同志諸君。われわれの周囲に極悪、最底の反動が残っていないか」

　捕虜たちは、いつもの吊るし上げのセレモニーとずいぶん違うので、お互いに顔を見合わせている。

「同志諸君、それがいたのである。いままで同志諸君のかげにかくれて目立たなかったが、ついにその反動は牙をむいたのである。人民の敵、小松を同志の前に引き出せ」

その叫びが終わるのを待ちかねていたように、民主グループは、私を円陣の真ん中に引きずり出した。

私は上衣の裾に縫い込んである〝お守り〟――「お袋の贈り物であるダイヤの指輪と五五五の認識票」を押さえながら、前日の自分の行動を反芻してみた。

そのころ壁新聞による宣伝が盛んになっていたが、前日はなぜか、妙なスタイルであった。タブロイド版四ページの白紙が掲示板にはられ、「有志は書きたいものを書き込んでよい」と、アクチブの要望が書かれてあった。私の胸のうちにすっかり忘れていた〝書く〟という欲望がむらむらと頭をもたげてきた。

共産主義礼賛の文章を書けば、ダモイの順番くり上げという僥倖《ぎょうこう》があるかも知れない。そんなことは百も承知のくせに、いつもの「オチョンキ」が顔を出した。オチョンキというのは、私の故郷の方言だ。よくいえば侠気。悪くいえば、軽率を現わす言葉だ。私はお袋に、

「お前はオチョンキだから注意しなくちゃいけない」といわれ通したが、まさにその通り。大切なときに、このくせが出てしまった。そこに吊り下げられている鉛筆を握り、
「われわれの祖国はソ同盟ではない。日本である。帰国の暁は、力を合わせて敵と闘い、祖国を守るべきである。日本がいま、失業と飢餓に苦しんでいるにしても、祖国は祖国である。わが家が貧しくても、生まれ育ったわが父母、わが家を捨てる者があるだろうか。家貧しくして孝子出ずというではないか。家が貧しいからこそ一生懸命、努力するのが日本人である。国の場合もそれとまったく同じ」みたいな論旨で、四十行ほど書いてしまった。

民主運動がはじまったころは、保身のため、その運動に迎合していた捕虜たちも、時がたち、同じスローガンを念仏のように唱えるうち、相当数の者がソ連を自己の祖国と考えるようになっていた。

いろんな原因があるが、内的には国民教育と軍隊教育の貧しさ、労働者、農民に対する国家的配慮のなさ。西洋崇拝。特権階級、とくに関東軍軍閥の横暴と腐敗。敗戦と捕虜生活による精神的動揺。日本人の事大主義、あきらめなど。外的にはソ連がアクチブ独裁を実現させ、それによってラーゲリ全体の政治教育を、徹底的に推し進め

た。

スパイ政策とダモイ問題をたくみに利用して、日本人の弱点をとらえて操縦し、また、日本新聞を共産主義教育の武器とし、スターリン主義の思想的謀略性、とくに民族意識より階級意識がより根本的であるとして、国民意識の払拭をはかった。その結果、相当数が赤化したと、私は考えていた。

いまのうち、なんとか手を打たねば、彼らは日本に上陸して……、その思いが壁新聞の記事となったのである。それも書くに事を欠いて、三段見出しのトップ記事にしてしまった。ベタより二段、二段より三段見出し。新聞記者の習性が目をさましたのである。機関銃とマンドリン部隊の真ん中へ、すっ裸で飛び込んだようなものだ。

前夜、留置場に放りこまれ、早朝の人民裁判となったのである。裁判といっても、三役がそろっているわけではない。弁護士はいない。アクチブが論告し、量刑する。検事と裁判長の兼務。

形式は徳川時代のお白州そのものだ。しかし、徳川時代のお奉行の中には、たまに大岡越前のような名判官もいたが、シベリアのお白州には己れの保身だけで動く極悪判官ばかり。だから日本の武家裁判よりシベリア裁判の方が劣るわけだ。

それはともかく、よせばいいのに、自己批判を求められて、「壁新聞の記事と自分の考えは、いまも変わりない」と、長講一席まくし立ててしまった。敵の望む自己批判どころか、祖国日本への望郷を唱いあげる大演説であった。あわてたのはアクチブに民主グループだ。

「反動が仮面をぬいだぞ」「彼は新聞記者。国家権力の手先だ」「新聞記者は戦争の仕掛人だ」「同志諸君の妻子を奪ったのはこいつだ」「死の戦争に駆り出したのは、小松だ」「小松は地主の倅で大学まで出ている。つまり小作人を搾取した金で遊学したわけだ。許してはならぬ」

嘘ばっかり。大変な脱線である。戦争になってから新聞記者はすべて情報局の検閲が必要だった。それに私は母一人、子一人、いわゆる母子家庭、小作人を搾取するどころか、大学は苦学で卒業している。見当違いも、はなはだしい。彼らの論調は、すべて〝坊主憎けりゃ袈裟まで〟式である。

侠気か軽率かわからないが、やれるだけはやった。あとは各人の自覚に待つよりほかはない。これでいい。私は後悔していなかった。

「許すな」「白樺のこやしだ」

捕虜たちの掛け声があがったけれど、いまひとつ冴えなかった。

それから間もなくトラックがやってきた。ソルダートのマンドリンにケツをつつかれ、「ダワイ、ダワイ」でトラックに乗った。行く先は南へ三十キロ。戦犯収容所だそうである。

あんなラーゲリに未練はないが、心残りが一つだけあった。服部に別れをいいたかった。

「生きていろよ。生きてさえいれば、きっと五十鈴ちゃんに逢える」

それをいいたかったのである。

反動の烙印

トラックは山の中腹にあるガタガタ道を走り、南側に出たところで停まった。そこから百メートルほど坂を降りたところに、戦犯ラーゲリがあった。傾斜面を造成して捕虜の宿舎、少し離れてソ連側の事務室があって、他のラーゲリと同じたたずまいだが、柵がない。

戦犯として、このラーゲリに収容された者は、特務機関員、警察官、憲兵、マスコミ関係者などのいわゆる前職者と、民主グループに「反動」と烙印をおされた者で、帰国の望みが完全に絶たれている。

働いて、働いて、そして力尽きて雪の荒野で野垂れ死にする者の思想が、共産主義であろうが反共であろうが、ソ連としては、どうでもいいわけで、だからアクチブも存在しなければ、民主グループもない。それに捕虜たちは、あきらめを持っていたから、ラーゲリの中は意外に明るく、安らぎすら感じられた。もう足を引っ張り合うこともないし、アクチブに対する迎合もいらない。人間同士、裸のつき合いが生まれている。裸といえばバーニャはもう一年も入っていない。垢にまみれていた。

起床して庭の片隅にある井戸で洗面していると、白樺林の中を、鹿が何頭も駆けていく。中には立ち停まって、私の方をしばらく見つめているかわいいやつもいた。ノロも野馬も見かける。ノロは水牛に似ていて、大きいくせに逃げ足が早い。私を発見すると、疾風のごとく姿を消す。

これで狼の不気味な遠吠えさえなければ、サファリランドに住んでいるような気分である。しばし哀しいことも、辛いことも忘れてしまう。

給与は前のラーゲリと同じ大豆だったが、「実力」があった。食物がいくらかでも食い応えがあると、捕虜たちは「実力」がある、といって喜んでいた。戦犯ラーゲリの大豆飯は水気が少なかったし、量も二割方多かった。

ラボータはラーゲリ内外の清掃と薪の製造だ。来年の雪解けになると、シベリア鉄道の支線工事のため移動するらしいが、それまでは、現在のラーゲリで越冬するわけで、その暖房用である。だが、伐採するほどではない。原生林で枯れ枝を集めれば充分まに合う。

〝明日は明日の風が吹く〟……捕虜たちは、そんな言葉で束の間の無風を噛みしめていた。

八月下旬のよく晴れた日、私はラーゲリの地続きにある白樺林を散歩していた。落葉樹の葉はすっかり落ちてしまい、もうじき雪が降る。厳しい季節を迎える前、暖かさの残っている午後であった。

「小松さん、やっぱり散歩?」

声をかけられて振り向くと、坂本のおとうちゃんが、笑いながら近寄ってくる。

「暇つぶしですよ」

坂本は福々しくて童顔で、だから、おとうちゃんなんて呼ばれているが、応召前は警視庁の捜査三課で、モサ（スリ）係をしていたらしい。捜査二課とは違うから、共産主義者の逮捕はしないのに、警察官だった、というそれだけで、戦争犯罪人にされ、生きる権利さえ奪われようとしている。彼は風格があるので、牢名主みたいに扱われ、若い連中のグチの聞き役にされてしまった。

「ノルマ、ノルマで攻められていたから、なんだか、気が抜けちゃったみたいですね」

「え、ほんとうに……」

「なんか、こう、ぱあーっと、うさ晴らしできることはありませんかね？」

「うさ晴らしになるか、どうかわかりませんが、前のラーゲリで正月のお祝いやりましたよ」

「捕虜と正月祝い、はじめて聞きました。どんな具合にやるんです？」

「一日一人五グラムずつ食糧を蓄えるんです。十月の初めからだったから四百五十グラム。それで、ぼた餅つくりましたよ」

「ぼた餅かあー、いいな。けど米、小豆、砂糖、どうにもなりませんね」

「それができたんですよ。ソ連側や炊事の協力で、ぼた餅らしい物ができたんです。モチ米は手に入らずウルチでしたがね。アンコもついてましたよ」

「よーし、一つ交渉してみるか……、ときに小松さん、社会部記者だったんですって？」

「ええ、でも、どうしたわけか、あなたにはお目にかかりませんでしたね」

「しかし、警視庁とあなたの社は目と鼻の先だ。だから、他人のような気がしなくてね。それで声をかけてみたんです。それはそれとして、今日からさっそくはじめよう。

いそがしくなるぞ」

それにしても、坂本のおとうちゃんは、よほど他人のめんどう見るのが性に合ってるらしく、その日、さっそく、私の提案を大衆討議にかけて賛成をえ、三日ほどの期間でソ連側の許可を取り、炊事係にも協力を約束させてしまった。準備完了の報告をかねて、彼は私のベッドを訪ねてきた。

「小松さん、おかげさまで、うまくいきそうです。ありがとう」

「お礼なんかいりませんよ。自分も受益者の一人なんだから……」

「しかし、人間の欲ってきりのないもんですね。ただうまいもん食って寝るだけじゃあ、なんだか勿体なくて……。なんかありませんかね？」

「この前、いい忘れたんだけど、芝居と歌謡ショーも計画したんです。準備はうまくいったんですが、当局側の反対で惜しくもストップ……」

「なんで、また……」

「まず芝居が封建性の残滓がたっぷりだ、と抜かしゃあがった。歌は革命歌を歌えというんだ」

「革命歌の歌謡ショーなんて聞いたことないぞ。反対の当局側って、どこのどいつ？……」

けです」

「真っ先に反対したのがアクチブと民主グループ。それを聞いてソ連側も同調したわけです」

「ここは大丈夫ですよ。なんせアクチブ不在、民主グループ不用。日本新聞、壁新聞配達停止ってんだから、見限られたもんだ。しかし、こういうときは都合いいですね。ソ連側だけ口説けばいいんですから……」

「あなたなら、うまく丸められますよ」

「ついでに伺っときますが、どんな歌だったんです?」

「いま、思い出しますから……そう、そう、影を慕いて、赤城の子守歌、人生の並木路、別れのブルース、支那の夜ってんだ。驚いたでしょう」

「そうですね。事大主義のあいつら、驚いたでしょう。しかし、このラーゲリなら大丈夫。士気を鼓舞する歌とか、なんとか吹き込んでハラショーいわせましょう。そうだ、そのためにはサクラをつくりましょうよ。同期の桜、麦と兵隊、月月火水木金金。あれなんかいいでしょう。曲がわりと勇ましいから、大いに士気が鼓舞される、と思いますよ。なにしろ、歯磨粉で、腹痛ハラショウの国ですから。ハラショー、ハラショー……」

坂本のおとうちゃんは、自分でプラン樹てて、自分で納得し、ソ連将校に交渉した。

芝居のシナリオと歌の詞について聞かれたらしいが、うまくでっち上げて許可を取ったそうだ。

坂本のおとうちゃんは、また相談に来た。私の意見を聞いてからでないと、勇気が出ないと彼はいう。格好の相談相手にされてしまった。

「正月の御馳走は元のかかることだから、このラーゲリでは一回こっきりにして、問題はお芝居と歌謡ショーです。練習して、練り上げて一回だけでチョンでは、いかにも勿体ない。どうでしょうな、毎月一回公演ってのは？　ご承知の通り、ダモイの望みがなくなった人たちです。自分もあなたもふくめて。なにか楽しみがなくちゃ生きていけませんよ。そこで相談ですが、小松さん、あなた総監督を引きうけてくれませんか？」

「言い出しっ屁は、坂本さんでしょうが……」

「自分はデカで武骨者だ。とても、とても。あなたは新聞記者。文化的な仕事でしょうが、それになんたってインテリで博学だ。お願いしますよ……」

「そうまでいわれるなら、やって見ましょう。うまくいくか、どうかわかりませんよ。そうだ、坂本さんはマネージャー格でやってくれたらいい……」

「よーし、決まった。それではさっそくですが、芝居の脚本を一つ……。楽しみだなー。まだ他の連中には詳しい話はしてないが、これを話したら喜ぶぞー。シベリア最大の祭典。いや、名前だけでもでっかくいこう。〝地上最大の祭典〟ってのはどうです。麦と兵隊、合唱しましょう。日本まで聞こえるように合唱しましょうよ……」

坂木はすっかり入れこんで興奮している。

その日の夕食時、坂本のおとうちゃんから〝故郷を偲ぶ祝宴〟と〝地上最大の祭典〟を、元旦の昼食から実施する旨、詳細な発表があった。ラーゲリ内はもう興奮の坩堝《るつぼ》だった。

「おとうちゃん、ありがとう」「がんばれや」「協力するぞ」「いよー、救いの神」まるで正月をひかえたガキどものように胸を躍らせている。おとうちゃんと私は手を固く握り、「しっかりやろうな」とお互いに目で語り合った。

さて、それからがまた大変だ。私は、初体験の脚本に取り組んだ。

――青雲の志を抱いて上京した青年が、家庭教師、新聞配達、夜学の教師など、いわゆる苦学をしながら大学の法学部を卒業。高等文官試験の行政科に合格、いよいよ役人としてのスタートを切ろうとしたとき赤紙がきた。出征の日、東京駅で学友たちの見送りの群れにまじって、一人の女性が、じっと青年の姿を目で追っていた。彼が教えていた中学生の姉。青年と将来を誓った仲である。青年は勇躍、南方に出征したけれど、敗戦、そして捕虜となったが二年の後、復員。東京駅に出迎えた彼女と手を握り合った青年の頬には涙が流れていた。彼女はずっと前から、ハンカチで涙をぬぐっている。――

たわいのないストーリーであるが、東京駅のシーンを盛り上げようと私は考えていた。

戦犯ラーゲリの捕虜たちは、あきらめてはいるけれど、「もしや」の希望を捨ててしまったわけではない。それどころか、その「もしや」にすがって生きているようなものだ。だから私は、「夢を捨ててはいけない。身体に気をつけて神の加護を待とう」と訴えたかったから、たわいのない単純なストーリーでも、これを選んだわけだ。

演出と主役は、浅草の軽演劇で二枚目をやっていた男。恋人の帰りを、じっと待っていた女性の役はドサ回りの女形。その他大勢は村芝居のスターたち。軍隊は職業の見本市みたいだと前に書いたが、このラーゲリもまったくその通りで、われもわれもと申し出があって、オーデションをやるような盛況だった。歌の方も希望者が続出した。小学校の唱歌の先生のほか、自称のど自慢がぞろり。時間の制限があるわけではないから、歌の方は希望者全員が出演者と決定した。

稽古に入ってみると、全員好き者ぞろいだから、ほかのラーゲリへも出かけ、慰問公演をなどと大変な騒ぎになった。ともあれ、この企画は順調なすべり出しであった。

生き地獄からの脱出

私は芝居と歌、その進行状態を見ながら、いろんな意見も述べなければならないので、いそがしいけれど、束の間の喜びはあった。そんなとき、身体検査の話が急に持ち上がった。

「身体検査の結果、今後、抑留に耐えられないほど身体が衰弱している者はダモイさせるらしい」という噂が流れ、ときがたつにしたがって、「衰弱はなはだしき者は、ダモイ……」という確定的な話に変わっていった。捕虜たちの希望的観測が、次第にエスカレートしてしまったわけだ。

いよいよ身体検査の日がきた。十月の上旬であった。前日まで雪が降っていたが、その日は太陽が顔をのぞかせ、わりと暖かである。

捕虜たちは宿舎と、検査場に当てられた事務室の間に列をつくって順番を待つ。私は〝お袋〟とつぶやきながら、上衣の裾に縫い込んだ例のお守りを押さえていた。

私の番になった。〝はきだめに鶴〟――そんな形容詞がとっさに浮かぶほど、若くて美しい女医であった。

軍服を着ているから、まぎれもなく軍医のはずだが、そんなしかつめらしさは微塵もない。三十歳にやっと手が届くぐらいか。私はあわてて股間を手でかくした。隣の部屋で着衣を全部ぬぎ、真っ裸になっていたから、美人女医を見てすっかり動転したものだ。そのうえ、前に書いた通り毛じらみ退治の名目で、股間のヘアを丸ごと剃られたばかりだった。見るも無惨な状況の中で、ちぢこまっているのがなお恥ずかしい。

どうにもならぬほど心は萎縮《いしゆく》したけれど、あの望郷の念だけは、むらむらと頭をもたげてくる。

「万が一の僥倖かも知れないが、おれのダモイをこの女医に賭けてみよう」と私は思った。

予備士官学校在学中に、わずかだがロシア語を習い、シベリアに来てからはカンボーイ、材木集積場でソ連人との接触が多かったから、どうにか日常会話をこなせるほどになっていた。

私は日本の風物、女性、勤め先の新聞社など思いつくままに並べ立て、その合間に、「あなたのような美しい女性は、とてもこの世のものとは思われない。まさに、あなたは星だ。太陽だ」みたいなおべんちゃらを、臆面もなくはさむのを忘れなかった。

股間を手でかくしているだけの素っ裸。そんな男が美辞麗句を並べるのは、ずいぶんコッケイな風景だが、私は真剣だった。祖国日本へ帰れるか。シベリアで野垂れ死にするか。二つに一つの正念場。私は恥も外聞も捨てていた。

このチャンスを逃がしてたまるか。関東軍は突然の侵略に負けたが、平和外交では勝ってみせるぞ。まるで講和条約の全権大使になったように気持が昂揚していった。

延々とつづく私の虚実取りまぜた大演説を左手で制し、右手を私の腰にかけ、回れ右をさせ、

「ハラショー　ダモイ」と私の尻を一つ、ポンと叩いた。

「スパシーボ（ありがとう）」と私は心の中で、世界各国の知っている限りの「ありがとう」をいったが、そんなことでは、この嬉しさをいい尽くせない。

もう一度、回れ右をして、右手を差し出したが、途中で引っこめた。その手はそれまで股間を押さえていた手だ。いくら嬉しくても、相手は若い女医である。私の思いが相手にも通じたのか、肩をすぼめた。

いままで寝ても醒めても頭にこびりついていたダモイ。そのダモイが実現するのだ。旧制高校にパスしたとき、東京の大学へ入ったとき、記者になったとき、それぞれの感激はあった。しかし、ダモイの喜びにくらべたら問題にならない。ダモイの嬉しさ

は、地獄からこの世へ送り返されたのと同じである。胸の燃えてくるのが自分でもわかる。だから、股間の生温かさが残っている手を差し出してしまったわけだ。さっきまで「あなたは星だ。太陽だ」といったのは、お世辞まじりだったが、今度は本気で「ぼくの太陽だ」と思った。彼女は窓から外を眺めながら、

「ゆうべ、アンの家に泊まったのよ」とつぶやく。

彼女は前夜、アンたちの宿舎近くまでトラックに乗って来たが、遅くなったのでアンの家に泊まり、早朝出発して来た、という。アンとベッドを並べて寝たらしい。アンは私と最後の別れのとき、「短気を起こしちゃダメよ。なんとかなるからね」といった。そういえば、私が戦犯ラーゲリに収容されていることを知っているのは、あれからの足跡を全部熟知していたということになる。第三者のアンがそれほどまでに心配しているというのに、当事者の私は四番目のラーゲリで、民主グループに抵抗して戦犯ラーゲリに追われるような騒動まで巻き起こしている。

民主グループにいくら自己批判を要求されても、主義、主張はまげられるものではない、と拒否しつづけたが、アンの温かい心にふれると、素直に反省する気になった。ダモイを取り消されるような軽率な真似はけっしてすまい、と私は心に誓った。並みの「なんとかなる」は、ただの気安めだが、最後の別れのときのささやきには、

なにかを決意するような強い響きがあった。もっとも、頼まれても女医にその気がなければどうしようもないが……。

ともあれ、そうとは知らずおべんちゃらを並べたりした自分の言動の一部始終が恥ずかしい。私といっしょにダモイの決定を得た者は、ほかに二名。いずれも衰弱がひどくて寝たり起きたりで、そのままおいてはソ連のお荷物になるだけの二人だった。

予備士官学校の軍医が、「捕虜の一年は裟婆の五年に相当する」といったのを憶えている。その捕虜生活の総決算が戦犯ラーゲリである。極限の生活環境の中で、働いて働いて、衰弱してこのラーゲリに追われてくる。前に「戦犯ラーゲリには安らぎがあった」と書いたが、それはまだ体力の残っている者のことで、そうでない者には、すさまじいラーゲリである。病気になっても医者がいないというのは、まるで生き地獄だ。

私が戦犯ラーゲリに来てから、そんなに日はたっていないのに、幾人も死んだ。眠るときまでボソボソ話していたのに、朝になったら息が絶えていた。みんな同じ死にざまだった。ロウソクの火が消えるときの物哀しい情景にそっくりだ。溶けて水のようになったロウの最後の一滴まで芯が吸い尽くし、それから二、三度またたいて消えてゆく。彼らの最後もそんな感じだった。

私だってロウが八分通りも溶けて、もう残り少ないのである。そのわずかなロウソクに、まっさらを継ぎ足してくれたのはアンだ。

辛いことや哀しいことで流す涙は、すっかり涸れ果ててしまったけれど、アンの熱い情に涙が湧いた。アンにいいたいことは、私の胸の中に、いや身体じゅうにつまっているけれど、それをいう機会はもうない。

私はわれに返って隣の部屋に引き返し、衣類を持ってきた。上衣の裾の糸を歯で噛み切ってダイヤの指輪を取り出した。私が出征のとき、「ここ一番のときに使え」と言ってお袋がくれたものだ。お袋がいった「ここ一番」はいまなんだ、と私は思い、その指輪を女医に差し出した。

女医は怪訝な顔をして受け取らない。乞食同然の捕虜とダイヤ。まるでなじまないのである。それに三年余、かくしおおせたのも不思議だ。彼女が呆然となるのは当たり前である。ややときがたってから彼女は、

「ユヴェリーヌィ（宝石）を私に……」

「ダー　ダー（そうだ）」

さっそく、彼女が左手の薬指にはめたら、ぴったり。その手を「見てくれ」というように、私の前に出した。

「ニェ　スチェスニャーイチェシ（ご遠慮なく、どうぞ）」といいながら、私は例の金指輪も取り出した。陸軍病院で結核のために死んだ大学の同期生から預かった物だ。本郷赤門前の本屋の娘に渡してくれと頼まれた指輪だ。あの娘には、東京で買って渡しても、あの同期生の心は通ずるはずだ。

「アンに渡して下さい」

「わかったわ。アンは一生、大事にすると思う……」

女医はそれをカバンに入れながら、

「コマツ、あなたはカリエスポンジェント（新聞記者）だってね。本当の記事を書いて下さい」

「バリショエ　スパシーバ（本当にありがとう）」

私たちのダモイ情報は、早くも知れ渡っていた。坂本のおとうちゃんを先頭に、みんな駆け寄って、私たちを取り巻いた。

「おめでとう」「よかったな」

故郷へ帰る日

一時間後に出発と決まった。破れ帽子に、穴あきシューズ。ダブダブなカートンキ

（長靴）。これだけ身につければすべてハラショー。手間暇かかるわけじゃないけれど、いかにも足もとから鳥の飛び立つ思いである。

宿舎前に出たら、通路の両側に並んだ仲間がでっかい声で合唱をはじめた。

腕をたたいて　はるかな空を
仰ぐひとみに　雲がとぶ
遠く祖国を　離れきて
しみじみ知った　祖国愛
友よ　来て見よ　あの雲を

合唱に送られて私たちは山を登って降り、原生林と原っぱの境にある小屋に到着した。私を除く二人は、まるで這うようだから時間がかかる。四キロほどの道を、半日もかかってしまった。

夜が明けたら、トラックが迎えに来た。半日、走って小さな集落に着いた。ここには半病人が三十名ほど集まっていた。ここでまた一夜を明かし、石油くさい黒パンを少しばかり支給され、そして、最後の集合地へ向かった。

道路の両側にラーゲリが散在し、その近くにはかならずといっていいほど、土まんじゅうがあった。石が一つずつのっている。形は不揃いだが、卒塔婆《そとば》の代わりだ。日本兵の墓である。最後の集合地も宿舎も、私がカンボーイになるとき、サージャンから聞いた話の通りだった。そこには数百軒の家が密集していて、その街はずれに大きな雨天体操場みたいな建物があった。そこが宿舎で、すでに二百名ほどが集まっていた。

滞在一週間のうち、毎日が人民裁判である。民主グループの審査をパスしたダモイはハラショー。身体検査のダモイに的をしぼっていた。

「反動分子を叩き出せ」「戦犯人を徹底追放せよ」馬鹿の一つ憶えみたいなスローガンを合唱しているうち、二、三名がかならず吊るし上げられる。これが毎日で、その被害者は、トラックでいずこへか運び去られた。彼らは奥地の戦犯ラーゲリに送られた、という。

最後の夜、街なかの映画館に連れて行かれた。

若い夫婦がコルホーズで懸命に働き、ソ同盟のため大いにノルマをあげるというたわいないストーリーだが、捕虜たちは立って口々に、「日・米反動の嵐を突いて敵前上陸を！」「天皇島に敵前上陸！」と叫ぶのである。

これはすべて吊るし上げられないための予防策である。哀しき保身の術である。それから貨車で一週間もかかってナホトカに着いた。

「日本が引揚船をよこさない。ナホトカ港は冬期間氷結するので航行不能」とソ連側もアクチブもいい、日本新聞もくどいほどそれにこだわっていた。しかし、引揚船は定期的に運航している、といい、港も凍ってなどいなかった。ナホトカでも人民裁判があって、おびただしい数の捕虜が、シベリアに送り帰されていった。

＊

故郷の駅に着いたのは、昭和二十三年の大晦日の夜だった。雪の道を歩いて、山のわが家に着いたときは元旦になっていた。お袋は茫然と立っている。終戦の年、役所から戦死の公報が届けられたという。朝まで語り明かしてお墓へ行った。手を合わせ、「親父よ、おれは男らしく戦ったぜ。約束を果たしたからな」と心の中でつぶやいた。父親は私が中学生のとき病没したが、つねづね、「卑怯な真似して出世しようなんてケチな了見を起こすな。男らしく堂々と人生を歩け。わが家の先祖は……」といい暮らした。

親父のいう先祖は、壇の浦の合戦に破れ、一族十六名とその家族をつれて信州の山に逃れて農民となった平家の残党で、徳川時代、名字帯刀を許されて郷士となった。先祖代々三十番目に刻んである親父の戒名に向かって、もう一度、「男らしく戦ったぜ」とつぶやき、五五五の認識票を埋めた。新しい出発だからもういらない。顔を上げたら、山の端に太陽が昇ってきた。シベリアの太陽は真っ赤で、どぎつかったが、その朝の太陽は壮厳であった。

あとがき

昭和二十四年五月、ソ連は、「日本人捕虜のうち二千五百五十八名の戦犯と九名の病人を除き、すべて送還を終了」と発表した。

ところが、その翌年五月一日現在の引揚援護局の調査によれば、シベリア抑留者の引揚対象基本数七十万名のうち、引揚者は四十七万三百五十六名、未引揚者二十三万九千六百四十四名となっている。つまり、二十四万近くの日本人がいまだに故国の土を踏んでいないというわけである。

当時、帰還の決定を得てナホトカに輸送されながら、人民裁判で〝戦犯、反動〟の烙印を捺され、戦犯ラーゲリに逆送されたものはおびただしい数字にのぼっていた。

事実、私とおなじ戦犯収容所に放りこまれた二百名の帰還は絶望的であった。そして彼らが帰ったという噂は、まだ聞いていない。そんな収容所は、シベリア全土いたるところに散在していた。

黒い原生林と白い雪の荒野、寒々とした収容所のかすかな灯――。その中で、私たちは「日本で死にたい」という望郷の思いを抱きつづけて苦難に耐えてきた。私は幸いにも生きて帰ることができた。

いま暖衣飽食、かりそめの平和と繁栄に馴らされている自分をかえりみて愕然とする。と同時に、シベリアの風雪に耐え、過酷な労働に耐え、粗末な食糧に耐え、同じ日本人による迫害に耐えた、あのころを思うと、怒りと怨みがこみあげてくる。極限の生活環境の中で、帰還の夢かなわず凍土に斃れ、またいまも酷使されているであろう戦友に想いを馳せるとき、戦争はまだ終わっていないと、しみじみ感ずるのである。

昭和六十年一月

小松茂朗

単行本　昭和六十年二月「シベリヤ黙示録」改題　光人社刊

NF文庫

シベリア抑留1200日 ラーゲリ収容記

二〇二三年一月二十一日 第一刷発行

著 者 小松茂朗

発行者 皆川豪志

発行所 株式会社 潮書房光人新社

〒100-8077 東京都千代田区大手町一-七-二

電話/〇三-六二八一-九八九一(代)

印刷・製本 凸版印刷株式会社

定価はカバーに表示してあります

乱丁・落丁のものはお取りかえ致します。本文は中性紙を使用

ISBN978-4-7698-3294-2 C0195

http://www.kojinsha.co.jp

NF文庫

刊行のことば

第二次世界大戦の戦火が熄《や》んで五〇年――その間、小社は夥しい数の戦争の記録を渉猟し、発掘し、常に公正なる立場を貫いて書誌とし、大方の絶讃を博して今日に及ぶが、その源は、散華された世代への熱き思い入れであり、同時に、その記録を誌して平和の礎とし、後世に伝えんとするにある。

　小社の出版物は、戦記、伝記、文学、エッセイ、写真集、その他、すでに一、〇〇〇点を越え、加えて戦後五〇年になんなんとするを契機として、「光人社ＮＦ（ノンフィクション）文庫」を創刊して、読者諸賢の熱烈要望におこたえする次第である。人生のバイブルとして、心弱きときの活性の糧《かて》として、散華の世代からの感動の肉声に、あなたもぜひ、耳を傾けて下さい。

＊潮書房光人新社が贈る勇気と感動を伝える人生のバイブル＊

ＮＦ文庫

「月光」夜戦の闘い　横須賀航空隊vsＢ－29

黒鳥四朗 著
渡辺洋二 編

昭和二十年五月二十五日夜首都上空…夜戦「月光」が単機、Ｂ－29を五機撃墜。空前絶後の戦果をあげた若き搭乗員の戦いを描く。

英霊の絶叫　玉砕島アンガウル戦記

舩坂　弘

二十倍にも上る圧倒的な米軍との戦いを描き、南海の孤島に斃れた千百余名の戦友たちの声なき叫びを伝えるノンフィクション。

日本陸軍の火砲 高射砲　日本の陸戦兵器徹底研究

佐山二郎

大正元年の高角三七ミリ砲から、太平洋戦争末期、本土の空を守った五式一五センチ高射砲まで日本陸軍の高射砲発達史を綴る。

戦場における成功作戦の研究

三野正洋

戦いの場において、さまざまな状況から生み出され、勝利に導いた思いもよらぬ戦術や大胆に運用された兵器を紹介、解説する。

海軍カレー物語　その歴史とレシピ

高森直史

「海軍がカレーのルーツ」「海軍では週末にカレーを食べていた」は真実なのか。海軍料理研究の第一人者がつづる軽妙エッセイ。

小銃 拳銃 機関銃入門　日本の小火器徹底研究

佐山二郎

銃砲伝来に始まる日本の〝軍用銃〟の発達と歴史、その使用法、要目にいたるまで、激動の時代の主役となった兵器を網羅する。